Nada

Carmen Laforet

NADA

EDITED BY

Edward R. Mulvihill

AND *Roberto G. Sánchez*

University of Wisconsin

NEW YORK / OXFORD UNIVERSITY PRESS

Library of Congress Catalogue Card Number: 58–7993

Printed in the United States of America

printing, last digit: 20

Contents

PREFACE vii

INTRODUCTION ix

PRIMERA PARTE: I–IX 3

Discussion Guide 80

SEGUNDA PARTE: X–XVIII 83

Discussion Guide 146

TERCERA PARTE: XIX–XXV 149

Discussion Guide 193

CUESTIONARIOS 195

SOME USEFUL IDIOMS FOUND IN THE TEXT 203

VOCABULARY 207

Preface

The present edition of *Nada* has been prepared for the purpose of bringing to the American college student a well-established and worthwhile representative of Spain's contemporary literature as well as a work which in advanced classes has proved particularly appealing to young people. The unusual simplicity of its style renders it easily accessible to the second-year student.

The text of the seventh edition has been used with only the correction of obvious printing errors. In order to obtain a text of reasonable length some sections of the novel have been deleted, with great precaution being taken to preserve the unity and spirit of the original. In addition to the usual explanatory materials the footnotes contain the meanings of rare words in order to reduce the student's need to consult the vocabulary. The vocabulary, however, is complete except for the following omissions: adverbs ending in *-mente* when the corresponding adjective form appears, superlative forms of adjectives where there are no orthographic changes, most of the first 189 words of the Buchanan *Graded Spanish Word Book,* and phrases and proper names explained in the notes.

Cuestionarios will be found at the end of the novel. In addition, two special features have been added: a list of useful idioms and a discussion guide. The list of idioms has been prepared for the purpose of making readily available to the student idioms in the text which could reasonably be expected to form a part of his active vocabulary, and for the purpose of providing the teacher with a basic list of idioms which may be utilized in drill work and other types of exercises. The Discussion Guide is intended to impress upon the student that he is reading a work of literature and not merely material devised to expand his knowledge of the language. This guide has been adapted to the three divisions of the novel and may be used at the conclusion of each section or as the story is being read. The questions posed and the points raised seek only to encourage the student to think about what he is reading and to consider some of the basic problems of any work of literature in relation to this novel.

We wish to express our deep appreciation to Professors Lloyd A. Kasten and Antonio Sánchez-Barbudo for their helpful suggestions and constructive comments.

E. R. M.
R. G. S.

Madison, Wisconsin
April 1958

Introduction

Nada, which has had more than ten editions, has already become established as a landmark in the history of Spanish fiction. The Spanish novel, which had flowered in the late nineteenth century and which had been vigorously developed by members of the succeeding Generation of 1898, began to decline and, like all literary and intellectual activities, came to an abrupt halt with the devastating Civil War (1936–39). Following this, most of Spain's distinguished men of letters were either dead or living in exile. The questions then arose: In view of these losses could Spain now produce a worthwhile literature? What form was it most likely to take? There was ample material in her recent tragic experience and in her stunned readjustment to the aftermath. Promising young poets soon began to appear but most eyes were turned to the novel as the logical form to portray and interpret the Spanish soul in such troubled times.

The first answer to these years of expectancy was the appearance, in 1942, of Camilo José Cela's startling and daring *La familia de Pascual Duarte.* Two years later the first Eugenio Nadal Prize for the novel, still the most distinguished and coveted literary award in Spain, was given to Carmen Laforet's *Nada.* The novel was a new and audacious venture in the world of fiction and all the more remarkable since it was the work of a twenty-three-year-old girl. Like its predecessor, *Nada* reflected the distintegration and bitterness of a postwar society and yet, like Cela's work, it transcended politics. In a country struggling with reconstruction and still haunted by old fears and paralyzing memories these two novels were the promise of a literary future. They were more than postwar novels; they were actually the initiators of a renaissance of the Spanish novel. Naturally these works served to thrust their authors into prominence, a position both have maintained to the present time.

Carmen Laforet was born in Barcelona on September 6, 1921.[1] Her father, an architect, was the son of a well-to-do Andalusian family of French and Basque stock. Her mother came from a humble background. They had met when he was teaching for a short time in Toledo.

When Carmen, their first child, was two years of age the family moved to Las Palmas in the Canary Islands where her father became a professor at the Escuela de Peritaje Industrial. Her memories of the island and of her parents are warm and nostalgic. She remembers her mother as a small woman full of spiritual resources and with an inflexible sense of duty. She recalls her father as a sportsman, an expert sailor, a champion marksman, and the possessor of many trophies won in bicycle races. From her mother she learned the importance of spiritual fortitude and moral strength, and from her father, who took her on long hikes and taught her to swim, she learned to bear physical trials without complaint.

Her carefree days in the Canary Islands were shared with her younger brothers, Eduardo and Juan, to whom she was deeply attached. However, when she was thirteen the tranquility of the family was abruptly shattered by the death of her mother. Her father's subsequent remarriage seems to have introduced a note of sadness into her life. Though she spent the years of the Spanish Civil War in the Canary Islands far from the scenes of tragedy, a personal suffering within the family circle seems to have taught her much about the world. Her step-mother, whom she compares

[1] Most of the biographical data was taken from Carmen Laforet's introduction to *Mis páginas mejores,* Edit. Gredos, Madrid, 1956.

to the stock character in fairy tales, causes her to remark: 'De ella aprendí que la fantasía siempre es pobre comparada con la realidad.'[2]

In September 1939, shortly after the end of the war, she returned to Barcelona. Like the heroine of her novel, she took courses in liberal arts at the university there. Three years later she moved to Madrid where she attended the law school of the university. She completed neither of her courses.

Nada, written in a period of nine months, appeared in 1944. Following its publication, she ceased writing for three years. During this time she married the journalist and literary critic, Manuel G. Cerezales. A collection of short stories, *La muerta,* and occasional essays were her only publications until the appearance of her second novel, *La isla y los demonios,* in 1952. This novel, though generally judged technically superior to *Nada,* repeats in many ways aspects of the first novel and lacks its spontaneity and intensity. It is effective, however, in its evocation of the landscape of the Canary Islands.

Again the interlude between major novels was filled with shorter pieces. This time it was a series of novelettes which were collected in one volume entitled *La llamada.* This led to her third and latest novel, *La mujer nueva,* awarded the Menorca Prize in 1955 and the Premio Miguel de Cervantes in 1956. The author has explained that, although baptized a Catholic, she had never really practiced her religion. However, in December 1951, she underwent an experience which resulted in her conversion to Catholicism. It is this experience which forms the core of *La mujer nueva,* which is still being discussed.

Carmen Laforet's life has been relatively tranquil. Yet so many details of her life parallel those of her heroines that one is tempted to fill in the gaps of her biography with the exciting and bizarre experiences of her characters. Recognizing this, she has acknowledged that her fictional world is intimately linked to her own sub-

[2] Ibid., p. 11.

stance, her inner life; but, in answer to some critics, she has strongly protested that none of her fictional work is properly autobiographical and that nowhere is there a real portrait of herself.

Today, living in a modest neighborhood near the heart of Madrid and busy with family life as the mother of five children, the novelist continues her writing and gives every promise of enlarging the already considerable literary reputation that she has established for herself.

Nada is more than a novel of contemporary Spain; it is a work that captures the anxieties, hopes, and frustrations of our time. It takes place in Barcelona two years after the end of the Civil War. There are no ruins, no bombed buildings, but the grim struggle of a postwar society is there. Even the parties, dances, and student gatherings it describes have a hollow gaiety. Everywhere memories of a bitter experience cluster to form the backdrop for the scene.

The house on Aribau Street, where the heroine Andrea arrives one rainy night, is the center of the world created by the novelist. Strange and fascinating characters inhabit it. It is a house full of dark corners, doors that slam violently, windows that are forever shut. The air is filled with human sounds, monotonous quarrels, piercing screams, a child's weeping.

The characters create infernos for one another. They are pursued by a spiritual isolation that makes each of them a haunted, tortured soul. In this world of frustration and fear, objects and things take on a new dimension. We follow the author, like a camera pausing to observe a mangy cat, catching the frozen image of a distorted face, moving in for a 'close-up' of a claw-like hand.

The heroine, young and sensitive, struggles to free herself of this nightmare. She roams the streets of the city, searches for new ties and a sense of security. But always she must return to the house on Aribau Street and its inhabitants, for they fascinate her as they inevitably do the reader. This is because in the nebulous outlines of these people she finds a mystery that seems to say much of the human condition. She is moved by their yearnings and frustrations and often hypnotized by their evil. In this the work is strongly reminiscent of the Russian novelists of the nineteenth century, particularly of Dostoevski for whom the author has often expressed admiration.

The novel moves swiftly. It has the suspense of a mystery story, the ever-changing perspective of a movie. It is written, one critic puts it, as if the author wanted to free herself of some burden. Carmen Laforet herself admits to a certain abandon in her style, to an inability to rewrite and polish. She even finds it difficult, she explains, to make corrections of detail, so concerned is she with the drama of her characters, the interior action of her plot. Of her approach to writing she declares: 'Lo que a mí, como novelista, me preocupa en mis libros, lo que soy capaz de destruir enteramente y volver a hacer de nuevo cuantas veces sea necesario, es su estructura y también su vida. Me preocupa huir del ensayo, huir de explicar mis propias opiniones culturales, que considero poco interesantes, y dar aquello para lo cual me creo dotada: la observación, la creación de la vida.' [3]

Indeed, the greatest accomplishment of *Nada* is probably its sharp, clear, and moving portrayal of a human experience deeply felt. Further, this reality is accomplished not by documentation and the painstaking accumulation of detail but by swift, vivid, impressionistic strokes. The combination results in an almost feverish intensity, which makes the work memorable.

Because of the time of its appearance and the almost instantaneous success of *Nada* numerous controversies in interpretation arose about the work. To many it was an indictment of present-day Spain. Some emphasized its autobiographical aspects and attempted to identify its characters. Others saw philosophical overtones in the novel, linking the nihilistic spirit of certain sections with the existentialist movement current in some intellectual

[3] Ibid., p. 8.

European circles. Still others stressed the dark violence of its world and spoke of *tremendismo,* a postwar tendency in fiction.[4] But to classify *Nada* thus is to ignore another of its fundamental ingredients, its feminine sensitivity, something almost unique among the best-known women novelists of Spain, who strove to write like men. The effect here, then, is one of harsh reality tempered by the youthful tenderness of its interpreter.

The fact that the society portrayed in the novel is grim and often repugnant does not make it necessary to interpret the author's intent in any special way. The critic, Domingo Pérez Minik, has clearly indicated this in his statement: 'Se percibe claramente que la autora, cuando escribió su libro, no tenía ningún contenido "ideológico" definido, ningún prejuicio social, ninguna conciencia dirigida o comprometida. Y si tenía todas estas cosas, no cabe duda que estaban muy bien enmascaradas. Es difícil deducir de *Nada* un mensaje concreto, ni una elaboración intelectual, ni una filosofía de las que andaban por el mundo.' [5]

This apparent lack of obvious message, however, has confused other critics, who complain that the undue stress on the darker aspects of life and the protagonist's seeming indifference to the evil and suffering around her make the work callous and even unchristian. Such criticism underlines by its lack of comprehension one of the essential aspects of *Nada*: that it is peculiarly the product of its time. It is the voice of a new generation emerging in a country laid waste by civil war, in a world torn by international conflict, and at a time when it seemed that civilization itself might perish. Carmen Laforet here gives expression to the anguished confusion of youth confronted by chaos and seeking a

[4] *Tremendismo* has been defined as 'relatos novelescos relativos a personas, hechos y situaciones verdaderamente terribles, de los que unas veces por la magnitud y otras por la acumulación de motivos de horror se recibe al leerlos una impresión "tremenda".' See Jerónimo Mallo, 'Caracterización y valor del "tremendismo" en la novela contemporánea,' *Hispania,* vol. XXXIX, March 1956, p. 49.

[5] *Novelistas españoles de los siglos XIX y XX,* Edic. Guadarrama, Madrid, 1957.

meaning to existence. The heroine well personifies this state of mind, its groping, its fears, and its confusion as she endeavors to comprehend the new world in which she finds herself—a world which had promised so much and seems to offer so little.

However, the novel is not entirely pessimistic. The author has said of her heroine: 'Andrea pasa por el relato con los ojos abiertos, con curiosidad, sin rencor. Se va de él sin nada en las manos. Sin encontrar nada . . . Y también—esto he querido expresarlo—sin desesperanza.' [6]

Seen superficially *Nada* is in some ways a naïve work. Yet its breathless pace, cries, and silences, although they say little, convey much. *Nada* has many artistic merits, but it is truly impressive because it strikes us as real, real with the passionate honesty, simplicity, and directness of youth. Spain's distinguished poet, Juan Ramón Jiménez, said as much in a letter to the author: 'Le escribo . . . para decirle que le agradezco la belleza tan humana de su libro, belleza de su sentimiento en su libro, mucha parte, sin duda, un libro de uno mismo y más de lo que suele creerse, sobre todo un libro como el de usted, que se le ve nutrirse, hoja tras hoja, de la sustancia de su escritora.' [7]

[6] *Mis páginas mejores,* p. 13.
[7] 'Carta a Carmen Laforet,' *Insula,* no. 25, January 1948.

SELECTIVE BIBLIOGRAPHY

Baquero Goyanes, Mariano, 'La novela española de 1939 a 1953,' *Cuadernos hispanoamericanos* (67), July 1955, pp. 81–95.

Castellet, José María, *Notas sobre literatura española contemporánea,* Edic. Laye, Barcelona, 1955.

Fernández Almagro, Melchor, 'Esquema de la novela española contemporánea,' *Clavileño* (5), 1950, pp. 15–28.

de Hoyos, Antonio, *Ocho escritores actuales,* Aula de Cultura, Murcia, 1954.

Jiménez, Juan Ramón, 'Carta a Carmen Laforet,' *Insula* (25), January 1948.

Laforet, Carmen, *Mis páginas mejores,* Edit. Gredos, Madrid, 1956.

Mallo, Jerónimo, 'Caracterización y valor del "tremendismo" en la novela española contemporánea,' *Hispania,* vol. xxxix, 1956, pp. 49–55.

del Mar, Florentina, '*Nada* o la novela atómica,' *Cuadernos de literatura contemporánea* (18), 1946, pp. 661–3.

Pérez Minik, Domingo, *Novelistas españoles de los siglos XIX y XX,* Edic. Guadarrama, Madrid, 1957. 613

Torrente Ballester, Gonzalo, 'Los problemas de la novela española contemporánea,' *Arbor* (27), 1948, pp. 395–400.

———, *Panorama de la literatura española contemporánea,* Edic. Guadarrama, Madrid, 1956.

Nada

(*Fragmento*)

A veces un gusto amargo,
Un olor malo, una rara
Luz, un tono desacorde,
Un contacto que desgana,
Como realidades fijas
Nuestros sentidos alcanzan
Y nos parecen que son
La verdad no sospechada . . .

J. R. J.[1]

[1] Juan Ramón Jiménez, Spain's most distinguished living poet, who for many years has been a source of inspiration for young writers. He received the Nobel Prize for Literature in 1956.

Primera Parte

i

Por dificultades en el último momento para adquirir billetes, llegué a Barcelona a medianoche, en un tren distinto del que había anunciado, y no me esperaba nadie.

Era la primera vez que viajaba sola, pero no estaba asustada; por el contrario,* me parecía una aventura agradable y excitante aquella profunda libertad en la noche. La sangre, después del viaje largo y cansado, me empezaba a circular en las piernas entumecidas [1] y con una sonrisa de asombro miraba la gran Estación de Francia [2] y los grupos que se formaban entre las personas que estaban aguardando el expreso y los que llegábamos con tres horas de retraso.

El olor especial, el gran rumor de la gente, las luces siempre tristes, tenían para mí un gran encanto, ya que envolvía todas mis impresiones en la maravilla de haber llegado por fin a una ciudad grande, adorada en mis sueños por desconocida.

Empecé a seguir—una gota entre la corriente—el rumbo de la masa humana que, cargada de maletas, se volcaba en [3] la salida. Mi equipaje era un maletón muy pesado—porque estaba casi lleno de libros—y lo llevaba yo misma con toda la fuerza de mi juventud y de mi ansiosa expectación.

Un aire marino, pesado y fresco, entró en mis pulmones con

* First appearance of idioms contained in a special list on p. 203 will be indicated by an asterisk

[1] entumecidas numbed

[2] Estación de Francia one of the principal railway stations of Barcelona, also known as Estación M.Z.A. (Madrid, Zaragoza, Alicante)

[3] se volcaba en streamed out

la primera sensación confusa de la ciudad: una masa de casas dormidas; de establecimientos cerrados; de faroles como centinelas borrachos de soledad. Una respiración grande, dificultosa, venía con el cuchicheo [4] de la madrugada. Muy cerca, a mi espalda, enfrente de las callejuelas misteriosas que conducen al Borne,[5] sobre mi corazón excitado, estaba el mar.

Debía parecer una figura extraña con mi aspecto risueño y mi viejo abrigo que, a impulsos de la brisa, me azotaba las piernas, defendiendo mi maleta, desconfiada de los obsequiosos «camalics».[6]

Recuerdo que, en pocos minutos, me quedé sola en la gran acera, porque la gente corría a coger los escasos taxis o luchaba por arracimarse [7] en el tranvía.

Uno de esos viejos coches de caballos que han vuelto a * surgir después de la guerra se detuvo delante de mí y lo tomé sin titubear, causando la envidia de un señor que se lanzaba detrás de él desesperado, agitando el sombrero.

Corrí aquella noche en el desvencijado [8] vehículo, por anchas calles vacías y atravesé el corazón de la ciudad lleno de luz a toda hora, como yo quería que estuviese, en un viaje que me pareció corto y que para mí se cargaba de belleza.

El coche dió la vuelta * a la plaza de la Universidad y recuerdo que el bello edificio me conmovió como un grave saludo de bienvenida.

Enfilamos la calle de Aribau donde vivían mis parientes, con sus plátanos llenos aquel octubre de espeso verdor y su silencio vívido de la respiración de mil almas detrás de los balcones apagados. Las ruedas del coche levantaban una estela [9] de ruido, que repercutía en mi cerebro. De improviso * sentí crujir y balancearse todo al armatoste. Luego quedó inmóvil.

[4] **cuchicheo** whispering
[5] **Borne** Paseo del Borne, a broad avenue in the old part of Barcelona.
[6] **obsequiosos «camalics»** obliging porters. **Camalics,** Catalan word.
[7] **por arracimarse** to cluster
[8] **desvencijado** rickety
[9] **estela** trail

—Aquí es—dijo el cochero.

Levanté la cabeza hacia la casa frente a la cual estábamos. Filas de balcones se sucedían iguales con su hierro oscuro, guardando el secreto de las viviendas. Los miré y no pude adivinar cuáles serían aquellos a los que en adelante yo me asomaría. Con la mano un poco temblorosa di unas monedas al vigilante,[10] y cuando él cerró el portal detrás de mí, con gran temblor de hierro y cristales, comencé a subir muy despacio la escalera, cargada con mi maleta.

Todo empezaba a ser extraño a mi imaginación; los estrechos y desgastados escalones de mosaico, iluminados por la luz eléctrica, no tenían cabida en mi recuerdo.

Ante la puerta del piso me acometió un súbito temor de despertar a aquellas personas desconocidas que eran para mí, al fin y al cabo,* mis parientes y estuve un rato titubeando antes de iniciar una tímida llamada a la que nadie contestó. Se empezaron a apretar los latidos de mi corazón y oprimí de nuevo el timbre. Oí una voz temblona:

«¡Ya va! ¡Ya va!»

Unos pies arrastrándose y unas manos torpes descorriendo cerrojos.[11]

Luego me pareció todo una pesadilla.

Lo que estaba delante de mí era un recibidor alumbrado por la única y débil bombilla que quedaba sujeta a uno de los brazos de la lámpara, magnífica y sucia de telarañas, que colgaba del techo. Un fondo oscuro de muebles colocados unos sobre otros como en las mudanzas. Y en primer término la mancha blanquinegra de una viejecita decrépita, en camisón, con una toquilla echada sobre los hombros. Quise pensar que me había equivocado de piso, pero aquella infeliz viejecilla conservaba una sonrisa de bondad tan dulce, que tuve la seguridad de que era mi abuela.

[10] **vigilante** night watchman who patrols a neighborhood in large Spanish cities. More often called **sereno**.

[11] **Unos pies . . . cerrojos** (I heard) dragging feet and clumsy hands sliding back bolts.

—¿Eres tú, Gloria?—dijo cuchicheando.

Yo negué con la cabeza, incapaz de hablar, pero ella no podía verme en la sombra.

—Pasa, pasa, hija mía. ¿Qué haces ahí? ¡Por Dios! ¡Que no se dé cuenta * Angustias de que vuelves a estas horas!

Intrigada, arrastré la maleta y cerré la puerta detrás de mí. Entonces la pobre vieja empezó a balbucear algo, desconcertada.

—¿No me conoces, abuela? Soy Andrea.

—¿Andrea?

Vacilaba. Hacía esfuerzos por recordar. Aquello era lastimoso.

—Sí, querida, tu nieta . . . no pude llegar esta mañana como había escrito.

La anciana seguía sin comprender gran cosa, cuando de una de las puertas del recibidor salió en pijama un tipo descarnado [12] y alto que se hizo cargo * de la situación. Era uno de mis tíos, Juan. Tenía la cara llena de concavidades, como una calavera a la luz de la única bombilla de la lámpara.

En cuanto * él me dió unos golpecitos en el hombro y me llamó sobrina, la abuelita me echó los brazos al cuello con los ojos claros llenos de lágrimas y dijo «pobrecita» muchas veces. . . .

En toda aquella escena había algo angustioso, y en el piso un calor sofocante como si el aire estuviera estancado y podrido. Al levantar los ojos vi que habían aparecido varias mujeres fantasmales. Casi sentí erizarse mi piel [13] al vislumbrar a una de ellas, vestida con un traje negro que tenía trazas * de camisón de dormir. Todo en aquella mujer parecía horrible y desastrado, hasta la verdosa dentadura que me sonreía. La seguía un perro, que bostezaba ruidosamente, negro también el animal, como una prolongación de su luto. Luego me dijeron que era la criada, pero nunca otra criatura me ha producido impresión más desagradable.

Detrás de tío Juan había aparecido otra mujer flaca y joven

[12] **descarnado** lean
[13] **casi . . . piel** I almost felt my skin crawl

con los cabellos revueltos, rojizos, sobre la aguda cara blanca y una languidez de sábana colgada,[14] que aumentaba la penosa sensación del conjunto.

Yo estaba aún, sintiendo la cabeza de la abuela sobre mi hombro, apretada por su abrazo y todas aquellas figuras me parecían igualmente alargadas y sombrías. Alargadas, quietas y tristes, como luces de un velatorio de pueblo.[15]

—Bueno, ya está bien,[16] mamá, ya está bien—dijo una voz seca y como resentida.

Entonces supe que aun había otra mujer a mi espalda. Sentí una mano sobre mi hombro y otra en mi barbilla. Yo soy alta, pero mi tía Angustias lo era más y me obligó a mirarla así. Ella manifestó cierto desprecio en su gesto. Tenía los cabellos entrecanos que le bajaban los hombros y cierta belleza en su cara oscura y estrecha.

—¡Vaya un plantón que me hiciste dar[17] esta mañana, hija! . . . ¿Cómo me podía yo imaginar que ibas a llegar de madrugada?

Había soltado mi barbilla y estaba delante de mí con toda la altura de su camisón blanco y de su bata azul.

—Señor, señor, ¡qué trastorno! Una criatura así, sola . . .

Oí gruñir a Juan.

—¡Ya está la bruja de Angustias[18] estropeándolo todo!

Angustias aparentó no oírlo.

Bueno, tú estarás cansada. Antonia—ahora se dirigía a la mujer enfundada de negro—, tiene usted que * preparar una cama para la señorita.

Yo estaba cansada y, además, en aquel momento me sentía espantosamente sucia. Aquellas gentes, moviéndose o mirándose en un ambiente que la aglomeración de cosas ensombrecía, parecían haberme cargado con todo el calor y el hollín del viaje, del

[14] **una languidez . . . colgada** the languor of a hanging sheet
[15] **como . . . pueblo** like candles at a village wake
[16] **ya está bien** that's enough
[17] **Vaya . . . dar** You certainly kept me waiting
[18] **Ya . . . Angustias** There's that witch Angustias

que antes me había olvidado. Además deseaba angustiosamente respirar un soplo de aire puro.

Observé que la mujer desgreñada [19] me miraba sonriendo, abobada por el sueño, y miraba también mi maleta con la misma sonrisa. Me obligó a volver la vista en aquella dirección y mi compañera de viaje me pareció un poco conmovedora en su desamparo de pueblerina. Pardusca,[20] amarrada con cuerdas, siendo, a mi lado, el centro de aquella extraña reunión.

Juan se acercó a mí:

—¿No conoces a mi mujer, Andrea?

Y empujó por los hombros a la mujer despeinada.

—Me llamo Gloria—dijo ella.

Vi que la abuelita nos estaba mirando con una ansiosa sonrisa.

—¡Bah, bah! . . . ¿qué es eso de daros la mano? [21] Abrazaos, niñas . . . ¡así, así!

Gloria me susurró al oído:

—¿Tienes miedo? *

Y entonces casi lo sentí, porque vi la cara de Juan que hacía muecas nerviosas [22] mordiéndose las mejillas. Era que trataba de sonreír.

Volvió tía Angustias autoritaria.

—¡Vamos!, a dormir, que es tarde.

—Quisiera lavarme un poco—dije.

—¿Cómo? ¡Habla más fuerte! ¿Lavarte?

Los ojos se abrían asombrados sobre mí. Los ojos de Angustias y de todos los demás.

—Aquí no hay agua caliente—dijo al fin * Angustias.

—No importa . . .

—¿Te atreverás a tomar una ducha a estas horas?

—Sí—dije—, sí.

¡Qué alivio el agua helada sobre mi cuerpo! ¡Qué alivio estar

[19] desgreñada disheveled
[20] pardusca grayish
[21] ¿qué . . . mano? what do you mean by shaking hands?
[22] hacía muecas nerviosas made nervous faces

fuera de las miradas de aquellos seres originales! Pensé que allí el cuarto de baño no se debía utilizar nunca. En el manchado espejo del lavabo— ¡qué luces macilentas,[23] verdosas, había en toda la casa!—se reflejaba el bajo techo cargado de telas de araña, y mi propio cuerpo entre los hilos brillantes del agua, procurando no tocar aquellas paredes sucias, de puntillas sobre la roñosa [24] bañera de porcelana.

Parecía una casa de brujas aquel cuarto de baño. Las paredes tiznadas [25] conservaban la huella de manos ganchudas, de gritos de desesperanza. Por todas partes los desconchados abrían sus bocas desdentadas rezumantes de humedad.[26] Sobre el espejo, porque no cabía en otro sitio, habían colocado un bodegón macabro de besugos [27] pálidos y cebollas sobre fondo negro. La locura sonreía en los grifos torcidos.

Empecé a ver cosas extrañas como los que están borrachos. Bruscamente cerré la ducha, el cristalino y protector hechizo, y quedé sola entre la suciedad de las cosas.

No sé cómo pude llegar a dormir aquella noche. En la habitación que me habían destinado se veía un gran piano con las teclas al descubierto. Numerosas cornucopias [28]—algunas de gran valor—en las paredes. Un escritorio chino, cuadros, muebles abigarrados. Parecía la guardilla de un palacio abandonado, y era, según supe, el salón de la casa.

En el centro, como un túmulo [29] funerario rodeado por dolientes seres—aquella doble fila de sillones destripados—, una cama turca, cubierta por una manta negra, donde yo debía dormir. Sobre el piano habían colocado una vela, porque la gran lámpara del techo no tenía bombillas.

Angustias se despidió de mí haciendo en mi frente la señal de

[23] **macilentas** wan
[24] **roñosa** filthy
[25] **tiznadas** smeared
[26] **Por . . . humedad** Chipped places everywhere opened their toothless mouths oozing moisture.
[27] **besugos** sea bream (fish)
[28] **cornucopias** wall candlesticks with mirror
[29] **túmulo** mound

la cruz, y la abuela me abrazó con ternura. Sentí palpitar su corazón como un animalillo contra mi pecho.

—Si te despiertas asustada, llámame, hija mía—dijo con su vocecilla temblona.

Y luego, en un misterioso susurro a mi oído:

—Yo nunca duermo, hijita, siempre estoy haciendo algo en la casa por las noches. Nunca, nunca duermo.

Al fin se fueron, dejándome con la sombra de los muebles que la luz de la vela hinchaba llenando de palpitaciones y profunda vida. El hedor[30] que se advertía en toda la casa llegó en una ráfaga[31] más fuerte. Era un olor a porquería de gato. Sentí que me ahogaba y trepé en peligroso alpinismo sobre el respaldo de un sillón, para abrir una puerta que aparecía entre cortinas de terciopelo y polvo. Pude lograr mi intento en la medida que los muebles lo permitían y vi que comunicaba con una de esas galerías abiertas que dan tanta luz a las casas barcelonesas. Tres estrellas temblaban en la suave negrura de arriba y al verlas tuve unas ganas * súbitas de llorar, como si viera amigos antiguos, bruscamente recobrados.

Aquel iluminado palpitar[32] de las estrellas me trajo en un tropel toda mi ilusión a través de Barcelona, hasta el momento de entrar en este ambiente de gentes y de muebles endiablados. Tenía miedo de meterme en aquella cama parecida a un ataúd. Creo que estuve temblando de indefinibles terrores cuando apagué la vela.

[30] **hedor** stench
[31] **ráfaga** gust of wind
[32] **iluminado palpitar** twinkling

II

Al amanecer, las ropas de la cama, revueltas, estaban en el suelo. Tuve frío * y las atraje sobre mi cuerpo.

Cuando abrí los ojos vi a mi abuela mirándome. No a la viejecita de la noche anterior, pequeña y consumida, sino a una mujer de cara ovalada bajo el velillo de tul de un sombrero a la moda del siglo pasado. Sonreía muy suavemente, y la seda azul de su traje tenía una tierna palpitación. Junto a ella, en la sombra, mi abuelo, muy guapo, con la espesa barba castaña y los ojos azules bajo las cejas rectas.

Nunca les había visto juntos en aquella época de su vida, y tuve curiosidad por conocer el nombre del artista que firmaba los cuadros. Así eran los dos cuando vinieron a Barcelona hacía cincuenta años. Había una larga y difícil historia de sus amores—no recordaba ya bien qué . . . quizá algo relacionado con la pérdida de una fortuna—. Pero en aquel tiempo el mundo era optimista y ellos se querían mucho. Estrenaron este piso de la calle de Aribau, que entonces empezaba a formarse. Había muchos solares aún, y quizá el olor a tierra trajera a mi abuela reminiscencias de algún jardín de otros sitios. Me la imaginé con ese mismo traje azul, con el mismo gracioso sombrero, entrando por primera vez en el piso vacío, que olía aún a pintura. «Me gustará vivir aquí»—pensaría al ver a través de los cristales el descampado [1]—, «es casi en las afueras, ¡tan tranquilo!, y esta casa es tan limpia, tan nueva . . .» Porque ellos vinieron a Bar-

[1] **descampado** open country

celona con una ilusión opuesta a la que a mí me trajo: el descanso, en un trabajo seguro y metódico. Fué su puerto de refugio la ciudad que a mí se me antojaba como palanca de mi vida.[2]

La habitación con la luz del día había perdido su horror, pero no su desarreglo espantoso, su absoluto abandono. Los retratos de los abuelos colgaban torcidos y sin marco de una pared empapelada de oscuro con manchas de humedad, y un rayo de sol polvoriento subía hasta ellos.

Me complací en pensar en que los dos estaban muertos hacía años. Me complací en pensar que nada tenía que ver * la joven del velo de tul con la pequeña momia irreconocible que me había abierto la puerta. La verdad era, sin embargo,* que ella vivía, aunque fuera lamentable, entre la cargazón[3] de trastos[4] inútiles que con el tiempo se habían ido acumulando en su casa.

Tres años hacía que, al morir el abuelo, la familia había decidido quedarse sólo con la mitad del piso. Las viejas chucherías[5] y los muebles sobrantes fueron una verdadera avalancha, que los trabajadores encargados de tapiar la puerta de comunicación amontonaron sin método unos sobre otros. Y ya se quedó la casa en el desorden provisional que ellos dejaron.

Vi, sobre el sillón al que yo me había subido la noche antes, un gato despeluciado[6] que lamía sus patas al sol. El bicho parecía ruinoso, como todo lo que le rodeaba. Me miró con sus grandes ojos al parecer * dotados de individualidad propia; algo así como si fueran unos lentes verdes y brillantes colocados sobre el hociquillo y sobre los bigotes canosos. Me restregué los párpados y volví a mirarle. Él enarcó el lomo y se le marcó[7] el espinazo en su flaquísimo cuerpo. No pude menos de * pensar que tenía un singular aire de familia con los demás personajes de la casa· como ellos presentaba un aspecto excéntrico y resultaba espiri-

[2] **la ciudad . . . vida** the city which I fancied as the turning point in my life
[3] **cargazón** pile
[4] **trastos** junk
[5] **chucherías** knicknacks
[6] **despeluciado** mangy
[7] **se le marcó** stood out

tualizado, como consumido [8] por ayunos largos, por la falta de luz y quizá por las cavilaciones. Le sonreí y empecé a vestirme.

Al abrir la puerta de mi cuarto, me encontré en el sombrío y cargado recibidor hacia el que convergían casi todas las habitaciones de la casa. Enfrente aparecía el comedor con un balcón abierto al sol. Tropecé, en mi camino hacia allí, con un hueso, pelado seguramente por el perro. No había nadie en aquella habitación, a excepción de un loro que rumiaba cosas suyas, casi riendo. Yo siempre creí que aquel animal estaba loco. En los momentos menos oportunos chillaba de un modo espeluznante. Había una mesa grande con un azucarero vacío abandonado encima. Sobre una silla, un muñeco de goma desteñido.

Yo tenía hambre,* pero no había nada comestible que no estuviera pintado en los abundantes bodegones que llenaban las paredes, y los estaba mirando, cuando me llamó tía Angustias.

El cuarto de mi tía comunicaba con el comedor y tenía un balcón a la calle. Ella estaba de espaldas,[9] sentada frente al pequeño escritorio. Me paré, asombrada, a mirar la habitación, porque aparecía limpia y en orden como si fuera un mundo aparte en aquella casa. Había un armario de luna y un gran crucifijo tapiando otra puerta que comunicaba con el recibidor; al lado de la cabecera de la cama, un teléfono.

La tía volvía la cabeza para mirar mi asombro con cierta complacencia.

Estuvimos un rato calladas y yo inicié desde la puerta una sonrisa amistosa.

—Ven, Andrea—me dijo ella—. Siéntate.

Observé que con la luz del día Angustias parecía haberse hinchado, adquiriendo bulto y formas bajo su guardapolvo verde, y me sonreí pensando que mi imaginación me jugaba malas pasadas [10] en las primeras impresiones.

—Hija mía, no sé cómo te han educado . . .

[8] **como consumido** as if consumed
[9] **de espaldas** with her back to me
[10] **me jugaba malas pasadas** was playing mean tricks on me

(Desde los primeros momentos Angustias estaba empezando a hablar como si se preparase para hacer un discurso.)

Yo abrí la boca para contestarle, pero me interrumpió con un gesto de su dedo.

—Ya sé que has hecho parte de tu Bachillerato en un colegio de monjas y que has permanecido allí durante casi toda la guerra.[11] Eso, para mí, es una garantía. Pero . . . esos dos años junto a tu prima—la familia de tu padre ha sido siempre muy rara—, en el ambiente de un pueblo pequeño, ¿cómo habrán sido? No te negaré, Andrea, que he pasado la noche preocupada por ti, pensando . . . Es muy difícil la tarea que se me ha venido a las manos. La tarea de cuidar de ti, de moldearte en la obediencia . . . ¿Lo conseguiré? Creo que sí. De ti depende facilitármelo.

No me dejaba decir nada y yo tragaba sus palabras por sorpresa, sin comprenderlas bien.

—La ciudad, hija mía, es un infierno. Y en toda España no hay una ciudad que se parezca más al infierno que Barcelona . . . Estoy preocupada con que anoche vinieras sola desde la estación. Te podía haber pasado algo. Aquí vive la gente aglomerada,[12] en acecho unos contra otros. Toda prudencia en la conducta es poca, pues el diablo reviste tentadoras formas . . . Una joven en Barcelona debe ser como una fortaleza. ¿Me entiendes?

—No, tía.

Angustias me miró.

—No eres muy inteligente, nenita.

Otra vez nos quedamos calladas.

—Te lo diré de otra forma: eres mi sobrina; por lo tanto,* una niña de buena familia, modosa,[13] cristiana e inocente. Si yo no me ocupara de ti para todo, tú en Barcelona encontrarías multitud de peligros. Por lo tanto, quiero decirte que no te dejaré dar un paso sin mi permiso. ¿Entiendes ahora?

[11] **la guerra** the Spanish Civil War (1936–39)
[12] **aglomerada** crowded together
[13] **modosa** well-behaved

—Sí.

—Bueno, pues pasemos a otra cuestión. ¿Por qué has venido?

Yo contesté rápidamente:

—Para estudiar.

(Por dentro, todo mi ser estaba agitado con la pregunta.)

—Para estudiar Letras,[14] ¿eh? . . . Sí, ya he recibido una carta de tu prima Isabel. Bueno, yo no me opongo, pero siempre que * sepas que todo nos lo deberás a nosotros, los parientes de tu madre. Y que gracias a nuestra caridad lograrás tus aspiraciones.

—Yo no sé si tú sabes . . .

—Sí; tienes una pensión de doscientas pesetas al mes, que en esta época no alcanzará ni para la mitad de tu manutención . . . ¿No has merecido una beca para la Universidad?

—No, pero tengo matrículas gratuitas.

—Eso no es mérito tuyo, sino de tu orfandad.

Otra vez estaba yo confusa, cuando Angustias reanudó la conversación de un modo insospechado.

—Tengo que advertirte algunas cosas. Si no me doliera hablar mal de mis hermanos te diría que después de la guerra han quedado un poco mal de los nervios . . . Sufrieron mucho los dos, hija mía, y con ellos sufrió mi corazón . . . Me lo pagan con ingratitudes, pero yo les perdono y rezo a Dios por ellos. Sin embargo, tengo que ponerte en guardia . . .

Bajó la voz hasta terminar en un susurro casi tierno:

—Tu tío Juan se ha casado con una mujer nada conveniente. Una mujer que está estropeando su vida . . . Andrea; si yo algún día supiera que tú eras amiga de ella, cuenta con que me darías un gran disgusto, con que yo me quedaría muy apenada . . .

Yo estaba sentada frente a Angustias en una silla dura que se me iba clavando [15] en los muslos bajo la falda. Estaba además desesperada porque me había dicho que no podría moverme sin su voluntad. Y la juzgaba, sin ninguna compasión, corta de

[14] **estudiar Letras to major in the humanities**
[15] **que . . . clavando which was sticking into**

luces[16] y autoritaria. He hecho tantos juicios equivocados en mi vida, que aun no sé si éste era verdadero. Lo cierto es que cuando se puso blanda al hablarme mal de Gloria, mi tía me fué muy antipática. Creo que pensé que tal vez no me iba a resultar desagradable disgustarla un poco, y la empecé a observar de reojo.[17] Vi que sus facciones, en conjunto, no eran feas y sus manos tenían, incluso, una gran belleza de líneas. Yo le buscaba un detalle repugnante mientras ella continuaba su monólogo de órdenes y consejos, y al fin, cuando ya me dejaba marchar, vi sus dientes de un color sucio . . .

—Dame un beso, Andrea—me pedía ella en ese momento.

Rocé su pelo con mis labios y corrí al comedor antes de que pudiera atraparme y besarme a su vez.

En el comedor había gente ya. Inmediatamente vi a Gloria que, envuelta en un quimono viejo, daba a cucharadas un plato de papilla espesa[18] a un niño pequeño. Al verme, me saludó sonriente.

Yo me sentía oprimida como bajo un cielo pesado de tormenta, pero al parecer no era la única que sentía en la garganta el sabor a polvo que da la tensión nerviosa.

Un hombre con el pelo rizado y la cara agradable e inteligente se ocupaba de engrasar una pistola al otro lado de la mesa. Yo sabía que era otro de mis tíos: Román. Vino en seguida * a abrazarme con mucho cariño. El perro negro que yo había visto la noche anterior, detrás de la criada, le seguía a cada paso. Me explicó que se llamaba «Trueno» y que era suyo; los animales parecían tener por él un afecto instintivo. Yo misma me sentí alcanzada por una ola de agrado ante su exuberancia afectuosa. En honor mío, él sacó el loro de la jaula y le hizo hacer algunas gracias. El animalejo seguía murmurando algo como para sí; entonces me di cuenta de que eran palabrotas. Román se reía con expresión feliz.

[16] **corta de luces** not very bright
[17] **de reojo** out of the corner of my eye
[18] **papilla espesa** thick mush

—Está muy acostumbrado a oírlas el pobre bicho.

Gloria, mientras tanto,* nos miraba embobada, olvidando la papilla de su hijo. Román tuvo un cambio brusco que me desconcertó.

—Pero, ¿has visto qué estúpida esa mujer?—me dijo casi gritando y sin mirarla a ella para nada [19]—. ¿Has visto cómo me mira «ésa»?

Yo estaba asombrada. Gloria, nerviosa, gritó.

—No te miro para nada, chico.

—¿Te fijas?—siguió diciéndome Román—. Ahora tiene la desvergüenza de hablarme esa basura . . .

Creí que mi tío se había vuelto loco y miré aterrada hacia la puerta. Juan había venido al oír las voces.

—¡Me estás provocando, Román!—gritó.

—¡Tú, a sujetarte los pantalones y a callar! [20]—dijo Román volviéndose hacia él.

Juan se acercó con la cara contraída y se quedaron los dos en la actitud, al mismo tiempo ridícula y siniestra, de gallos de pelea.

—¡Pégame, hombre, si te atreves!—dijo Román—. ¡Me gustaría que te atrevieras!

—¿Pegarte? ¡Matarte! . . . Te debería haber matado hace mucho tiempo . . .

Juan estaba fuera de sí,[21] con las venas de la frente hinchadas, pero no avanzaba un paso. Tenía los puños cerrados.

Román le miraba con tranquilidad y empezó a sonreírse.

—Aquí tienes * mi pistola—le dijo.

—No me provoques. ¡Canalla! . . . No me provoques o . . .

—¡Juan!—chilló Gloria—. ¡Ven aquí!

El loro empezó a gritar encima de ella, y la vi, excitada bajo sus despeinados cabellos rojos. Nadie le hizo caso.* Juan la miró unos segundos.

—¡Aquí tienes mi pistola!

[19] **para nada** at all

[20] **¡Tu, a . . . callar!** As for you, wear the pants in your family and shut up!

[21] **fuera de sí** beside himself

Decía Román, y el otro apretaba más los puños. Gloria volvió a chillar.

—¡Juan! ¡Juan!

—¡Cállate, maldita!

—¡Ven aquí, chico! ¡Ven!

—¡Cállate!

La rabia de Juan se desvió en un instante hacia la mujer y la empezó a insultar. Ella gritaba también y al final lloró.

Román les miraba divertido; luego se volvió hacia mí y dijo para tranquilizarme:

—No te asustes, pequeña. Esto pasa aquí todos los días.*

Guardó el arma en el bolsillo. Yo la miré relucir en sus manos, negra, cuidadosamente engrasada. Román me sonreía y me acarició las mejillas; luego se fué tranquilamente, mientras la discusión entre Gloria y Juan se hacía violentísima. En la puerta tropezó Román con la abuelita, que volvía de su misa diaria, y la acarició al pasar. Ella apareció en el comedor, en el instante en que tía Angustias se asomaba, enfadada también, para pedir silencio.

Juan cogió el plato de papilla del pequeño y se lo tiró a la cabeza. Tuvo mala puntería y el plato se estrelló contra la puerta que tía Angustias había cerrado rápidamente. El niño lloraba, babeando.[22]

Juan entonces empezó a calmarse. La abuelita se quitó el manto negro que cubría su cabeza, suspirando.

Y entró la criada a poner la mesa para el desayuno. Como la noche anterior, esta mujer se llevó detrás [23] toda mi atención. En su fea cara tenía una mueca desafiante, como de triunfo, y canturreaba [24] provocativa mientras extendía el estropeado mantel y empezaba a colocar las tazas, como si cerrara ella, de esta manera, la discusión.

[22] **babeando** slobbering
[23] **se llevó detrás** attracted
[24] **canturreaba** was humming

iii

«¿Has disfrutado, hijita?»—me preguntó Angustias cuando, todavía deslumbradas, entrábamos en el piso de vuelta de la calle.

Mientras me hacía la pregunta, su mano derecha se clavaba en mi hombro y me atraía hacia ella. Cuando Angustias me abrazaba o me dirigía diminutivos tiernos, yo experimentaba dentro de mí la sensación de que algo iba torcido y mal en la marcha de las cosas. De que no era natural aquello. Sin embargo debería haberme acostumbrado, porque Angustias me abrazaba y me dirigía palabras dulzonas con gran frecuencia.

A veces me parecía que estaba atormentada conmigo. Me daba vueltas alrededor. Me buscaba si yo me había escondido en algún rincón. Cuando me veía reír o interesarme en la conversación de cualquier otro personaje de la casa, se volvía humilde en sus palabras. Se sentaba a mi lado y apoyaba a la fuerza mi cabeza contra su pecho. A mí me dolía el cuello, pero, sujeta por su mano, así tenía que permanecer, mientras ella me amonestaba dulcemente. Cuando, por el contrario, le parecía yo triste o asustada, se ponía muy contenta y se volvía autoritaria.

Otras veces me avergonzaba secretamente al obligarme a salir con ella. La veía encasquetarse [1] un fieltro marrón adornado por una pluma de gallo, que daba a su dura fisonomía un aire guerrero, y me obligaba a ponerme un viejo sombrero azul sobre mi traje mal cortado. Yo no concebía entonces más resistencia que la pasiva. Cogida de su brazo, corría las calles, que me parecían

[1] **La veía encasquetarse** I saw her stick on her head

menos brillantes y menos fascinadoras de lo que yo había imaginado.

—No vuelvas la cabeza [2]—decía Angustias—. No mires así a la gente.

Si me llegaba a olvidar de que iba a su lado, era por pocos minutos.

Alguna vez veía un hombre, una mujer, que tenían en su aspecto un algo interesante, indefinible, que se llevaba detrás mi fantasía hasta el punto de tener ganas de volverme y seguirles. Entonces recordaba mi facha [3] y la de Angustias y me ruborizaba.

—Eres muy salvaje y muy provinciana, hija mía—decía Angustias con cierta complacencia—. Estás en medio de la gente, callada, encogida, con aire de querer escapar a cada instante. A veces, cuando estamos en una tienda y me vuelvo a mirarte, me das risa.[4]

Aquellos recorridos de Barcelona eran más tristes de lo que se puede imaginar.

A la hora de la cena, Román me notaba en los ojos el paseo y se reía. Esto preludiaba una envenenada discusión con tía Angustias, en la que por fin se mezclaba Juan. Me di cuenta de que apoyaba siempre los argumentos de Román, quien, por otra parte,* no aceptaba ni agradecía su ayuda.

Cuando sucedía algo así, Gloria salía de su placidez habitual. Se ponía nerviosa, casi gritaba:

—¡Si eres capaz de hablar con tu hermano, a mí no me hables!

—¡Naturalmente que soy capaz! ¡A ver si crees que soy tan cochino como tú y como él!

—Sí, hijo mío—decía la abuela, envolviéndole en una mirada de adoración—, haces bien.

—¡Cállate, mamá, y no me hagas maldecir de ti! ¡No me hagas maldecir!

[2] **No vuelvas la cabeza** Don't turn your head
[3] **facha** appearance
[4] **me das risa** you make me laugh

La pobre movía la cabeza y se inclinaba hacia mí, bisbiseando [5] a mi oído:

—Es el mejor de todos, hija mía, el más bueno y el más desgraciado, un santo . . .

—¿Quieres hacer el favor * de no enredar, mamá? ¿Quieres no meter en la cabeza de la sobrina majaderías que no le importan para nada?

El tono era ya destemplado y desagradable, perdido el control de los nervios.

Román, ocupado en preparar con la fruta de su plato una golosina para el loro, terminaba la cena sin preocuparse de ninguno de nosotros. Tía Angustias sollozaba a mi lado, mordiendo su pañuelo, porque no sólo se veía a sí misma fuerte y capaz de conducir multitudes, sino también dulce, desdichada y perseguida. No sé bien cuál de los dos papeles le gustaba más. Gloria apartaba de la mesa la silla alta del niño y, por detrás de Juan, me sonreía llevándose un índice a la sien.[6]

Juan, abstraído, silencioso, parecía inquieto, a punto de saltar.

Cuando Román terminaba su tarea, daba unos golpecitos en el hombro a la abuela y se marchaba antes que nadie. En la puerta se detenía para encender un cigarrillo y para lanzar su última frase:

—Hasta la imbécil de tu mujer [7] se burla ya de ti, Juan; ten cuidado * . . .

Según su costumbre, no había mirado ni una vez a Gloria.

El resultado no se hacía esperar.[8] Un puñetazo en la mesa y un barboteo [9] de insultos contra Román, que no se cortaban cuando el ruido seco de la puerta del piso anunciaba que Román había salido ya.

Gloria tomaba en brazos al niño y se iba a su cuarto para dormirle. Me miraba un momento y me proponía:

[5] **bisbiseando** muttering
[6] **llevándose . . . sien** raising her finger to her temple
[7] **Hasta . . . mujer** Even that imbecile wife of yours
[8] **El resultado . . . esperar** The result was not long in coming.
[9] **barboteo** mumbling

—¿Vienes, Andrea?

Tía Angustias tenía la cara entre las manos. Sentía su mirada a través de los dedos entreabiertos. Una mirada ansiosa, seca de tanta súplica. Pero yo me levantaba.

—Bueno, sí.

Y me premiaba una sonrisa temblona de la abuelita. Entonces, la tía corría a encerrarse en su cuarto, indignada y sospecho que temblando de celos.

El cuarto de Gloria se parecía algo al cubil [10] de una fiera. Era un cuarto interior ocupado casi todo él por la cama de matrimonio y la cuna del niño. Había un tufo [11] especial, mezcla de olor a criatura pequeña, a polvos para la cara y a ropa mal cuidada. Las paredes estaban llenas de fotografías, y entre ellas, en un lugar preferente, aparecía una postal vivamente iluminada representando dos gatitos.

Gloria se sentaba en el borde de la cama con el niño en las rodillas. El niño era guapo y sus piernecitas colgaban gordas y sucias mientras se dormía.

Cuando estaba dormido, Gloria lo metía en la cuna y se estiraba con delicia metiéndose las manos entre la brillante cabellera. Luego se tumbaba en la cama, con sus gestos lánguidos.

—¿Qué opinas de mí?—me decía a menudo.*

A mí me gustaba hablar con ella porque no hacía falta * contestarle nunca.

—¿Verdad que soy bonita y muy joven? ¿Verdad? . . .

Tenía una vanidad tonta e ingenua que no me resultaba desagradable; además, era efectivamente joven y sabía reírse locamente mientras me contaba sucesos de aquella casa. Cuando me hablaba de Antonia o de Angustias, tenía verdadera gracia.*

—Ya irás conociendo a estas gentes; son terribles, ya verás . . . No hay nadie bueno aquí, como no sea la abuelita, que la pobre está trastornada . . . Y Juan. Juan es buenísimo, chica. ¿Ves tú que chilla tanto y todo? Pues es buenísimo . . .

[10] **cubil** den
[11] **tufo** foul odor

Me miraba y ante mi cerrada expresión se echaba a * reír . . .

—Y yo, ¿no crees?—concluía—. Si yo no fuera buena, Andreíta, ¿cómo les iba a aguantar a todos?

Yo la veía moverse y la oía charlar con agrado inexplicable. En la atmósfera pesada de su cuarto ella estaba tendida sobre la cama igual que un muñeco de trapo a quien pesara demasiado la cabellera roja. Y por lo general * me contaba graciosas mentiras intercaladas a sucesos reales. No me parecía inteligente, ni su encanto personal provenía de su espíritu. Creo que mi simpatía por ella tuvo origen el día en que la vi desnuda sirviendo de modelo a Juan.

Yo no había entrado nunca en la habitación donde mi tío trabajaba, porque Juan me inspiraba cierta prevención. Fuí una mañana a buscar un lápiz, por consejo de la abuela, que me indicó que allí lo encontraría.

El aspecto de aquel gran estudio era muy curioso. Lo habían instalado en el antiguo despacho de mi abuelo. Siguiendo la tradición de las demás habitaciones de la casa, se acumulaban allí, sin orden ni concierto, libros, papeles y las figuras de yeso que servían de modelo a los discípulos de Juan. Las paredes estaban cubiertas de duros bodegones pintados por mi tío, en tonos estridentes. En un rincón aparecía, inexplicable, un esqueleto de estudiante de anatomía sobre su armazón de alambre, y por la gran alfombra manchada de humedades se arrastraban el niño y el gato que venía en busca del sol de oro de los balcones. El gato parecía moribundo, con su fláccido [12] rabo, y se dejaba atormentar por el niño abúlicamente.[13]

Vi todo este conjunto en derredor de Gloria, que estaba sentada sobre un taburete recubierto con tela de cortina, desnuda y en una postura incómoda.

Juan pintaba trabajosamente y sin talento, intentando reproducir pincelada a pincelada aquel fino y elástico cuerpo. A mí me parecía una tarea inútil. En el lienzo iba apareciendo un acarto-

[12] **fláccido** soft
[13] **abúlicamente** listlessly

nado [14] muñeco tan estúpido como la misma expresión de la cara de Gloria al escuchar cualquier conversación de Román conmigo. Gloria, enfrente de nosotros, sin su desastrado vestido, aparecía increíblemente bella y blanca entre la fealdad de todas las cosas, como un milagro del Señor. Un espíritu dulce y maligno a la vez palpitaba en la grácil forma de sus piernas, de sus brazos, de sus finos pechos. Una inteligencia sutil y diluída en la cálida superficie de la piel perfecta. Algo que en sus ojos no lucía nunca. Esta llamarada del espíritu que atrae en las personas excepcionales, en las obras de arte.

Yo, que había entrado sólo para unos segundos, me quedé allí fascinada. Juan parecía contento de mi visita y habló de prisa * de sus proyectos pictóricos. Yo no le escuchaba.

Aquella noche, casi sin darme cuenta, me encontré iniciando una conversación con Gloria, y fuí por primera vez a su cuarto. Su charla insubstancial me parecía el rumor de lluvia que se escucha con gusto y con pereza. Empezaba a acostumbrarme a ella, a sus rápidas preguntas incontestadas, a su estrecho y sinuoso cerebro.

—Sí, sí, yo soy buena . . . no te rías.

Estábamos calladas. Luego se acercaba para preguntarme:

—¿Y de Román? ¿Qué opinas de Román?

Luego hacía un gesto especial para decir:

—Ya sé que te parece simpático, ¿no?

Yo me encogía de hombros. Al cabo de un momento me decía:

—A ti te es más simpático que Juan, ¿no?

Un día, impensadamente, se puso a * llorar. Lloraba de una manera extraña, cortada y rápida, con ganas de acabar pronto.

—Román es un malvado—me dijo—, ya lo irás conociendo. A mí me ha hecho un daño * horrible, Andrea—se secó las lágrimas—. No te contaré de una vez las cosas que me ha hecho porque son demasiadas; poco a poco * las sabrás. Ahora tú estás fascinada por él y ni siquiera me creerías.

[14] **acartonado cardboard-like**

Yo, honradamente, no me creía fascinada por Román, casi al contrario, a menudo le examinaba con frialdad. Pero en las raras noches en que Román se volvía amable después de la cena, siempre borrascosa, y me invitaba: «¿Vienes, pequeña?», yo me sentía contenta. Román no dormía en el mismo piso que nosotros: se había hecho arreglar un cuarto en las guardillas de la casa, que resultó un refugio confortable. Se hizo construir una chimenea con ladrillos antiguos y unas librerías [15] bajas pintadas de negro. Tenía una cama turca y, bajo la pequeña ventana enrejada, una mesa muy bonita llena de papeles, de tinteros de todas épocas y formas con plumas de ave dentro. Un rudimentario teléfono servía, según me explicó, para comunicar con el cuarto de la criada. También había un pequeño reloj, recargado,[16] que daba la hora * con un tintineo [17] gracioso, especial. Había tres relojes en la habitación, todos antiguos, adornando acompasadamente el tiempo. Sobre las librerías, monedas, algunas muy curiosas; lamparitas romanas de la última época y una antigua pistola con puño de nácar.

Aquel cuarto tenía insospechados cajones en cualquier rincón de la librería, y todos encerraban pequeñas curiosidades que Román me iba enseñando poco a poco. A pesar de * la cantidad de cosas menudas, todo estaba limpio y en un relativo orden.

—Aquí las cosas se encuentran bien, o por lo menos * eso es lo que yo procuro . . . A mí me gustan las cosas—se sonreía—; no creas que pretendo ser original con esto, pero es la verdad. Abajo no saben tratarlas. Parece que el aire está lleno siempre de gritos . . . y eso es culpa de las cosas, que están asfixiadas, doloridas, cargadas de tristeza. Por lo demás,* no te forjes novelas: [18] ni nuestras discusiones ni nuestros gritos tienen causa, ni conducen a un fin . . . ¿Qué te has empezado a imaginar de nosotros?

—No sé.

[15] **librerías** bookshelves
[16] **recargado** heavily ornamented
[17] **tintineo** jingling
[18] **no . . . novelas** don't have any illusions

—Ya sé que estás siempre soñando cuentos con nuestros caracteres.

—No.

Román enchufaba, mientras tanto, la cafetera exprés [19] y sacaba no sé de dónde unas mágicas tazas, copas y licor; luego, cigarrillos.

—Ya sé que te gusta fumar.

—No; pues no me gusta.

—¿Por qué me mientes a mí también?

El tono de Román era siempre de franca curiosidad respecto a mí.

—Sé perfectamente todo lo que tu prima escribió a Angustias . . . Es más: he leído la carta, sin ningún derecho, desde luego,* por pura curiosidad.

—Pues no me gusta fumar. En el pueblo lo hacía expresamente para molestar a Isabel, sin ningún otro motivo. Para escandalizarla, para que me dejara venir a Barcelona por imposible.[20]

Como yo estaba ruborizada y molesta, Román no me creía más que a medias, pero era verdad lo que le decía. Al final aceptaba un cigarrillo, porque los tenía siempre deliciosos y su aroma sí que me gustaba. Creo que fué en aquellos ratos cuando empecé a encontrar placer en el humo. Román se sonreía.

Yo me daba cuenta de que él me creía una persona distinta; mucho más formada, tal vez más inteligente y desde luego hipócrita y llena de extraños anhelos. No me gustaba desilusionarle, porque vagamente yo me sentía inferior; un poco insulsa [21] con mis sueños y mi carga de sentimentalismo, que ante aquella gente procuraba ocultar.

Román tenía una agilidad enorme en su delgado cuerpo. Hablaba conmigo en cuclillas [22] junto a la cafetera, que estaba en el suelo, y entonces parecía en tensión, lleno de muelles bajo los

[19] cafetera exprés coffee pot in Mediterranean countries which makes coffee by using steam pressure

[20] por imposible as a hopeless case

[21] insulsa dull

[22] en cuclillas squatting

músculos morenos. Luego, inopinadamente, se tumbaba en la cama, fumando, relajadas las facciones como si el tiempo no tuviera valor, como si nunca hubiera de levantarse de allí. Casi como si se hubiera echado para morir fumando.

A veces, yo miraba sus manos, morenas como su cara, llenas de vida, de corrientes nerviosas, de ligeros nudos, delgadas. Unas manos que me gustaban mucho.

Sin embargo, yo, sentada en la única silla del cuarto frente a su mesa de trabajo, me sentía muy lejos de él. La impresión de sentirme arrastrada por su simpatía, que tuve cuando me habló la primera vez, no volvió nunca.

Preparaba un café maravilloso, y la habitación se llenaba de vahos [23] cálidos. Yo me sentía a gusto allí, como en un remanso [24] de la vida de abajo.

—Aquello es como un barco que se hunde. Nosotros somos las pobres ratas que, al ver el agua, no sabemos qué hacer . . . Tu madre evitó el peligro antes que nadie marchándose. Dos de tus tías se casaron con el primero que llegó con tal de huir. Sólo quedamos la infeliz de tu tía Angustias y Juan y yo, que somos dos canallas. Tú, que eres una ratita despistada, pero no tan infeliz como parece, llegas ahora.

—¿No quieres hacer música hoy, di?

Entonces Román abría el armario en que terminaba la librería y sacaba de allí el violín. En el fondo del armario había unos cuantos lienzos arrollados.

—¿Tú sabes pintar también?

—Yo he hecho de todo.[25] ¿No sabes que empecé a estudiar Medicina y lo dejé, que quise ser ingeniero y no pude llegar a hacer el ingreso? También he empezado a pintar de afición . . .[26] Lo hacía mucho mejor que Juan, te aseguro.

Yo no lo dudaba: me parecía ver en Román un fondo inagotable de posibilidades. En el momento en que, de pie * junto a

[23] **vahos** fumes
[24] **remanso** backwater
[25] **Yo . . . todo** I've done a little of everything.
[26] **de afición** as a hobby

la chimenea, empezaba a pulsar el arco,[27] yo cambiaba completamente. Desaparecían mis reservas, la ligera capa de hostilidad contra todos que se me había ido formando. Mi alma, extendida como mis propias manos juntas, recibía el sonido como una lluvia la tierra áspera. Román me parecía un artista maravilloso y único. Iba hilando en la música una alegría tan fina que traspasaba los límites de la tristeza. La música aquella sin nombre. La música de Román, que nunca más he vuelto a oír.

Y de pronto * un silencio enorme y luego la voz de Román:

—A ti se te podría hipnotizar . . . ¿Qué te dice la música?

Inmediatamente se me cerraban las manos y el alma.

—Nada, no sé, sólo me gusta . . .

—No es verdad. Dime lo que te dice. Lo que te dice al final.

—Nada.

Me miraba defraudado un momento. Luego, mientras guardaba el violín:

—No es verdad.

Me alumbraba con su linterna eléctrica desde arriba, porque la escalera sólo se podía encender en la portería y yo tenía que bajar tres pisos hasta nuestra casa.

El primer día tuve la impresión de que, delante de mí, en la sombra, bajaba alguien. Me pareció pueril y no dije nada.

Otro día la impresión fué más viva. De pronto, Román me dejó a oscuras y enfocó la linterna hacia la parte de la escalera en que algo se movía. Y vi clara y fugazmente a Gloria que corría escaleras abajo hacia la portería.

[27] **empezaba . . . arco** he began to test the bow

iv

¡Cuántos días inútiles! Días llenos de historias, demasiadas historias turbias. Historias incompletas, apenas iniciadas e hinchadas ya como una vieja madera a la intemperie.[1] Historias demasiado oscuras para mí. Su olor, que era el podrido olor de mi casa, me causaba cierta náusea . . . Y sin embargo habían llegado a constituir el único interés de mi vida. Poco a poco me había ido quedando ante mis propios ojos en un segundo plano de la realidad, abiertos mis sentidos sólo para la vida que bullía [2] en el piso de la calle de Aribau. Me acostumbraba a olvidarme de mi aspecto y de mis sueños. Iba dejando de tener importancia el olor de los meses, las visiones del porvenir y se iba agigantando cada gesto de Gloria, cada palabra oculta, cada reticencia [3] de Román. El resultado parecía ser aquella inesperada tristeza.

Cuando entré en la casa empezó a llover detrás de mí y la portera me lanzó un gran grito de aviso para que me limpiara los pies en el felpudo.

Todo el día había transcurrido como un sueño. Después de comer, me senté encogida, metidos los pies en unas grandes zapatillas de fieltro, junto al brasero de la abuela. Escuchaba el ruido de la lluvia. Los hilos del agua iban limpiando con su fuerza el polvo de los cristales del balcón. Primero habían formado una

[1] **apenas . . . intemperie** hardly begun and already warped like old wood left out in the open air
[2] **bullía** stirred
[3] **reticencia** half-truth

capa pegajosa de cieno,[4] ahora las gotas resbalaban libremente por la superficie brillante y gris.

No tenía ganas de moverme ni de hacer nada, y por primera vez eché de menos * uno de aquellos cigarrillos de Román. La abuelita vino a hacerme compañía. Vi que trataba de coser con sus torpes y temblonas manos un trajecito del niño. Gloria llegó un rato después y empezó a charlar con las manos cruzadas bajo la nuca. La abuelita hablaba también, como siempre, de los mismos temas. Eran hechos recientes, de la pasada guerra, y antiguos, de muchos años atrás, cuando sus hijos eran niños. En mi cabeza, un poco dolorida, se mezclaban las dos voces en una cantinela [5] con fondo de lluvia y me adormecían.

ABUELA.—No había dos hermanos que se quisieran más. (¿Me escuchas, Andrea?) No había dos hermanos como Román y Juanito . . . Yo he tenido seis hijos. Los otros cuatro estaban siempre cada uno por su lado,[6] las chicas reñían entre ellas, pero estos dos pequeños eran como dos ángeles . . . Juan era rubio y Román muy moreno, y yo siempre los vestía con trajes iguales. Los domingos iban a Misa conmigo y con tu abuelo . . . En el colegio, si algún chico se peleaba con uno de ellos, ya estaba el otro allí para defenderle. Román era más pícaro . . . pero ¡cómo se querían! Todos los hijos deben ser iguales para una madre, pero estos dos fueron sobre todos para mí . . . como eran los más pequeños . . . como fueron los más desgraciados . . . Sobre todo * Juan.

GLORIA.—¿Tú sabías que Juan quiso ser militar y, como le suspendieron en el ingreso de la Academia, se marchó a África, al Tercio,[7] y estuvo allí muchos años?

ABUELA.—Cuando volvió trajo muchos cuadros de allí . . . Tu abuelo se enfadó cuando dijo que se quería dedicar a la pintura, pero yo le defendí y Román también, porque entonces, hija mía, Román era bueno . . . Yo siempre he defendido a mis

[4] **una capa . . . cieno** a sticky layer of mud
[5] **cantinela** ballad
[6] **cada . . . lado** each one off on his own
[7] **Tercio** Spanish troops in Morocco

hijos, he querido ocultar sus picardías y sus diabluras. Tu abuelo se enfadaba conmigo, pero yo no podía soportar que los riñesen . . . Pensaba: «Más moscas se cogen con una cucharada de miel» [8] . . . Yo sabía que salían por las noches de juerga, que no estudiaban . . . Les esperaba temblando de que tu abuelo se enterara . . . Me contaban sus picardías y yo no me sorprendía de nada, hijita . . . Confiaba en que, poco a poco, sabrían dónde estaba el bien, empujados por su corazón mismo.

GLORIA.—Pues Román no la quiere a usted, mamá; dice que los ha hecho desgraciados a todos con su procedimiento.

ABUELA.—¿Román? . . . ¡Je, je! Sí que me quiere,[9] ya lo creo * que me quiere . . . pero es más rencorosillo que Juan y está celoso de ti, Gloria; dice que te quiero más a ti . . .

GLORIA.—¿Dice eso Román?

ABUELA.—Sí; la otra noche, cuando yo buscaba mis tijeras . . . era ya muy tarde y todos estabais durmiendo, se abrió la puerta despacito y apareció Román. Venía a darme un beso. Yo le dije: «Es inicuo lo que haces con la mujer de tu hermano; es un pecado que Dios no te podrá perdonar» . . . Y entonces fué . . . Yo le dije: «Es una niña desgraciada por tu culpa, y tu hermano sufre también por tu causa. ¿Cómo te voy a querer [10] igual que antes?» . . .

GLORIA.—Román antes me quería mucho. Y esto es un secreto grande, Andrea, pero estuvo enamorado de mí.

ABUELA.—Niña, niña. ¿Cómo iba a estar Román enamorado de una mujer casada? Te quería como a su hermana, nada más.

GLORIA.—Él me trajo a esta casa . . . Él mismo, que ahora no me habla, me trajo aquí en plena guerra . . . Tú te asustaste cuando entraste aquí la primera vez, ¿verdad que sí, Andrea? Pues para mí fué mucho peor . . . Nadie me quería . . .

[8] The proverb is usually given: **Mas moscas se cogen con una gota de miel que con un cuartillo de vinagre.** More flies are taken with a drop of honey than a pint of vinegar.

[9] **Sí . . . quiere** Of course, he loves me

[10] **¿Cómo . . . querer** How can I love you

ABUELA.—Yo sí que te quería, todos te quisimos. ¿Por qué eres tan ingrata al hablar?

GLORIA.—Había hambre, tanta suciedad como ahora y un hombre escondido porque le buscaban para matarle: el jefe de Angustias, don Jerónimo; ¿no te han hablado de él? Angustias le había cedido su cama y ella dormía donde tú ahora . . . A mí me pusieron un colchón en el cuarto de la abuela. Todos me miraban con desconfianza. Don Jerónimo no me quería hablar porque, según él, yo era la querida de Juan [11] y mi presencia le resultaba intolerable . . .

ABUELA.—Don Jerónimo era un hombre raro; figúrate que quería matar al gato . . . Ya ves tú, porque el pobre animal es muy viejo y vomitaba por los rincones, decía que no lo podía sufrir. Pero yo, naturalmente, lo defendí contra todos, como hago siempre que alguien está perseguido y triste . . .

GLORIA.—Yo era igual que aquel gato y mamá me protegió. Una vez me pegué con la criada esa,[12] Antonia, que aún está en la casa . . .

ABUELA.—Es incomprensible eso de pegarse con un criado . . . Cuando yo era joven eso no se hubiera podido concebir . . . Cuando yo era joven teníamos un jardín grande que llegaba hasta el mar . . . Tu abuelo me dió una vez un beso . . . Yo no se lo perdoné en muchos años. Yo . . .

GLORIA.—Yo cuando llegamos aquí, estaba muy asustada. Román me decía: «No tengas miedo.» Pero él también había cambiado.

ABUELA.—Cambió en los meses que estuvo en la checa; [13] allí lo martirizaron; cuando volvió casi no le reconocimos. Pero Juan había sido más desgraciado que él, por eso yo comprendo más a Juan. Me necesita más Juan. Y esta niña también me necesita. Si no fuera por mí, ¿dónde estaría su reputación?

GLORIA.—Román había cambiado antes. En el momento

[11] **la querida de Juan** Juan's mistress
[12] **Una vez . . . esa** Once I came to blows with that maid
[13] **la checa** prison

mismo que entramos en Barcelona en aquel coche oficial. ¿Tú sabes que Román tenía un cargo importante con los rojos? [14] Pero era un espía, una persona baja y ruin que vendía a los que le favorecieron. Sea por lo que sea, el espionaje es de cobardes . . .

ABUELA.—¿Cobardes? Niña, en mi casa no hay cobardes . . . Román es bueno y valiente y exponía su vida por mí, porque yo no quería que estuviera con aquella gente. Cuando era pequeño . . .

GLORIA.—Te voy a contar una historia, mi historia, Andrea, para que veas que es como una novela de verdad . . . Ya sabes tú que yo estaba en un pueblo de Tarragona evacuada . . . Entonces, en la guerra, siempre estábamos fuera de nuestras casas. Cogíamos los colchones, los trastos, y huíamos. Había quien lloraba. ¡A mí me parecía tan divertido! . . . Era por enero o febrero cuando conocí a Juan, tú ya lo sabes. Juan se enamoró de mí en seguida y nos casamos a los dos días . . . Le seguí a todos los sitios a donde iba . . . Era una vida maravillosa, Andrea. Juan era completamente feliz conmigo, te lo juro, y entonces estaba guapo, no como ahora, que parece un loco . . . Había muchas chicas que seguían a sus maridos y a sus novios a todos lados. Siempre teníamos amigos divertidos . . . Yo nunca tuve miedo a los bombardeos, ni a los tiros . . . Pero no nos acercábamos mucho a los sitios de peligro. Yo no sé bien cuál era el cargo que tenía Juan, pero también era importante. Te digo que yo era feliz. La primavera iba llegando y pasábamos por sitios muy bonitos. Un día me dijo Juan: «Te voy a presentar a mi hermano». Asimismo, Andrea. Román al principio me pareció simpático . . . ¿Tú lo encuentras más guapo que Juan? Pasamos algún tiempo con él, en aquel pueblo. Un pueblo que llegaba al mar. Todas las noches Juan y Román se encerraban para

[14] **los rojos** the Reds. During the Civil War both sides made an appeal for outside aid. Hitler and Mussolini sent men and equipment to help the Nationalist cause, led by General Franco, while Russia aided the Republicans. For this reason, and because of the existence of Spanish communists in their ranks, the defenders of the Republic were called Reds by the opposing group. In Spain the term is still so used.

hablar, en un cuarto junto al que yo dormía. Yo quería saber lo que decían. ¿No te hubiera pasado a ti lo mismo? Y además había una puerta entre las dos habitaciones. Creía que hablaban de mí. Estaba segura de que hablaban de mí. Una noche me puse a escuchar. Miré por la cerradura. Estaban los dos inclinados sobre un plano y Román era el que decía:

«Yo tengo que volver aún a Barcelona. Pero tú puedes pasarte. Es sencillísimo . . .» Poco a poco, empecé a comprender que Román estaba instando a Juan para que se pasara a los nacionales . . . Figúrate, Andrea, que por aquellos días fué cuando yo empecé a sentir que estaba embarazada.[15] Se lo dije a Juan. Él se quedó pensativo . . . Aquella noche en que se lo dije ya te imaginarás mi interés al volver a escuchar tras de la puerta del cuarto de Román. Yo estaba en camisón, descalza, todavía me parece que siento aquella angustia. Juan decía: «Estoy decidido. Ya no hay nada que me detenga.» Yo no lo podía creer. Si lo hubiera creído en aquel mismo momento habría aborrecido a Juan . . .

ABUELA.—Juan hacía bien. Te mandó aquí, conmigo . . .

GLORIA.—Aquella noche no hablaron nada de mí, nada. Cuando Juan vino a acostarse me encontró llorando en la cama. Le dije que había tenido malos sueños. Que había creído que me abandonaba sola con el niño. Entonces me acarició y se durmió sin decirme nada. Yo me quedé despierta viéndole dormir, quería ver qué cosas soñaba . . .

ABUELA.—Es bonito ver dormir a las personas que se quieren. Cada hijo duerme de una manera diferente . . .

GLORIA.—Al día siguiente Juan le pidió a Román, delante de mí, que me trajera a esta casa cuando viniese a Barcelona. Román se quedó sorprendido y dijo: «No sé si podré», mirando muy serio a Juan. Por la noche discutieron mucho. Juan decía: «Es lo menos que puedo hacer, que yo sepa no tiene ningún pariente». Entonces Román dijo: «¿Y Paquita?». Yo no había oído nunca ese nombre hasta entonces y estaba muy interesada. Pero Juan dijo otra vez: «Llévala a casa.» Y aquella noche ya no hablaron

[15] **embarazada** pregnant

más de eso. Sin embargo hicieron algo interesante: Juan le dió mucho dinero a Román y otras cosas que luego él se ha negado a devolverle. Usted lo sabe bien, mamá.

ABUELA.—Niña, no se debe escuchar por las cerraduras de las puertas. Mi madre no me lo hubiera permitido, pero tú eres huérfana . . . es por eso . . .

GLORIA.—Como se oía el mar, muchas frases se me perdián. No pude enterarme de quién era Paquita, ni de nada interesante. Al día siguiente me despedí de Juan y estaba yo muy triste, pero me consolaba pensar que iba a venir a su casa. Román conducía el coche y yo iba a su lado. Román empezó a bromear conmigo . . . Es muy simpático Román cuando quiere, pero en el fondo es malo. Nos parábamos muchas veces en el trayecto. Y en una aldea estuvimos cuatro días alojados en el castillo . . . Un castillo maravilloso; por dentro estaba restaurado y tenía todo el confort moderno . . . Algunas habitaciones estaban desvastadas, sin embargo. Los soldados se alojaban en la planta baja. Nosotros con la oficialidad en las habitaciones altas . . . Entonces Román era muy distinto conmigo. Muy amable, chica. Afinó [16] un piano y tocaba cosas, como ahora hace para ti. Y además me pidió que me dejara pintar desnuda, como ahora hace Juan . . . Es que yo tengo un cuerpo muy bonito.

ABUELA.—¡Niña! ¿Qué estás diciendo? Esta picarona inventa muchas cosas . . . No hagas caso . . .

GLORIA.—Es verdad. Y yo no quise, mamá, porque usted sabe muy bien que aunque Román ha dicho tantas cosas de mí, yo soy una chica muy decente . . .

ABUELA.—Claro, hijita, claro . . . Tu marido hace mal en pintarte así; si el pobre Juan tuviera dinero para modelos no lo haría . . . Ya sé, hija mía, que haces ese sacrificio por él, por eso yo te quiero tanto . . .

GLORIA.—Había muchos lirios morados en el parque del castillo. Román quería pintarme con aquellos lirios morados en los cabellos . . . ¿Qué te parece?

[16] **Afinó** tuned

ABUELA.—Lirios morados . . . ¡Qué bonitos son! ¡Cuánto tiempo hace que no tengo flores para mi Virgen!

GLORIA.—Luego vinimos a esta casa. Ya te puedes imaginar lo desgraciada que me sentí. Toda la gente de aquí me parecía loca. Don Jerónimo y Angustias hablaban de que mi matrimonio no servía y de que Juan no se casaría conmigo cuando volviera, de que yo era ordinaria, ignorante . . . Un día llegó la mujer de don Jerónimo, que venía a veces, muy escondida, para ver a su marido y traerle cosas buenas. Cuando se enteró de que en casa había una mujerzuela, como ella decía, le dió un ataque.[17] La mamá le roció [18] la cara con agua . . . Yo le pedí a Román que me devolviera el dinero que Juan le había dado, porque quería marcharme de aquí. Aquel dinero era bueno, en plata, de antes de la guerra. Cuando Román supo que yo había estado escuchando las conversaciones que él tuvo con Juan en el pueblo, se puso furioso. Me trató peor que a un perro. Peor que a un perro rabioso . . .

ABUELA.—Pero ¿vas a llorar ahora, tontuela? Román estaría un poco enfadado. Los hombres son así, algo vivos de genio. Y escuchar detrás de las puertas es una cosa fea, ya te lo he dicho siempre. Una vez . . .

GLORIA.—Por aquellos días vinieron a buscar a Román y se lo llevaron a una checa, querían que hablara y por eso no le fusilaron. Antonia, la criada, que está enamorada de él, se puso hecha una fiera.[19] Declaró a su favor. Dijo que yo era una sinvergüenza, una mujer mala. Que Juan, cuando viniese, me tiraría por la ventana. Que yo era la que había denunciado a Román. Dijo que me abriría el vientre con un cuchillo; entonces fué cuando yo le pegué . . .

ABUELA.—Esa mujer es una fiera. Pero gracias a ella no fusilaron a Román. Por eso la aguantamos . . . Y no duerme nunca: algunas noches, cuando yo vengo a buscar mi cestillo de costura,

[17] **le dió un ataque** she had a fit
[18] **roció** sprinkled
[19] **se puso . . . fiera** went wild

o las tijeras que siempre se me pierden, aparece en la puerta de su cuarto y me grita: «¿Por qué no se va usted a la cama, señora? ¿Qué hace usted levantada?» La otra noche me dió un susto tan grande, que me caí . . .

Gloria.—Yo pasaba hambre.[20] Mamá, pobrecilla, me guardaba parte de su comida. Angustias y don Jerónimo tenían muchas cosas almacenadas, pero las probaban ellos solos. Yo rondaba su cuarto. A la criada le daban algo, de cuando en cuando,* por miedo . . .

Abuela.—Don Jerónimo era cobarde. A mí la gente cobarde no me gusta, no . . . Es mucho peor. Cuando vino un miliciano a registrar la casa, yo le enseñé todos mis Santos, tranquilamente. «¿Pero usted cree en esas paparruchas de Dios?»,[21] me dijo. «Claro que sí; ¿usted no?», le contesté. «No, ni permito que lo crea nadie.» «Entonces yo soy más republicana que usted, porque a mí me tiene sin cuidado [22] lo que los demás piensen; creo en la libertad de ideas.» Entonces se rascó la cabeza y me dió la razón.* Al otro día me trajo un rosario de regalo de los que tenían ellos requisados. Te advierto que ese mismo día a los vecinos de arriba, que sólo tenían un San Antonio sobre la cama, se lo tiraron por la ventana . . .

Gloria.—No te quiero decir lo que padecí aquellos meses. Y al final fué peor. Mi niño nació cuando entraron los nacionales. Angustias me llevó a una clínica y me dejó allí . . . Era una noche de bombardeos terribles, las enfermeras me dejaron sola. Luego tuve una infección. Una fiebre altísima más de un mes. No conocía a nadie. No sé cómo el niño pudo vivir. Cuando terminó la guerra aún estaba yo en la cama y pasaba los días atontada, sin fuerzas para pensar ni para moverme. Una mañana se abrió la puerta y entró Juan. No le reconocí al pronto.* Me pareció altísimo y muy flaco. Se sentó en mi cama y me abrazó. Yo apoyé la cabeza en su hombro y empecé a llorar, entonces me dijo: «Perdóname, perdóname», así bajito. Yo le empecé a tocar

[20] **Yo pasaba hambre** I went hungry
[21] **paparruchas de Dios** poppycock
[22] **a mi . . . cuidado** it doesn't bother me at all

las mejillas porque casi no podía creer que era él y así estuvimos mucho rato.

ABUELA.—Juan trajo muchas cosas buenas para comer, leche condensada y café y azúcar . . . Yo me alegré por Gloria, pensé: «Le haré un dulce a Gloria al estilo de mi tierra» . . . pero Antonia, esa mujer tan mala, no me deja meterme en la cocina . . .

GLORIA.—¡Estuvimos abrazados así tanto rato! ¿Cómo podía suponer yo lo que ha venido después? Era ya como el final de una novela. Como el final de todas las tristezas. ¿Cómo me podía imaginar yo que iba a empezar lo peor? Luego Román salió de la cárcel y era como si resucitara otro muerto. Me hizo todo el daño que pudo acerca de Juan. No quería que se casara conmigo de ninguna manera.* Quería que nos echara a patadas a mí y al niño . . .[23] Yo tuve que defenderme y decir cosas que eran verdad. Por eso Román no me puede ver.[24]

ABUELA.—Niña, los secretos se deben guardar y nunca se deben decir para enemistar a los hombres. Cuando yo era muy jovencita; una vez . . . una tarde del mes de agosto, muy azul, me acuerdo bien, y muy caliente, vi algo . . .

GLORIA.—Pero yo no me puedo olvidar de aquel rato en que estuve así, abrazada a Juan, y de cómo latía su corazón debajo de los huesos duros de su pecho . . . Me acordé que don Jerónimo y Angustias, decían que tenía una novia guapa y rica y que se casaría con ella. Se lo dije y movió la cabeza para decirme que no.[25] Y me besaba el pelo . . . Lo horrible fué que luego tuvimos que vivir aquí otra vez, que no teníamos dinero. Si no, hubiéramos sido una pareja muy feliz y Juan no estaría tan chiflado . . . Aquel momento fué como el final de una película.

ABUELA.—Yo fuí la madrina del niño . . . Andrea, ¿estás dormida?

GLORIA.—¿Estás dormida, Andrea?

[23] **Quería . . . niño** He wanted him to kick us out, me and the baby
[24] **no me puede ver** can't stand me
[25] **para decirme que no** to say no

Yo no estaba dormida. Y creo que recuerdo claramente estas historias. Pero la fiebre que me iba subiendo me atontaba. Tenía escalofríos[26] y Angustias me hizo acostar. Mi cama estaba húmeda, los muebles en la luz grisácea[27] más tristes, monstruosos y negros. Cerré los ojos y vi una rojiza oscuridad detrás de los párpados. Luego la imagen de Gloria en la clínica, apoyada, muy blanca, contra el hombro de Juan, distinto y enternecido, sin aquellas sombras grises en las mejillas . . .

Estuve con fiebre varios días.

[26] **escalofríos** chills
[27] **grisácea** grayish

V

No sé a qué fueron debidas aquellas fiebres que pasaron como una ventolera dolorosa, removiendo los rincones de mi espíritu, pero barriendo también sus nubes negras. El caso es que desaparecieron antes de que nadie hubiera pensado en llamar al médico y que al cesar me dejaron una extraña y débil sensación de bienestar. El primer día que pude levantarme tuve la impresión de que al tirar la manta hacia los pies quitaba también de sobre mí aquel ambiente opresivo que me anulaba desde mi llegada a la casa.

Angustias, examinando mis zapatos, cuyo cuero arrugado como una cara expresiva delataba su vejez,[1] señaló las suelas rotas que rezumaban [2] humedad y dijo que yo había cogido un enfriamiento por llevar los pies mojados.

—Además, hija mía, cuando se es pobre y se tiene que vivir a costa de la caridad de los parientes, es necesario cuidar más las prendas personales. Tienes que andar menos y pisar con más cuidado . . . No me mires así, porque te advierto que sé perfectamente lo que haces cuando yo estoy en mi oficina. Sé que te vas a la calle y vuelves antes de que yo llegue para que no pueda pillarte. ¿Se puede saber adónde vas?

—Pues a ningún sitio concreto. Me gusta ver las calles. Ver la ciudad . . .

[1] cuyo . . . vejez whose wrinkled leather like an expressive face betrayed their age

[2] rezumaban oozed

—Pero te gusta ir sola, hija mía, como si fueras un golfo. Expuesta a las impertinencias de los hombres. ¿Es que eres una criada, acaso? . . . A tu edad, a mí no me dejaban salir sola ni a la puerta de la calle. Te advierto que comprendo que es necesario que vayas y vengas de la Universidad . . . pero de eso a andar por ahí suelta como un perro vagabundo . . . Cuando estés sola en el mundo haz lo que quieras. Pero ahora tienes una familia, un hogar y un nombre. Ya sabía yo que tu prima del pueblo no podía haberte inculcado buenos hábitos. Tu padre era un hombre extraño . . . No es que tu prima no sea una excelente persona, pero le falta refinamiento. A pesar de todo, espero que no irías a corretear por las calles del pueblo.

—No.

—Pues aquí mucho menos. ¿Me has oído?

Yo no insistí, ¿qué podía decirle?

De pronto se volvió, espeluznada,[3] cuando ya se iba.

—Espero que no habrás bajado hacia el puerto por las Ramblas.

—¿Por qué no?

—Hija mía, hay unas calles, en las que si una señorita se metiera alguna vez, perdería para siempre su reputación. Me refiero al barrio Chino . . . Tú no sabes dónde comienza . . .

—Sí, sé perfectamente. En el barrio Chino no he entrado . . . pero ¿qué hay allí?

Angustias me miró furiosa.

—Perdidas, ladrones y el brillo del demonio, eso hay.

(Y yo, en aquel momento, me imaginé el barrio Chino iluminado por una chispa de belleza.)

El momento de mi lucha contra Angustias se acercaba cada vez más, como una tempestad inevitable. A la primera conversación que tuve con ella supe que nunca íbamos a entendernos. Luego, la sorpresa y la tristeza de mis primeras impresiones, habían dado una gran ventaja a mi tía. «Pero—pensé yo, excitada después de esta conversación—este período se acaba.» Me vi

[3] **espeluznada** her hair on end

entrar en una vida nueva, en la que dispondría libremente de mis horas y sonreí a Angustias con sorna.[4]

Cuando volví a reanudar las clases en la Universidad me parecía fermentar interiormente de impresiones acumuladas. Por primera vez en mi vida me encontré siendo expansiva y anudando amistades. Sin mucho esfuerzo conseguí relacionarme con un grupo de muchachas y muchachos compañeros de clase. La verdad es que me llevaba a ellos un afán indefinible que ahora puedo concretar como un instinto de defensa: sólo aquellos seres de mi misma generación y de mis mismos gustos podían respaldarme y ampararme contra el mundo un poco fantasmal de las personas maduras. Y verdaderamente, creo que yo en aquel tiempo necesitaba este apoyo.

Comprendí en seguida que con los muchachos era imposible el tono misterioso y reticente de las confidencias, al que las chicas suelen ser aficionadas, el encanto de desmenuzar[5] el alma, el roce de la sensibilidad almacenado durante años . . . En mis relaciones con la pandilla de la Universidad me encontré hundida en un cúmulo[6] de discusiones sobre problemas generales en los que no había soñado antes siquiera y me sentía descentrada y contenta al mismo tiempo.

Pons, el más joven de nuestro grupo, me dijo un día:

—Antes, ¿cómo podías vivir, siempre huyendo de hablar con la gente? Te advierto que nos resultabas[7] bastante cómica. Ena se reía de ti con mucha gracia. Decía que eras ridícula; ¿qué te pasaba?

Me encogí de hombros un poco dolida porque de toda la juventud que yo conocía, Ena era mi preferida.

Aun en los tiempos en que no pensaba ser su amiga, yo le tenía simpatía a aquella muchacha y estaba segura de ser correspondida. Ella se había acercado algunas veces para hablarme cortésmente con cualquier pretexto. El primer día de curso me

[4] **con sorna** with cunning
[5] **desmenuzar** to take apart
[6] **cúmulo** heap
[7] **nos resultabas** you seemed to us

había preguntado que si yo era pariente de un violinista célebre. Recuerdo que la pregunta me pareció absurda y me hizo reír.

No era yo solamente quien sentía preferencia por Ena. Ella constituía algo así como un centro atractivo en nuestras conversaciones, que presidía muchas veces. Su malicia y su inteligencia eran proverbiales. Yo estaba segura de que si alguna vez me había tomado como blanco [8] de sus burlas realmente debería haber sido yo el hazmerreír [9] de todo nuestro curso.

La miré desde lejos, con cierto rencor. Ena tenía una agradable y sensual cara, en la que relucían unos ojos terribles. Era un poco fascinante aquel contraste entre sus gestos suaves, el aspecto juvenil de su cuerpo y de su cabello rubio, con la mirada verdosa cargada de brillo y de ironías que tenían sus grandes ojos.

Mientras yo hablaba con Pons, ella me saludó con la mano. Luego vino a buscarme atravesando los grupos bulliciosos [10] que esperaban en el patio de Letras [11] la hora de la clase. Cuando llegó a mi lado tenía las mejillas encarnadas y parecía de un humor excelente.

—Déjanos solas, Pons, ¿quieres?

—Con Pons—me dijo cuando vió la delgada figura del muchacho que se alejaba—hay que tener cuidado. Es de esas personas que se ofenden en seguida. Ahora mismo * cree que le he hecho un agravio al pedirle que nos deje . . . pero tengo que hablarte.

Yo estaba pensando que hacía sólo unos minutos también me había sentido herida por burlas suyas de las que hasta entonces no tenía la menor idea . . . Pero ahora estaba ganada por su profunda simpatía.

Me gustaba pasear con ella por los claustros de piedra de la Universidad y escuchar su charla pensando en que algún día yo habría de contarle aquella vida oscura de mi casa, que en el momento en que pasaba a ser tema de discusión, empezaba a

[8] **blanco** target
[9] **hazmerreír** laughing-stock
[10] **bulliciosos** bustling
[11] **el patio de Letras** the courtyard of the Humanities Building

aparecer ante mis ojos cargada de romanticismo. Me parecía que a Ena le interesaría mucho y que entendería aún mejor que yo sus problemas. Hasta entonces, sin embargo, no le había dicho nada de mi vida. Me iba haciendo amiga suya gracias a este deseo de hablar que me había entrado; [12] pero hablar y fantasear, eran cosas que siempre me habían resultado difíciles, y prefería escuchar su charla, con una sensación como de espera, que me desalentaba [13] y me parecía interesante al mismo tiempo. Así, cuando nos dejó Pons aquella tarde, no podía imaginar que la agridulce tensión entre mis vacilaciones y mi anhelo de confidencias iba a terminarse.

—He averiguado hoy que un violinista de que te hablé hace tiempo . . . ¿te acuerdas? . . . además de llevar tu segundo apellido, tan extraño, vive en la calle de Aribau como tú. Su nombre es Román. ¿De veras * no es pariente tuyo?—me dijo.

—Sí, es mi tío, pero no tenía idea de que realmente fuera un músico. Estaba segura de que aparte de su familia nadie más sabía que tocara el violín.

—Pues ya ves que yo sí que le conocía de oídas.[14]

A mí me empezó a entrar una ligera excitación al pensar que Ena pudiera tener algún contacto con la calle de Aribau. Al mismo tiempo me sentí casi defraudada.

—Yo quiero que me presentes a tu tío.

—Bueno.

Nos quedamos calladas. Yo estaba esperando que Ena me explicara algo. Ella, tal vez que hablara yo. Pero sin saber por qué me pareció imposible comentar ya, con mi amiga, el mundo de la calle de Aribau. Pensé que me iba a ser terriblemente penoso llevar a Ena delante de Román—«un violinista célebre»—y presenciar la desilusión y la burla de sus ojos ante el aspecto descuidado de aquel hombre. Tuve uno de esos momentos de desaliento y vergüenza tan frecuentes en la juventud, al sentirme yo misma

[12] **que . . . entrado** that had come over me
[13] **desalentaba** discouraged
[14] **de oídas** by hearsay

mal vestida, trascendiendo [15] a lejía y áspero jabón de cocina junto al bien cortado traje de Ena y al suave perfume de su cabello.

Ena me miraba. Recuerdo que me pareció un alivio enorme que en aquel momento tuviéramos que entrar en clase.

—¡Espérame a la salida!—me gritó.

Yo me sentaba siempre en el último banco y a ella le reservaban un sitio sus amigos, en la primera fila. Durante toda la explicación del profesor yo estuve con la imaginación perdida. Me juré que no mezclaría aquellos dos mundos que se empezaban a destacar tan claramente en mi vida: el de mis amistades de estudiante con su fácil cordialidad y el sucio y poco acogedor de mi casa. Mi deseo de hablar de la música de Román, de la rojiza cabellera de Gloria, de mi pueril abuela vagando por la noche como un fantasma, me pareció idiota. Aparte del encanto de vestir todo esto con hipótesis fantásticas en largas conversaciones, sólo quedaba la realidad miserable que me había atormentado a mi llegada y que sería la que Ena podría ver, si llegaba yo a presentarle a Román.

Así en cuanto terminó la clase de aquel día, me escabullí [16] fuera de la Universidad y corrí a mi casa como si hubiera hecho algo malo, huyendo de la segura mirada de mi amiga.

Cuando llegué a nuestro piso de la calle de Aribau, deseé sin embargo encontrar a Román, porque era una tentación demasiado fuerte darle a entender que conocía el secreto—secreto que al parecer él guardaba celosamente—de su celebridad y de su éxito en un tiempo pasado. Pero aquel día no vi a Román a la hora de la comida. Esto me decepcionó, aunque no llegó a extrañarme, porque Román se ausentaba con frecuencia. Gloria sonando los mocos a su niño [17] me pareció un ser infinitamente vulgar y Angustias estuvo insoportable.

Al día siguiente y algunos otros días más rehuí a Ena hasta que

[15] **trascendiendo** smelling
[16] **me escabullí** I slipped away
[17] **Gloria . . . niño** Gloria blowing her baby's nose

pude convencerme de que al parecer ella había olvidado sus preguntas. A Román no se le veía por casa.

Gloria me dijo:

—¿Tú no sabes que él se va de cuando en cuando de viaje? No se lo dice a nadie, ni nadie sabe adonde va más que la cocinera . . .

(«¿Sabrá Román, pensaba yo, que algunas personas le consideran una celebridad, que la gente aun no le ha olvidado?»)

Una tarde me acerqué a la cocina.

—Diga, Antonia, ¿sabe usted cuándo volverá mi tío?

La mujer torció hacia mí, rápidamente, su risa espantosa.

—Él volverá. Él nunca deja de * volver. Se va y vuelve. Vuelve y se va . . . Pero no se pierde nunca, ¿verdad, Trueno? No hay que preocuparse.

Se volvía hacia el perro que estaba, como de costumbre,* detrás de ella, con su roja lengua fuera.

—¿Verdad, Trueno, que no se pierde nunca?

Los ojos del animal relucían amarillos mirando a la mujer y los ojos de ella brillaban también chicos y oscuros, entre los humos de la lumbre que estaba comenzando a encender.

Estuvieron así los dos unos instantes, fijos, hipnotizados. Tuve la seguridad de que Antonia no añadiría una palabra a sus pocos informadores comentarios.

No hubo manera de saber nada de Román hasta que él mismo apareció un atardecer. Estaba yo sola con la abuela y con Angustias, y además me encontraba algo así como en prisión correccional, pues Angustias me había cazado en el momento en que yo me disponía a escaparme a la calle andando de puntillas. En un instante así, la llegada de Román me causó una alegría inusitada.[18]

Me pareció más moreno con la frente y la nariz quemadas del sol, pero demacrado,[19] sin afeitar y con el cuello de la camisa sucio.

[18] **inusitada** unusual

[19] **demacrado** emaciated

Angustias le miró de arriba abajo.

—¡Quisiera yo saber dónde has estado!

Él la miró a su vez, maligno, mientras sacaba al loro para acariciarle.

—Puedes estar segura de que te lo voy a decir . . . ¿quién me ha cuidado al loro, mamá?

—Yo, hijo mío—dijo la abuela, sonriéndole—, no me olvido nunca . . .

—Gracias, mamá.

La enlazó por la cintura, de modo que * parecía que iba a levantarla y le dió un beso en el cabello.

—A ningún sitio muy bueno habrás ido. Ya me han puesto sobre aviso [20] de tus andanzas, Román. Te advierto que sé que no eres el mismo de antes . . . tu sentido moral deja bastante que desear.

Román ensanchó el pecho, como para sacudirse del enervamiento [21] del viaje.

—¿Y si te dijera que tal vez en mis andanzas he logrado averiguar algo sobre el sentido moral de mi hermana?

—No digas absurdos, ¡necio! Y menos delante de mi sobrina.

—Nuestra sobrina no se espantará. Y mamá, aunque abra esos ojillos redondos, tampoco . . .

Los pómulos de Angustias aparecieron amarillos y rojos y me pareció curioso que su pecho ondulase como el de cualquier otra mujer agitada.

—He estado corriendo algo por el Pirineo [22]—dijo Román—, he parado unos días en Puigcerdá,[23] que es un pueblo precioso y naturalmente he ido a visitar a una pobre señora a quien conocí en mejores tiempos y a la que su marido ha hecho encerrar en su casona lúgubre, custodiada por criados como si fuese un criminal.

[20] **Ya me . . . aviso** I have already been alerted
[21] **enervamiento** fatigue
[22] **el Pirineo** the Pyrenees, a mountain range that divides Spain and France
[23] **Puigcerdá** a Spanish mountain resort town in the Pyrenees very close to the French border

—Si te refieres a la mujer de don Jerónimo, del jefe de mi oficina, sabes perfectamente que la pobre se ha vuelto loca y que antes de mandarla al manicomio él ha preferido . . .

—Sí, ya veo que estás muy al tanto * de los asuntos de tu jefe, me refiero a la pobre señora Sanz . . . En cuanto a * que esté loca, no lo dudo. Pero, ¿quién ha tenido la culpa * de que llegue a ese estado?

—¿Qué eres capaz de insinuar?—gritó Angustias tan dolorida —esta vez de verdad—que me dió pena.[24]

—¡Nada!—dijo Román con sorprendente ligereza, mientras flotaba bajo su bigote una sonrisa asombrada.

Yo me había quedado con la boca abierta, parada en medio de mi deseo de hablar con Román. Había pasado días excitada con la perspectiva de hablar a mi tío; tantas noticias que yo creía interesantes y agradables para él me parecía guardar.

Cuando me levanté de la silla, para abrazarle con más ímpetu del que yo solía poner en estas cosas, me saltaba la alegría de esta sorpresa que le tenía preparada, en la punta de la lengua. La escena que siguió me había cortado el entusiasmo.

Con el rabillo del ojo vi a tía Angustias—mientras Román me hablaba—apoyada en el aparador, muy pensativa, afeada por una mueca dolorosa,[25] pero sin llorar, lo que era extraño en ella.

Román se acomodó tranquilamente en una silla y empezó a hablarme de los Pirineos. Dijo que aquellas magníficas arrugas de la tierra que se levantan entre nosotros—los españoles—y el resto de Europa eran uno de los sitios verdaderamente grandiosos del Globo. Me habló de la nieve, de los profundos valles, del cielo gélido y brillante.

—No sé por qué no puedo amar a la Naturaleza; tan terrible, tan hosca [26] y magnífica como es a veces . . . Yo creo que he perdido el gusto por lo colosal. El tictac de mis relojes me des-

[24] **que . . . pena** that I felt sorry for her
[25] **afeada . . . dolorosa** made ugly by a look of pain
[26] **hosca** gloomy

pierta los sentidos más que el viento en los desfiladeros . . .[27] Yo estoy cerrado—concluyó.

Al oírle estaba yo pensando que no valía la pena * de hablar a Román de que una muchacha de mi edad conociera su talento, que la fama de ese talento a él no le interesaba. Que también para todo halago externo estaba él voluntariamente cerrado.

Román mientras hablaba acariciaba las orejas del perro, que entornaba los ojos de placer. La criada en la puerta los acechaba; se secaba las manos en el delantal—aquellas manos aporradas,[28] con las uñas negras—sin saber lo que hacía y miraba, segura, insistente, las manos de Román en las orejas del perro.

[27] **desfiladeros** mountain passes
[28] **aporradas** gnarled

vi

Con frecuencia me encontré sorprendida, entre aquellas gentes de la calla de Aribau, por el aspecto de tragedia que tomaban los sucesos más nimios,[1] a pesar de que aquellos seres llevaban cada uno un peso, una obsesión real dentro de sí, a la que pocas veces aludían directamente.

El día de Navidad me envolvieron en uno de sus escándalos; y quizá porque hasta entonces solía estar yo apartada de ellos me hizo éste más impresión que otro alguno. O quizá por el extraño estado de ánimo en que me dejó respecto a mi tío Román al que no tuve más remedio * que empezar a ver bajo un aspecto desagradable en extremo.

Aquella vez la discusión tuvo sus raíces ocultas en mi amistad con Ena. Y mucho más tarde, recordándolo, he pensado que una especie de predestinación unió a Ena desde el principio a la vida de la calle de Aribau, tan impermeable a elementos extraños.

Mi amistad con Ena había seguido el curso normal de unas relaciones entre dos compañeras de clase que simpatizan extraordinariamente. Volví a recordar el encanto de mis amistades de colegio, ya olvidadas, gracias a ella. No se me ocultaban tampoco las ventajas que su preferencia por mí me reportaba. Los mismos compañeros me estimaban más. Seguramente les parecía más fácil acercarse así a mi guapa amiga.

Sin embargo, era para mí un lujo demasiado caro el participar de las costumbres de Ena. Ella me arrastraba todos los días al

[1] **nimios inconsequential**

bar—el único sitio caliente que yo recuerdo, aparte del sol del jardín, en aquella Universidad de piedra—y pagaba mi consumición, ya que habíamos hecho un pacto para prohibir que los muchachos, demasiado jóvenes todos, y en su mayoría faltos de recursos, invitaran a las chicas. Yo no tenía dinero para una taza de café. Tampoco lo tenía para pagar el tranvía—si alguna vez podía burlar la vigilancia de Angustias y salía con mi amiga a dar un paseo *—ni para comprar castañas calientes a la hora del sol. Y a todo proveía Ena. Esto me arañaba [2] de un modo desagradable la vida. Todas mis alegrías de aquella temporada aparecieron un poco limadas [3] por la obsesión de corresponder a sus delicadezas. Hasta entonces nadie a quien yo quisiera me había demostrado tanto afecto y me sentía roída [4] por la necesidad de darle algo más que mi compañía, por la necesidad que sienten todos los seres poco agraciados de pagar materialmente lo que para ellos es extraordinario: el interés y la simpatía.

No sé si era un sentimiento bello o mezquino—y entonces no se me hubiera ocurrido analizarlo—el que me empujó a abrir mi maleta para hacer un recuento de mis tesoros. Apilé mis libros mirándolos uno a uno. Los había traído todos de la biblioteca de mi padre, que mi prima Isabel guardaba en el desván de su casa, y estaban amarillos y mohosos [5] de aspecto. Mi ropa interior y una cajita de hoja de lata acababan de completar [6] el cuadro de todo lo que yo poseía en el mundo. En la caja encontré fotografías viejas, las alianzas de mis padres y una medalla de plata con la fecha de mi nacimiento. Debajo de todo, envuelto en papel de seda, estaba un pañuelo de magnífico encaje antiguo que mi abuelo me había mandado el día de mi primera comunión. Yo no me acordaba de que fuera tan bonito y la alegría de podérselo regalar a Ena me compensaba muchas tristezas. Me compensaba el trabajo que me llegaba a costar poder ir limpia a la Universi-

[2] **arañaba** aggravated
[3] **un poco limadas** somewhat dulled
[4] **roída** harassed
[5] **mohosos** mildewed
[6] **Mi ropa . . . completar** My underclothes and a little tin box completed

dad, y sobre todo parecerlo junto al aspecto confortable de mis compañeros. Aquella tristeza de recoser los guantes, de lavar mis blusas en el agua turbia y helada del lavadero de la galería con el mismo trozo de jabón que Antonia empleaba para fregar sus cacerolas y que por las mañanas raspaba mi cuerpo bajo la ducha fría. Poder hacer a Ena un regalo tan delicadamente bello, me compensaba de toda la mezquindad de mi vida. Me acuerdo de que se lo llevé a la Universidad el último día de clase antes de las vacaciones de Navidad y que escondí este hecho, cuidadosamente, a las miradas de mis parientes; no porque me pareciera mal regalar lo que era mío, sino porque entraba aquel regalo en el recinto [7] de mis cosas íntimas del cual los excluía a todos. Ya en aquella época me parecía imposible haber pensado nunca en hablar de Ena a Román, ni aun para decirle que alguien admiraba su arte.

Ena se quedó conmovida y tan contenta cuando encontró en el paquete que le di la graciosa fruslería,[8] que esta alegría suya me unió a ella más que todas sus anteriores muestras de afecto. Me hizo sentirme todo lo que no era: rica y feliz. Y yo no lo pude olvidar ya nunca.

Me acuerdo de que este incidente me había puesto de buen humor y de que empecé mis vacaciones con más paciencia y dulzura hacia todos de la que habitualmente tenía. Hasta con Angustias me mostraba amable. La Nochebuena me vestí, dispuesta a ir a Misa del Gallo [9] con ella, aunque no me lo había pedido. Con gran sorpresa de mi parte se puso muy nerviosa.

—Prefiero ir sola esta noche, nena . . .

Creyó que me había quedado decepcionada y me acarició la cara.

—Ya irás mañana a comulgar con tu abuelita . . .

Yo no estaba decepcionada, sino sorprendida, pues a todos los oficios religiosos Angustias me hacía ir con ella y le gustaba vigilar y criticar mi devoción.

[7] **recinto** area
[8] **fruslería** trifle
[9] **Misa del Gallo** Midnight mass on Christmas Eve

La mañana de Navidad apareció espléndida cuando ya llevaba muchas horas durmiendo. Acompañé, en efecto, a la abuela a misa. A la fuerte luz del sol, la viejecilla, con su abrigo negro, parecía una pequeña y arrugada pasa. Iba a mi lado tan contenta, que me atormentó un turbio remordimiento de no quererla más.

Cuando ya volvíamos, me dijo que había ofrecido la comunión por la paz de la familia.

—Que se reconcilien esos hermanos, hija mía, es mi único deseo y también que Angustias comprenda lo buena que es Gloria y lo desgraciada que ha sido.

Cuando subíamos la escalera de la casa oímos gritos que salían de nuestro piso. La abuela se cogió a mi brazo con más fuerza y suspiró.

Al entrar encontramos que Gloria, Angustias y Juan tenían un altercado de tono fuerte en el comedor. Gloria lloraba histérica.

Juan intentaba golpear con una silla la cabeza de Angustias y ella había cogido otra como escudo [10] y daba saltos para defenderse.

Como el loro chillaba excitado y Antonia cantaba en la cocina, la escena no dejaba de tener su comicidad.[11]

La abuelita se metió en seguida en la riña, aleteando [12] e intentando sujetar a Angustias, que se puso desesperada.

Gloria corrió hacia mí.

—¡Andrea! ¡Tú puedes decir que no es verdad!

Juan dejó la silla para mirarme.

—¿Qué va a decir Andrea?—gritó Angustias—; sé muy bien que lo has robado . . .

—¡Angustias! ¡Como sigas insultando,[13] te abro la cabeza, maldita!

—Bueno, ¿pero qué tengo que decir yo?

[10] **escudo** shield
[11] **la escena . . . comicidad** the scene couldn't help but have its comic side
[12] **aleteando** fluttering
[13] **Como sigas insultando** If you go on with your insults

—Dice Angustias que te he quitado un pañuelo de encaje que tenías . . .

Sentí que me ponía estúpidamente encarnada, como si me hubieran acusado de algo. Una oleada de calor. Un chorro de sangre hirviente en las mejillas, en las orejas, en las venas del cuello . . .

—¡Yo no hablo sin pruebas!—dijo Angustias con el índice extendido hacia Gloria—. Hay quien te ha visto sacar de casa ese pañuelo para venderlo. Precisamente es lo único valioso que tenía la sobrina en su maleta y no me negarás que no es la primera vez que revuelves esta maleta para quitar de ella algo. Dos veces te he descubierto ya usando la ropa interior de Andrea.

Esto era efectivamente cierto. Una desagradable costumbre de Gloria, sucia y desastrada [14] en todo y sin demasiados escrúpulos para la propiedad ajena.

—Pero eso de que me haya quitado el pañuelo no es verdad—dije oprimida por una angustia infantil.

—¿Ves? ¡Bruja indecente! Más valdría que tuvieras vergüenza * en tus asuntos y que no te metieras en los de los demás.

Éste era Juan, naturalmente.

—¿No es verdad? ¿No es verdad que te han robado tu pañuelo de la primera comunión? . . . ¿Dónde está entonces? Porque esta misma mañana he estado viendo yo tu maleta y allí no hay nada.

—Lo he regalado—dije conteniendo los latidos de mi corazón—. Se lo he regalado a una persona.

Tía Angustias vino tan de prisa hacia mí, que cerré los ojos con un gesto instintivo, como si tratara de abofetearme. Se quedó tan cerca, que su aliento me molestaba.

—Dime a quién se lo has dado, ¡en seguida! ¿A tu novio? ¿Tienes novio?

Moví la cabeza en sentido negativo.

—Entonces no es verdad. Es una mentira que dice para de-

[14] **desastrada** ragged

fender a Gloria. No te importa dejarme en ridículo con tal de que quede bien esa mujerzuela . . .

Corrientemente tía Angustias era comedida [15] en su modo de hablar. Aquella vez se debió contagiar del ambiente general. Lo demás fué muy rápido: un bofetón de Juan, tan brutal, que hizo tambalearse a Angustias y caer al suelo.

Me incliné rápidamente hacia ella y quise ayudarle a levantarse. Me rechazó, brusca, llorando. La escena, en realidad, había perdido todo su aspecto divertido para mí.

—Y escucha, ¡bruja!—gritó Juan—. No lo había dicho antes porque soy cien veces mejor que tú y que toda la maldita ralea de esta casa, pero me importa muy poco que todo Dios [16] se entere de que la mujer de tu jefe tiene razón * en insultarte por teléfono, como hace a veces, y que anoche no fuiste a Misa del Gallo ni a nada por el estilo . . .

Creo que me va a ser difícil olvidar el aspecto de Angustias en aquel momento. Con los mechones grises despeinados,[17] los ojos tan abiertos que me daban miedo * y limpiándose con dos dedos un hilillo de sangre de la comisura [18] de los labios . . . parecía borracha.

—¡Canalla! ¡Canalla! . . . ¡Loco!—gritó.

Luego se tapó la cara con las manos y corrió a encerrarse en su cuarto. Oímos el crujido de la cama bajo su cuerpo, y luego su llanto.

El comedor se quedó envuelto en una tranquilidad pasmosa.[19] Miré a Gloria y vi que me sonreía. Yo no sabía qué hacer. Intenté una tímida llamada en el cuarto de Angustias y noté con alivio que no me contestaba.

Juan se fué al estudio y desde allí llamó a Gloria. Oí que empezaban una nueva discusión que hasta mí llegaba amortiguada [20] como una tempestad que se aleja.

[15] **comedida** polite
[16] **que todo Dios** that every Tom, Dick, and Harry
[17] **Con . . . despeinados** With her gray mop of hair unkempt
[18] **comisura** corner
[19] **pasmosa** awesome
[20] **amortiguada** muffled

Yo me acerqué al balcón y apoyé la frente en los cristales. Aquel día de Navidad, en la calle tenía aspecto de una inmensa pastelería dorada, llena de cosas apetecibles.

Sentí que la abuelita se acercaba a mi espalda y luego su mano estrecha, siempre azulosa de frío, inició una débil caricia sobre mi mano.

—Picarona—me dijo—, picarona . . . has regalado mi pañuelo.

La miré y vi que estaba triste, con un desconsuelo infantil en los ojos.

—¿No te gustaba mi pañuelo? Era de mi madre, pero yo quise que fuera para ti . . .

No supe qué contestar y volví su mano para besarle la palma, arrugada y suave. Me apretaba a mí también un desconsuelo la garganta, como una soga áspera.[21] Pensé que cualquier alegría de mi vida tenía que compensarla algo desagradable. Que quizá esto era una ley fatal.

Llegó Antonia para poner la mesa. En el centro, como si fueran flores, colocó un plato grande con turrón.[22] Tía Angustias no quiso salir de su cuarto para comer.

Estábamos la abuela, Gloria, Juan, Román y yo, en aquella extraña comida de Navidad, alrededor de una mesa grande, con su mantel a cuadros deshilachado por las puntas.[23]

Juan se frotó las manos contento.

—¡Alegría! ¡Alegría!—dijo y descorchó una botella.

Como era día de Navidad, Juan se sentía muy animado. Gloria empezó a comer trozos de turrón empleándolos como pan desde la sopa. La abuelita reía, dichosa, con la cabeza vacilante después de beber vino.

—No hay pollo ni pavo, pero un buen conejo es mejor que todo—dijo Juan.

Sólo Román parecía, como siempre, lejos de la comida. También cogía trozos de turrón para dárselos al perro.

[21] **soga áspera** coarse rope
[22] **turrón** a nougat candy made of almonds, traditional in Spain during Christmas
[23] **con su . . . puntas** with its checkered tablecloth frayed at the ends

Teníamos semejanza con cualquier tranquila y feliz familia, envuelta en su pobreza sencilla, sin querer nada más.

Un reloj que se atrasaba siempre dió unas campanadas intempestivas [24] y el loro se esponjó, satisfecho, al sol.

De pronto a mí me pareció todo aquello idiota, cómico y risible otra vez. Y sin poderlo remediar empecé a reírme cuando nadie hablaba ni venía a cuento,[25] y me atraganté. Me daban golpes en la espalda y yo, encarnada y tosiendo hasta saltárseme las lágrimas,[26] me reía; luego terminé llorando en serio, acongojada,[27] triste y vacía.

Por la tarde me hizo ir tía Angustias a su cuarto. Se había metido en la cama y se colocaba unos paños con agua y vinagre en la frente. Estaba ya tranquila y parecía enferma.

—Acércate, hijita, acércate—me dijo—, tengo que explicarte algo . . . Tengo interés de que sepas que tu tía es incapaz de hacer nada malo o indecoroso.

—Ya lo sé. No lo he dudado nunca.

—Gracias, hija, ¿no has creído las calumnias de Juan?

—¡Ah! . . . ¿que anoche no estabas en Misa del Gallo?—contuve las ganas de sonreírme—. No. ¿Por qué no ibas a estar? Además a mí eso no me parece importante.

Se removió inquieta.

—Me es muy difícil explicarte, pero . . .

Su voz venía cargada de agua, como las nubes hinchadas de primavera. Me resultaba insoportable otra nueva escena, y toqué su brazo con las puntas de mis dedos.

—No quiero que me expliques nada. No creo que tengas que darme cuenta * de tus actos, tía. Y si te sirve de algo,[28] te diré que creo imposible cualquier cosa poco moral que me dijeran de ti.

Ella me miró, aleteándole los ojos castaños bajo la visera del paño mojado que llevaba en la cabeza.

[24] **intempestivas** ill-timed
[25] **venía a cuento** was opportune
[26] **hasta . . . lágrimas** until tears came to my eyes
[27] **acongojada** distressed
[28] **Y si . . . algo** And if it does you any good

—Me voy a marchar muy pronto de esta casa, hija—dijo con voz vacilante—. Mucho más pronto de lo que nadie se imagina. Entonces resplandecerá mi verdad.

Traté de imaginarme lo que sería la vida sin tía Angustias, los horizontes que se me podrían abrir . . . Ella no me dejó.

—Ahora, Andrea, escúchame—había cambiado de tono—; si has regalado ese pañuelo tienes que pedir que te lo devuelvan.

—¿Por qué? Era mío.

—Porque yo te lo mando.

Me sonreí un poco, pensando en los contrastes de aquella mujer.

—No puedo hacer eso. No haré esa estupidez.

Algo ronco [29] le subía a Angustias por la garganta, como a un gato el placer. Se incorporó en la cama, quitándose de la frente el pañuelo humedecido.

—¿Te atreverías a jurar que lo has regalado?

—¡Claro que sí! ¡Por Dios!

Yo estaba aburrida y desesperada de aquel asunto.

—Se lo he regalado a una compañera de la Universidad.

—Piensa que juras en falso.

—¿No te das cuenta, tía, que todo esto llega a ser ridículo? Digo la verdad. ¿Quién te ha metido en la cabeza que Gloria me lo quitó?

—Me lo aseguró tu tío Román, hija—se volvió a tender, lacia, sobre la almohada—, que Dios le perdone si ha dicho una mentira. Me dijo que él había visto a Gloria vendiendo tu pañuelo en una tienda de antigüedades, por eso fuí yo a registrar la maleta esta mañana.

Me quedé perpleja, como si hubiera metido mis manos en algo sucio, sin saber qué hacer ni qué decir.

Terminé el día de Navidad en mi cuarto, entre aquella fantasía de muebles en el crepúsculo. Yo estaba sentada sobre la cama turca, envuelta en la manta, con la cabeza apoyada sobre las rodillas dobladas.

[29] **ronco** hoarse

Fuera, en las tiendas, se trenzarían chorros de luz [30] y la gente iría cargada de paquetes. Los Belenes [31] armados con todo su aparato de pastores y ovejas, estarían encendidos. Cruzarían las calles, bombones, ramos de flores, cestas adornadas, felicitaciones y regalos.

Gloria y Juan habían salido de paseo con el niño. Pensé que sus figuras serían más flacas, más borrosas y perdidas entre las otras gentes. Antonia también había salido y escuché los pasos de la abuelita, nerviosa y esperanzada como un ratoncillo, husmeando [32] en el prohibido mundo de la cocina; en los dominios de la terrible mujer. Arrastró una silla para alcanzar la puerta del armario. Cuando encontró la lata del azúcar oí crujir los terrones entre su dentadura postiza.

Los demás estábamos en la cama. Tía Angustias, yo y allá arriba, separado por las capas amortiguadas de rumores [33] (sonido de gramófono, bailes, conversaciones bulliciosas) de cada piso, podía imaginarme a Román tendido también, fumando, fumando . . .

Y los tres pensábamos en nosotros mismos sin salir de los límites estrechos de aquella vida. Ni él, ni Román, con su falsa apariencia endiosada. Él, Román, más mezquino, más cogido que nadie en las minúsculas raíces de lo cotidiano. Chupada su vida,[34] sus facultades, su arte, por la pasión de aquella efervescencia de la casa. Él, Román, capaz de fisgar [35] en mis maletas y de inventar mentiras y enredos contra un ser a quien afectaba despreciar hasta la ignorancia absoluta de su existencia.

Así acabó para mí aquel día de Navidad, helada en mi cuarto y pensando estas cosas.

[30] **se trenzarían . . . luz** streaks of light would dance
[31] **Belenes** Christmas scenes portraying the Nativity
[32] **husmeando** sniffing about
[33] **separado . . . rumores** separated by the muffled layers of sound
[34] **Chupada su vida** His life drained
[35] **fisgar** snoop

vii

Dos días después de la borrascosa escena que he contado, Angustias desempolvó sus maletas y se fué sin decirnos adónde, ni cuando pensaba volver.

Sin embargo, aquel viaje no revistió el carácter de escapada silenciosa que daba Román a los suyos. Angustias revolvió la casa durante los dos días con sus órdenes y sus gritos. Estaba nerviosa, se contradecía. A veces lloraba.

Cuando las maletas estuvieron cerradas y el taxi esperando se abrazó a la abuela.

—¡Bendíceme, mamá!

—Sí, hija mía, sí, hija mía . . .

—Recuerda lo que te he dicho.

—Sí, hija mía . . .

Juan miraba la escena con las manos en los bolsillos, impaciente.

—¡Estás más loca que una cabra, Angustias![1]

Ella no le contestó. Yo la veía con su largo abrigo oscuro, su eterno sombrero, apoyada en el hombro de la madre, inclinándose hasta tocar con su cabeza la cabeza blanca y tuve la sensación de encontrarme ante una de aquellas últimas hojas de otoño, muertas en el árbol antes de que el viento las arranque.

Cuando al fin se marchó quedaron mucho rato vibrando sus ecos.

Entré en el cuarto de Angustias y el blando colchón desguarne-

[1] **Estás . . . Angustias** You're as crazy as a loon, Angustias

cido me dió la idea de dormir allí mientras ella estuviera fuera. Sin consultarlo a nadie trasladé mis ropas a aquella cama, no sin cierta inquietud, pues todo el cuarto estaba impregnado del olor a naftalina e incienso que su dueña despedía, y el orden de las tímidas sillas parecía obedecer aún a su voz. Aquel cuarto era duro como el cuerpo de Angustias, pero más limpio y más independiente que ninguno en la casa. Me repelía instintivamente y a la vez atraía a mi deseo de comodidad.

Fué una tarde de luz muy triste. Yo me cansé de ver los retratos antiguos que me enseñaba la abuela en su alcoba. Tenía un cajón lleno de fotografías en el más espantoso desorden, algunas con el cartón mordisqueado [2] de ratones.

—¿Ésta eres tú, abuela?

—Sí . . .

—¿Éste, es el abuelito?

—Sí, es tu padre.

—¿Mi padre?

—Sí, mi marido.

—Entonces no es mi padre, sino mi abuelo . . .

—¡Ah! . . . Sí, sí.

—¿Quién es esta niña tan gorda?

—No sé.

Pero detrás de la fotografía había una fecha antigua y un nombre: «Amalia».

—Es mi madre cuando pequeña, abuela.

—Me parece que estás equivocada.

—No, abuela.

De sus antiguos amigos de juventud se acordaba de todos.

—Es mi hermano . . . es un primo que ha estado en América . . .

Al final me cansé y fuí hacia el cuarto de Angustias. Quería estar allí sola y a oscuras un rato. «Si tengo ganas—pensé con el

[2] **mordisqueado** gnawed away

ligero malestar que siempre me atacaba al reflexionar sobre esto—estudiaré un rato.»

Empujé la puerta con suavidad y de pronto retrocedí asustada: junto al balcón, aprovechando para leer la última luz de la tarde, estaba Román, con una carta en la mano.

Se volvió con impaciencia, pero al verme esbozó [3] una sonrisa.

—¡Ah! . . . ¿eres tú, pequeña? . . . bueno, ahora no me huyas, haz el favor.

Me quedé quieta y vi que él con gran tranquilidad y destreza doblaba aquella carta y la colocaba sobre un fajo de ellas que había sobre el pequeño escritorio (yo miraba sus ágiles manos, morenas, vivísimas). Abrió uno de los cajones de Angustias. Luego sacó un llavero del bolsillo, encontró en seguida la llavecita que buscaba y cerró el cajón silenciosamente después de haber metido las cartas dentro.

Mientras efectuaba estas operaciones me iba hablando:

—Precisamente tenía yo muchas ganas de charlar esta tarde contigo, pequeña. Tengo arriba un café buenísimo y quería invitarte a una taza. Tengo también cigarrillos y unos bombones que compré ayer pensando en ti . . . Y . . . ¿bien?—dijo al terminar, en vista de [4] que yo no contestaba.

Se había recostado contra el escritorio de Angustias y la última luz del balcón le daba de espaldas. Yo estaba enfrente.

—Se te ven brillar los ojos grises como a un gato [5]—dijo.

Yo descargué mi atontamiento y mi tensión en algo parecido a un suspiro.

—Bueno, ¿qué me contestas?

—No, Román, gracias. Esta tarde quiero estudiar.

Román frotó una cerilla para encender el cigarrillo; vi un instante, entre las sombras, su cara iluminada por un resplandor rojizo y su singular sonrisa, luego las doradas hebras ardiendo.[6]

[3] **esbozó** outlined
[4] **en vista de** seeing
[5] **Se te . . . gato** Your gray eyes shine like a cat's
[6] **luego . . . ardiendo** then the golden tobacco threads burning

En seguida un punto rojo y alrededor otra vez la luz gris violeta del crepúsculo.

—No es verdad que tengas ganas de estudiar, Andrea . . . ¡Anda!—dijo acercándose rápidamente hacia mí y cogiéndome del brazo—. ¡Vamos!

Me sentí rígida y suavemente empecé a despegar sus dedos de mi brazo.

—Hoy, no . . . gracias.

Me soltó en seguida; pero estábamos muy cerca y no nos movíamos.

Se encendieron los faroles de la calle y un reguero [7] amarillento se reflejó en la vacía silla de Angustias, corrió sobre los baldosines . . .[8]

—Puedes hacer lo que quieras, Andrea—dijo él al fin—, no es cuestión de vida o muerte para mí.

La voz le sonaba profunda, con un tono nuevo.

«Está desesperado», pensé, sin saber a ciencia cierta [9] por qué encontraba desesperación en su voz. Él se marchó rápidamente y dió un portazo [10] al salir del piso, como siempre. Yo me sentía emocionada de una manera desagradable. Me entró un inmediato deseo de seguirle, pero al llegar al recibidor me detuve otra vez. Hacía días que yo rehuía la afectuosidad de Román, me parecía imposible volver a sentirme amiga suya después del desagradable episodio del pañuelo. Pero aún me inspiraba él más interés que los demás de la casa juntos . . . «Es mezquino, es una persona innoble», pensé en alta voz,* allí, en la tranquila oscuridad de la casa . . .

Sin embargo, me decidí a abrir la puerta y subir la escalera. Sintiendo por primera vez, aun sin comprenderlo, que el interés y la estimación que inspire una persona son dos cosas que no siempre van unidas.

[7] **reguero** streak
[8] **baldosines** floor tile
[9] **a ciencia cierta** for sure
[10] **dió un portazo** slammed the door

Cuando llegué, le encontré tumbado, acariciando la cabeza del perro.

—¿Crees que has hecho una gran cosa con venir?

—No . . . Pero tú querías que viniera.

Román se incorporó mirándome con una expresión de curiosidad en sus ojos brillantes.

—Quisiera saber hasta qué punto puedo contar contigo; hasta qué punto puedes llegar a quererme . . . ¿Tú me quieres, Andrea?

—Sí, es natural . . . —dije cohibida [11]—, no sé hasta qué punto las sobrinas corrientes quieren a sus tíos . . .

Román se echó a reír.

—¿Las sobrinas corrientes? ¿Es que tú te consideras sobrina extraordinaria . . . ? ¡Vamos, Andrea! ¡Mírame! . . . ¡Tonta! A las sobrinas de todas clases les suelen tener sin cuidado los tíos . . .[12]

—Sí, a veces pienso que es mejor la amistad que la familia. Puede uno, en ocasiones, unirse más a un extraño a su sangre . . .

La imagen de Ena, borrada todos aquellos días, se dibujaba en mi imaginación con un vago perfil. Perseguida por esta idea pregunté a Román:

—¿Tú no tienes amigos?

—No—Román me observaba—. Yo no soy un hombre de amigos. Ninguno de esta casa necesita amigos. Aquí nos bastamos a nosotros mismos. Ya te convencerás de ello . . .

—No lo creo. No estoy tan segura de eso . . . Hablarías mejor con un hombre de tu edad que conmigo . . .

Las ideas me apretaban la garganta sin poderlas expresar.

Román tenía un tono irritado, aunque sonreía.

—Si necesitara amigos los tendría, los he tenido y los he dejado perder.[13] Tú también te hartarás [14] de todo . . . ¿Qué persona hay, en este cochino y bonito mundo, que tenga bastante interés

[11] cohibida inhibited
[12] A las . . . tíos Nieces generally don't give a darn about their uncles
[13] los . . . perder I've let them go
[14] te hartarás will get fed up

para aguantarla? Tú también mandarás a la gente al diablo dentro de poco,* cuando se te pase el romanticismo de colegiala por las amistades.

—Pero tú, Román, te vas al diablo también detrás de esa gente a la que despides . . . Nunca he hecho tanto caso yo de la gente como tú, ni he tenido tanta curiosidad de sus asuntos íntimos . . . Ni registro sus cajones, ni me importa lo que tienen en sus maletas los demás.

Me puse encarnada y lo sentí, porque estaba encendida la luz y estaba encendido un claro fuego en la chimenea. Al darme cuenta, me subió una nueva oleada de sangre, pero me atreví a mirar la cara de mi tío.

Román levantaba una ceja.

—¡Ah¡ ¿Con que es eso lo que motivaba las huídas de estos días?

—Sí.

—Mira—cambió de tono—, no te metas en lo que no puedes comprender, mujer . . . No sabrías entenderme si te explicara mis acciones. Y por lo demás, no he soñado en darte a ti explicaciones de mis actos.

—Yo no te las pido.

—Sí . . . Pero tengo ganas de hablar yo . . . Tengo ganas de contarte cosas.

Aquella tarde me pareció Román trastornado. Por primera vez, tuve frente a él la misma sensación de desequilibrio [15] que me hacía siempre tan desagradable la permanencia junto a Juan. En el curso de aquella conversación que tuvimos hubo momentos en que toda la cara se le iluminaba de malicioso buen humor, otras veces me miraba medio fruncido el ceño, tan intensos los ojos, como si realmente fuera apasionante para él lo que me contaba. Como si fuera lo más importante de su vida.

Al principio parecía que no sabía cómo empezar. Manipuló con [16] la cafetera. Apagó la luz y nos quedamos con la claridad

[15] **desequilibrio** an unbalanced state
[16] **Manipuló con** He fiddled with

única de la chimenea para beber más confortablemente el café. Yo me senté sobre la estera del suelo, junto al fuego, y él estuvo a mi lado un rato, en cuclillas, fumando. Luego se levantó.

«¿Le pediré que haga un poco de música como siempre?», pensé, al ver que el silencio se hacía tan largo. Parecía que habíamos recobrado nuestro ambiente normal. De pronto me asustó su voz.

—Mira, quería hablar contigo, pero es imposible. Tú eres una criatura . . . «lo bueno», «lo malo», «lo que me gusta», «lo que me da la gana de hacer» . . . todo eso es lo que tú tienes metido en tu cabeza, con una claridad de niño. Algunas veces creo que te pareces a mí, que me entiendes, que entiendes mi música, la música de esta casa . . . La primera vez que toqué el violín para ti, yo estaba temblando por dentro de esperanza, de una alegría tan terrible cuando tus ojos cambiaban con la música, cuando tus manos cambiaban con la música . . . Pensaba, pequeña, que tú me ibas a entender hasta sin palabras; que tú eras mi auditorio, el auditorio que me hacía falta . . . Y tú no te has dado cuenta siquiera de que yo tengo que saber—de que de hecho * sé—todo, absolutamente todo, lo que pasa abajo. Todo lo que siente Gloria, todas las ridículas historias de Angustias, todo lo que sufre Juan . . . ¿Tú no te has dado cuenta de que yo los manejo a todos, de que dispongo de sus vidas, de que dispongo de sus nervios, de sus pensamientos . . . ? ¡Si yo te pudiera explicar que a veces estoy a punto de volver loco a Juan! . . . Pero, ¿tú misma no lo has visto? Tiro de su comprensión, de su cerebro, hasta que casi se rompe . . . A veces, cuando grita con los ojos abiertos me llego a emocionar. ¡Si tú sintieras alguna vez esta emoción tan espesa, tan extraña, sacándote la lengua, me entenderías! Pienso que con una palabra lo podría calmar, apaciguar,[17] hacerle mío, hacerle sonreír . . . Tú eso lo sabes, ¿no? Tú sabes muy bien hasta qué punto Juan me pertenece, hasta qué punto se arrastra tras de mí, hasta qué punto le maltrato. No me digas que no te has dado cuenta . . . Y no

[17] **apaciguar** pacify

quiero hacerle feliz. Y le dejo, así, que se hunda solo . . . Y a los demás . . . Y a toda la vida de la casa, sucia como un río revuelto . . . Cuando vivas más tiempo aquí, esta casa y su olor, y sus cosas viejas, si eres como yo, te agarrarán la vida. Y tú eres como yo . . . ¿No eres como yo? Di, ¿no te pareces a mí algo? . . .

Así estábamos; yo sobre la estera del suelo y él de pie. No sabía yo si gozaba asustándome o realmente estaba loco. Había terminado de hablar casi en un susurro al hacerme la última pregunta. Estaba yo, quieta, con muchas ganas de escapar, nerviosa.

Rozó con las puntas de los dedos mi cabeza y me levanté de un salto, ahogando un grito.

Entonces se echó a reír de verdad, entusiasmado, infantil, encantador como siempre.

—¡Qué susto! ¿Verdad, Andrea?

—¿Por qué me has dicho tantos disparates, Román?

—¿Disparates?—pero se reía—. No estoy tan seguro de que lo sean . . . ¿No te he contado la historia del dios Xochipilli,[18] mi pequeño idolillo acostumbrado a recibir corazones humanos? Algún día se cansará de mis débiles ofrendas de música y entonces . . .

—Román, ya no me asustas, pero estoy nerviosa . . . ¿No puedes hablar en otro tono? Si no puedes, me voy . . .

—Y entonces—Román se reía más, con sus blancos dientes bajo el bigotillo negro—, entonces le ofreceré Juan a Xochipilli, le ofreceré el cerebro de Juan y el corazón de Gloria . . .

Suspiró.

—Mezquinos ofrecimientos, a pesar de todo. Tu hermoso y ordenado cerebro quizá fuera mejor . . .

Bajé las escaleras hasta la casa, corriendo, perseguida por la risa divertida de Román. Porque de hecho me escapé. Me escapé y los escalones me volaban bajo los pies. La risa de Román me alcanzaba, como la mano huesuda de un diablo que me cogiera la punta de la falda . . .

[18] **Xochipilli** ancient Mexican Indian deity

Me acosté y no podía dormirme. La luz del comedor ponía una raya brillante debajo de la puerta del cuarto; oía voces. Los ojos de Román estaban sobre los míos: «No necesitarás nada cuando las cosas de la casa te agarren los sentidos» . . . Me pareció un poco aterrador este continuo rumiar de las ideas que él me había sugerido. Me encontré sola y perdida debajo de mis mantas. Por primera vez sentía un anhelo real de compañía humana. Por primera vez sentía en la palma de mis manos el ansia de otra mano que me tranquilizara . . .

Entonces el timbre del teléfono, allí, en la cabecera de la cama, empezó a sonar. Me había olvidado de que existía ese chisme en la casa porque sólo Angustias lo utilizaba. Descolgué el auricular sacudida aún por el escalofrío de la impresión de su sonido agudo, y se me entró por los oídos una alegría tan grande (porque era como una respuesta a mi estado de ánimo) que al pronto ni la sentí.

Era Ena, que había encontrado mi número en el listín de teléfonos y me llamaba.

viii

Angustias volvió en un tren de medianoche y se encontró a Gloria en la escalera de la casa. A mí me despertó el ruido de las voces. Rápidamente me di cuenta de que estaba durmiendo en un cuarto que no era el mío y de que su dueña me lo reclamaría.

Salté de la cama traspasada de frío y de sueño. Tan asustada, que tenía la sensación de no poder moverme aunque, en realidad, no hice otra cosa: en pocos segundos arranqué las ropas de la cama y me envolví con ellas. Tiré la almohada, al pasar, en una silla del comedor y llegué hasta el recibidor envuelta en una manta, descalza sobre las baldosas heladas, en el momento en que Angustias entraba de la calle seguida del chófer con sus maletas.

Entré en el salón donde tenía mi alcoba y me sorprendió el olor a aire enmohecido y a polvo. ¡Qué frío hacía! * Sobre el colchón de aquella cama turca, fino como una hoja, yo no podía hacer más que tiritar.[1]

Se abrió la puerta en seguida detrás de mí y apareció ante mis ojos la figura de Angustias. Gimió al tropezar con un mueble, en la obscuridad.

—¡Andrea!—gritó—. ¡Andrea!

La sentí respirar fuerte.

—Estoy aquí.

—Ofrezco al Señor toda la amargura que me causáis . . . ¿Se puede saber qué hace tu traje en mi cuarto?

Me reconcentré un momento. En aquel silencio se empezó a oír una discusión en la lejana alcoba de la abuela.

[1] **tiritar** shiver

—He dormido estos días allí—dije al fin.

Angustias abrió los brazos como si se fuera a caer o a tantear [2] el aire para encontrarme. Yo cerré los ojos, pero ella volvió a tropezar y a gemir.

—Dios te perdone el disgusto que me das . . . Pareces un cuervo sobre mi ojos . . . Un cuervo que me quisiera heredar en vida.[3]

En aquel momento cruzó el recibidor un grito de Gloria y luego el golpe de la puerta de la alcoba que compartían ella y Juan al cerrarse. Angustias se irguió escuchando. Ahora parecía venir un llanto ahogado.

—¡Dios mío! ¡Es para volverse loca! [4]—murmuró mi tía.

Cambió de tono:

—Contigo, señorita, ajustaré las cuentas mañana. En cuanto te levantes ven a mi cuarto. ¿Oyes?

—Sí.

Cerró la puerta y se fué. La casa se quedó llena de ecos, gruñendo como un animal viejo.

La mañana siguiente, cuando me desperté del todo, sentada en el borde de la cama, me encontré en uno de mis períodos de rebeldía contra Angustias; el más fuerte de todos. Súbitamente me di cuenta de que no la iba a poder sufrir más. De que no la iba a obedecer más, después de aquellos días de completa libertad que había gozado en su ausencia. La noche inquieta me había estropeado los nervios y me sentí histérica yo también, llorosa y desesperada. Me di cuenta de que podía soportarlo todo: el frío que calaba mis ropas gastadas, la tristeza de mi absoluta miseria, el sordo horror de aquella casa sucia. Todo menos su autoridad sobre mí. Era aquello lo que me había ahogado al llegar a Barcelona, lo que me había hecho caer en la abulia, lo que mataba mis

[2] **tantear** grope

[3] **Un cuervo . . . vida** A crow who would like to take my place while I'm still alive.

[4] **¡Es . . . loca!** It's enough to drive one crazy!

iniciativas; aquella mirada de Angustias. Aquella mano que me apretaba los movimientos y la curiosidad de la vida nueva . . . Angustias, sin embargo, era un ser recto y bueno a su manera entre aquellos locos. Un ser más completo y vigoroso que los demás . . . Yo no sabía por qué aquella terrible indignación contra ella subía en mí, por qué me tapaba la luz la sola visión de su larga figura y sobre todo de sus inocentes manías de grandezas. Es difícil entenderse con las gentes de otra generación, aun cuando no quieran imponernos su modo de ver las cosas. Y en estos casos en que quieren hacernos ver con sus ojos, para que resulte medianamente bien el experimento, se necesita gran tacto y sensibilidad en los mayores y admiración en los jóvenes.

Me lavé y me vestí para ir a la Universidad y ordené mis cuartillas en la cartera, antes de decidirme a entrar en su cuarto.

En seguida vi a mi tía sentada frente al escritorio. Tan alta y familiar con su rígido guardapolvo, como si nunca—desde nuestra primera conversación en la mañana de mi llegada a la casa—se hubiera movido de aquella silla. Como si la luz que nimbaba sus cabellos entrecanos y abultaba sus labios gruesos fuera aún la misma luz.[5] Como si aún no hubiera retirado los dedos pensativos de su frente.

(Era una imagen demasiado irreal la visión de aquel cuarto con luz de crepúsculo, con la silla vacía y las vivas manos de Román, diabólicas y atractivas, revolviendo aquel pequeño y pudibundo [6] escritorio.)

Noté que Angustias tenía su aire lánguido y desamparado. Los ojos cargados y tristes. Durante tres cuartos de hora había estado proveyendo de dulzura su voz.

—Siéntate, hija. Tengo que hablarte seriamente.

Eran palabras rituales que yo conocía hasta la saciedad. La obedecí resignada y tiesa; pronta a saltar, como otras veces había

[5] **Como . . . luz** As if the light that formed a halo on her graying hair and exaggerated her thick lips were still the same light.

[6] **pudibundo** modest

estado dispuesta a tragar silenciosamente todas las majaderías. Sin embargo, lo que me dijo era extraordinario:

—Estarás contenta, Andrea (porque tú no me quieres . . .), dentro de unos días me voy de esta casa para siempre. Dentro de unos días podrás dormir en mi cama que tanto envidias. Mirarte en el espejo de mi armario. Estudiar en esta mesa . . . Anoche me enfadé contigo porque lo que sucedía era inaguantable . . . unbearable He cometido un pecado de soberbia. Perdóname.

Me observaba de reojo al pedirme un perdón tan poco sincero que me hizo sonreír. Entonces se le quedó la cara tiesa, sembrada de arrugas verticales.[7]

—No tienes corazón, Andrea.

Yo tenía miedo de haber entendido mal su primer discurso. De que no fuera verdad aquel anuncio fantástico de liberación.

—¿A dónde te irás?

Entonces me explicó que volvía al convento donde había pasado aquellos días de intensa preparación espiritual. Era una Orden de clausura para ingresar en la cual hacía muchos años que estaba reuniendo una dote y ya la tenía ahorrada. A mí, mientras tanto, me iba pareciendo un absurdo la idea de Angustias sumergida en un ambiente contemplativo.

—¿Siempre has tenido vocación?

—Cuando seas mayor entenderás por qué una mujer no debe andar sola en el mundo.

—¿Según tú una mujer si no puede casarse, no tiene más remedio que entrar en el convento?

—No es ésa mi idea.

(Se removió inquieta.)

—Pero es verdad que sólo hay dos caminos para la mujer. Dos únicos caminos honrosos . . . Yo he escogido el mío, y estoy orgullosa de ello. He procedido como una hija de mi familia debía hacer. Como tu madre hubiera hecho en mi caso. Y Dios sabrá entender mi sacrificio . . .

Se quedó abstraída.

[7]**Entonces . . . verticales** Then her face became taut, furrowed with vertical lines.

«¿Dónde se ha ido—pensaba yo—aquella familia que se reunía en las veladas alrededor del piano, protegida del frío de fuera por feas y confortables cortinas de paño verde? ¿Dónde se han ido las hijas pudibundas, cargadas con enormes sombreros, que al pisar—custodiadas por su padre—la acera de la alegre y un poco revuelta calle de Aribau, donde vivían, bajaban los ojos para mirar a escondidas a los transeúntes?» Me estremecí al pensar que una de ellas había muerto y que su larga trenza de pelo negro estaba guardada en un viejo armario de pueblo muy lejos de allí. Otra, la mayor, desaparecería de su silla, de su balcón, llevándose su sombrero—el último sombrero de la casa—dentro de poco.

Angustias suspiró al fin y me volvió a los ojos tal como era.[8] Empuñó el lápiz.

—Todos estos días he pensado en ti . . . Hubo un tiempo (cuando llegaste) en que me pareció que mi obligación era hacerte de madre. Quedarme a tu lado, protegerte. Tú me has fallado, me has decepcionado. Creí encontrar una huerfanita ansiosa de cariño y he visto un demonio de rebeldía, un ser que se ponía rígido si yo lo acariciaba. Tú has sido mi última ilusión y mi último desengaño, hija. Sólo me resta rezar por ti, que ¡bien lo necesitas! ¡bien lo necesitas!

Luego me dijo:

—¡Si te hubiera cogido más pequeña, te habría matado a palos![9]

Y en su voz se notaba cierta amarga fruición[10] que me hacía sentirme a salvo de un peligro cierto.

Hice un movimiento para marcharme y me detuvo.

—No importa que hoy pierdas tus clases. Tienes que oírme . . . Durante quince días he estado pidiendo a Dios tu muerte . . . o el milagro de tu salvación. Te voy a dejar sola en una casa que no es ya lo que ha sido . . . porque antes era como el paraíso y ahora—tía Angustias tuvo una llama de inspiración—con la mujer de tu tío Juan ha entrado la serpiente maligna. Ella lo ha

[8] **me volvió . . . era** she once more became for me just what she was
[9] **te . . . palos** I would have beaten you within an inch of your life
[10] **fruición** enjoyment

emponzoñado [11] todo. Ella, únicamente ella, ha vuelto loca a mi madre . . . porque tu abuela está loca, hija mía, y lo peor es que la veo precipitarse a los abismos del infierno si no se corrige antes de morir. Tu abuela ha sido una santa, Andrea. En mi juventud, gracias a ella he vivido en el más puro de los sueños, pero ahora ha enloquecido con la edad. Con los sufrimientos de la guerra, que aparentemente soportaba tan bien, ha enloquecido. Y luego esa mujer, con sus halagos le ha acabado de trastornar la conciencia.[12] Yo no puedo comprender sus actitudes más que así.

—La abuela intenta entender a cada uno.

(Yo pensaba en sus palabras: «No todas las cosas son lo que parecen», cuando ella intentaba proteger a Angustias . . . pero ¿podía yo atreverme a hablar a mi tía de don Jerónimo?)

—Sí, hija, sí . . . Y a ti te viene muy bien. Parece que hayas vivido suelta en zona roja [13] y no en un convento de monjas durante la guerra. Aun Gloria tiene más disculpas que tú en sus ansias de emancipación y desorden. Ella es una golfilla de la calle, mientras que tú has recibido una educación . . . y no te disculpes con tu curiosidad de conocer Barcelona. Barcelona te la he enseñado.

Miré el reloj instintivamente.

—Me oyes como quien oye llover,[14] ya lo veo . . . ¡infeliz! ¡Ya te golpeará la vida, ya te triturará,[15] ya te aplastará! Entonces me recordarás . . . ¡Oh! ¡Hubiera querido matarte cuando pequeña antes de dejarte crecer así! . . . Y no me mires con ese asombro. Ya sé que hasta ahora no has hecho nada malo. Pero lo harás en cuanto yo me vaya . . . ¡Lo harás! ¡Lo harás! Tú no dominarás tu cuerpo y tu alma. Tú no, tú no . . . Tú no podrás dominarlos.

Yo veía en el espejo, de refilón,[16] la imagen de mis dieciocho

[11] **emponzoñado** poisoned
[12] **conciencia** mind
[13] **zona roja** territory held by Republican forces
[14] **Me . . . llover** What I am saying to you goes in one ear and out the other
[15] **triturará** tear you to pieces
[16] **de refilón** in a side glance

años áridos, encerrados en una figura alargada y veía la bella y torneada mano de Angustias crispándose [17] en el respaldo de una silla. Una mano blanca, de palma abultada y suave. Una mano sensual, ahora desgarrada, gritando con la crispación de sus dedos más que la voz excitada de mi tía.

Empecé a sentirme conmovida y un poco asustada, pues el desvarío [18] de Angustias amenazaba abrazarme, arrastrarme también.

Terminó temblorosa llorando. Pocas veces lloraba Angustias sinceramente. Siempre el llanto la afeaba, pero éste, espantoso, que la sacudía ahora, no me causaba repugnancia, sino cierto placer. Algo así como ver descargar una tormenta.

—Andrea—dijo al fin, suave—, Andrea . . . Tengo que hablar contigo de *otras cosas*—se secó los ojos y empezó a hacer cuentas—. En adelante recibirás tú misma, directamente, tu pensión. Tú misma le darás a la abuela lo que creas conveniente para contribuir a tu alimentación y tú misma harás equilibrios [19] para comprarte lo más necesario . . . No te tengo que decir que gastes en ti el mínimo posible. El día que falte mi sueldo, esta casa va a ser un desastre. Tu abuela ha preferido siempre sus hijos varones, pero esos hijos—aquí me pareció que se alegraba—le van a hacer pasar mucha penuria . . . En esta casa las mujeres hemos sabido conservar mejor la dignidad.

Suspiró.

—Y aún. ¡Si no se hubiese introducido Gloria!

Gloria, la mujer serpiente, durmió enroscada [20] en su cama hasta el mediodía, rendida y gimiendo en sueños. Por la tarde me enseñó las señales de la paliza que le había dado Juan la noche antes y que empezaban a amoratarse [21] en su cuerpo.

[17] **crispándose** twitching
[18] **desvarío** raving
[19] **harás equilibrios** will work things out
[20] **enroscada** curled up
[21] **amoratarse** turn black and blue

IX

El día en que se marchó tía Angustias recuerdo que los diferentes personajes de la familia nos encontramos levantados casi con el alba. Nos tropezábamos por la casa poseídos de nerviosismo. Juan empezó a rugir palabrotas por cualquier cosa. A última hora decidimos ir todos a la estación, menos Román. Román fué el único que no apareció en todo el día. Luego, mucho más tarde, me contó que había estado muy de mañana en la iglesia siguiendo a Angustias y viendo cómo se confesaba. Yo me imaginé a Román con las orejas tendidas hacia aquella larga confesión, envidiando al pobre cura, viejo y cansado, que derramaba desapasionadamente la absolución sobre la cabeza de mi tía.

El taxi que nos condujo estaba repleto. Con nosotros venían tres amigas de Angustias, las tres más íntimas.

El niño, espantadizo, se agarraba al cuello de Juan. No le sacaban de paseo casi nunca y aunque estaba gordo, su piel tenía un tono triste al darle el sol.[1]

En el andén estábamos agrupados alrededor de Angustias, que nos besaba y nos abrazaba. La abuelita apareció llorosa después del último abrazo.

Formábamos un conjunto tan grotesco que algunas gentes volvían la cabeza a mirarnos.

Cuando faltaban unos minutos para salir el tren, Angustias

[1] **su piel . . . sol** his skin had a pitiful cast in the sun

subió al vagón y desde la ventanilla nos miraba hierática,[2] llorosa y triste, casi bendiciéndonos como una santa.

Juan estaba nervioso; lanzando muecas irónicas a todos lados, espantando a las amigas de Angustias—que se agruparon lo más distantes posible—con el girar de sus ojos. Las piernas le empezaron a temblar en los pantalones. No podía contenerse.

—¡No te hagas la mártir, Angustias, que no se la pegas a nadie! [3] Estás sintiendo más placer que un ladrón con los bolsillos llenos . . . ¡Que a mí no me la pegas con esa comedia de tu santidad!

El tren empezó a alejarse y Angustias se santiguó [4] y se tapó los oídos porque la voz de Juan se levantaba sobre todo el andén.

Gloria agarró a su marido por la americana, aterrada. Y él se revolvió con sus ojos de loco, furioso, temblando como si le fuera a dar un ataque epiléptico. Luego echó a correr detrás de la ventanilla que se le escapaba, dando gritos que Angustias ya no podía oír.

—¡Eres una mezquina! ¿Me oyes? No te casaste con él porque a tu padre se le ocurrió decirte que era poco el hijo de un tendero para ti . . . ¡Por esooo! Y cuando volvió casado y rico de América lo has estado entreteniendo, se lo has robado a su mujer durante veinte años . . . y ahora no te atreves a irte con él porque crees que toda la calle de Aribau y toda Barcelona están pendientes de ti . . . ¡Y desprecias a mi mujer! ¡Malvada! ¡Y te vas con tu aureola de santa! . . .

La gente empezó a reírse y a seguirle hasta la punta del andén, donde, cuando el tren se había marchado, seguía él gritando. Le corrían las lágrimas por las mejillas y se reía satisfecho. La vuelta a casa fué una calamidad.

[2] hierática piously
[3] que . . . nadie you're not fooling anybody
[4] se santiguó crossed herself

Enjoyment is always of primary importance in reading, but if enjoyment is to be more than simple entertainment it must give rise to questions and searching.

The function of any work of true literary merit is not only to relate an amusing story, a series of interesting events, but to arrange these events in a whole that will have meaning. Meaning does not necessarily imply a message of a social or political nature. It is both simpler and deeper than that. First, the characters, plot, and setting must strike us as honest and true; in other words, they must seem real. Further, after having read a book, we should feel that its reality has thrown some light, however indirect, on the mystery of living. At times it may merely bring an awareness of this mystery and the wonder of life itself. But we should feel enriched by having read it and we should sense that our understanding of the characters and their actions has added in some way to our understanding of ourselves and the people around us.

But reality is a complex thing. It is not only people, but time, places, and objects and the relations of people to each other and to these things. The characters in a novel, like ourselves, may become victims of the forces of their environment, and time may in turn have great effect on both characters and environment. All this constitutes the reality of a novel. It is achieved by action and description, by mood and indirection and occasionally through symbol. It should be clear but not obvious, subtle but unmistakable. This, in general terms, is the art of fiction and an appreciation of this art is an essential part of our task as readers.

If the work is to be meaningful and if an understanding of it is to enlarge our comprehension of ourselves, we must be truly sensitive to the work, its content and its construction. Questions about the novel will provoke discussion in order to bring out what we know and sometimes may cause us to reread in order to discover aspects which may have escaped us. Developing knowledge in this way will bring new meaning and awareness. This is the path of *personal* discovery which is the source of understanding. The questions which follow do not necessarily have pat answers, but are designed to stimulate your thinking and to help you in this process of discovery.

DISCUSSION GUIDE I–IX

1. The narrative is written in the first person. What limitations does this way of telling the story put upon the novel? Is it more or less objective as a result? What faults and what merits do you think are derived from this approach?
2. Much of the first part is devoted to laying the setting for the novel which is so far mostly confined to the house on Aribau Street. Description naturally plays an important role in this task. What have you noticed about the author's use of description? Do certain colors predominate? Why? Now examine carefully how she describes the bathroom in Chapter I. How much detail is there? Is a vivid picture created? How? Is the same approach used in the description of persons? How effective is it?
3. Mood may often play an important part in a novel. Notice, for example, that the first chapter is filled with words like *imaginación, pesadilla, fantasmal,* etc. What effect is created by this? Moreover, certain actions of the characters may contribute to this effect. Is a certain mood established here? Describe it. Give different examples showing how it is created.
4. At the end of the first chapter Andrea takes a shower (an action pointedly repeated in the novel); she sleeps in what she refers to as an *ataúd* and she gazes longingly at the stars. Could all of this have any symbolic intent? How so?
5. In Chapter II what function does the introduction of the portrait of Andrea's grandparents serve?
6. By the end of Chapter III the general outlines of Andrea, Angustias, Gloria, and Román as characters have been established. What means have been used to do this? Notice that Andrea has visited the other three characters in their own rooms. What do these people want of her?
7. Chapter IV is like a play in its use of dialogue. Why should this technique be used here when much of its content is an exposition of the past? Do you find it effective? Why? Would it help for Andrea to participate in the dialogue?

8. Chapter V expands both the setting of the novel and the character of Andrea. How does she fit into the student world of the university? How are her shyness and introversion brought out? She repeatedly talks about her relationships to two separate worlds. What are they? What does this tell you about Andrea?
9 Chapter VI takes place on Christmas day, but the tragic happenings at the house on Aribau Street are at odds with the usual holiday spirit. This is a means of heightening by contrast the sadness of the characters' existence. This is a type of irony. Study this irony by examining each mention of Christmas and noting its relation to the actual events.
10. On page 64 Román declares to Andrea: 'Ninguno en esta casa necesita amigos. Aquí nos bastamos a nosotros mismos.' How accurately does this describe the situation of the characters? In what ways? Román also says: 'Qué persona hay, en este cochino y bonito mundo, que tenga bastante interés para aguantarla? Tú también mandarás a la gente al diablo dentro de poco, cuando se te pase el romanticismo de colegiala por las amistades.' Compare this with Román's speech on page 25, beginning 'Aquí las cosas . . .' What do these speeches show you of Román? How are they linked to the general spirit of the novel? To its title?
11. At the end of Chapter IX Angustias leaves the house. How fully has her character been developed? Is our view of her clear-cut or are we presented with conflicting views? Are aspects of her character left indistinct? Does this make it more or less real?

Segunda Parte

X

Salí de casa de Ena, aturdida, con la impresión de que debía ser muy tarde. Todos los portales estaban cerrados y el cielo se descargaba en una apretada lluvia de estrellas sobre las azoteas.

Por primera vez me sentía suelta y libre en la ciudad, sin miedo al fantasma del tiempo. Había tomado algunos licores aquella tarde. El calor y la excitación brotaban de mi cuerpo de tal modo que no sentía el frío ni tan siquiera—a momentos—la fuerza de la gravedad bajo mis pies.

Me detuve en medio de la Vía Layetana y miré hacia el alto edificio en cuyo último piso vivía mi amiga. No se traslucía la luz detrás de las persianas cerradas, aunque aún quedaban, cuando yo salí, algunas personas reunidas, y, dentro, las confortables habitaciones estarían iluminadas. Tal vez la madre de Ena había vuelto a sentarse al piano y a cantar. Me corrió un estremecimiento [1] al recordar aquella voz ardorosa que al salir parecía quemar y envolver en resplandores el cuerpo desmedrado [2] de su dueña.

Aquella voz había despertado todos los posos de sentimentalismo y de desbocado [3] romanticismo de mis dieciocho años. Desde que ella había callado yo estuve inquieta, con ganas de escapar a todo lo demás que me rodeaba. Me parecía imposible que los otros siguieran fumando y comiendo golosinas. Ena misma, aunque había escuchado a su madre con una sombría y

[1] estremecimiento shudder
[2] desmedrado frail
[3] desbocado unbridled

reconcentrada atención, volvía a expandirse, a reír y a brillar entre sus amigos, como si aquella reunión comenzada a última hora de la tarde improvisadamente, no fuera a tener fin. Yo, de pronto, me encontré en la calle. Casi había huído impelida por una inquietud tan fuerte y tan inconcreta como todas las que me atormentaban en aquella edad.

Entrar en la calle de Aribau era como entrar ya en mi casa. El mismo vigilante del día de mi llegada a la ciudad me abrió la puerta. Y la abuelita, como entonces, salió a recibirme helada de frío. Todos los demás se habían acostado.

Entré en el cuarto de Angustias, que desde unos días atrás había heredado yo, y al encender la luz encontré que habían colocado sobre el armario una pila de sillas de las que sobraban en todas partes de la casa y que allí amenazaban caerse, sombrías. También habían instalado en el cuarto el mueble que servía para guardar la ropa del niño y un gran costurero con patas que antes estaba arrinconado en la alcoba de la abuela. La cama, deshecha, conservaba las huellas de una siesta de Gloria. Comprendí en seguida que mis sueños de independencia, aislada de la casa en aquel refugio heredado, se venían al suelo. Suspiré y empecé a desnudarme. Sobre la mesilla de noche había un papel con una nota de Juan: «Sobrina, haz el favor de no encerrarte con llave. En todo momento debe estar libre tu habitación para acudir al teléfono.» Obediente, volví a cruzar el suelo frío para abrir la puerta, luego me tendí en la cama, envolviéndome voluptuosamente en la manta.

Oí en la calle palmadas llamando al vigilante.[4] Mucho después el pitido de un tren al pasar por la calle de Aragón, lejano y nostálgico. El día me había traído el comienzo de una vida nueva; comprendí que Juan había querido estropeármela en lo posible al

[4] **vigilante** The *vigilante* or *sereno,* who carries main-gate keys to neighborhood apartment houses and who admits late-comers is called by a loud clapping of the hands.

darme a entender que si bien se me cedía una cama en la casa, era sólo eso lo que se me daba . . .

La misma noche en que se marchó Angustias, yo había dicho que no quería comer en la casa y que, por lo tanto, sólo pagaría una mensualidad por mi habitación. Había cogido la ocasión por los pelos cuando Juan, todavía borracho y excitado por las emociones del día aquél, se había encarado conmigo.

—Y a ver, sobrina, con lo que tú contribuyes a la casa . . . porque yo, la verdad te digo, no estoy para mantener a nadie . . .

—No, lo que yo puedo dar es tan poco que no valdría la pena—dije diplomática—. Ya me las arreglaré comiendo por mi cuenta. Sólo pagaré mi racionamiento de pan y mi habitación.

Juan se encogió de hombros.

—Haz lo que quieras—dijo de mal humor.

La abuelita escuchó moviendo la cabeza con aire de reprobación, pendiente de los labios de Juan. Luego empezó a llorar.

—No, no, que no pague la habitación . . . que mi nieta no pague la habitación en casa de su abuela.

Pero así quedó decidido. Yo no tendría que pagar más que mi pan diario.

Había cobrado aquel día mi paga de febrero y poseída de las delicias de poderla gastar, me lancé a la calle y adquirí en seguida aquellas fruslerías que tanto deseaba . . . jabón bueno, perfume y también una blusa nueva para presentarme en casa de Ena, que me había invitado a comer. Además unas rosas para su madre. Comprar las rosas me emocionó especialmente. Eran magníficas flores, caras en aquella época. Se podía decir que eran inasequibles para mí. Y, sin embargo, yo las tuve entre mis brazos y las regalé. Este placer, en el que encontraba el gusto de rebeldía que ha sido el vicio—por otra parte vulgar—de mi juventud, se convirtió más tarde en una obsesión.

Me acordaba—tumbada en mi cama—de la cordial acogida que me hicieron en casa de Ena sus parientes y de cómo, acostumbrada a las caras morenas con las facciones bien marcadas, de las gentes de mi casa, me empezó a marear la cantidad de cabezas rubias que me rodeaban en la mesa.

Los padres de Ena y sus cinco hermanos eran rubios. Estos cinco hermanos, todos varones y más pequeños que mi amiga, se confundían en mi imaginación con sus rostros afables, risueños y vulgares. Ni siquiera el benjamín [5] de siete años, a quien el cambio de los dientes daba una expresión cómica cuando se reía, y que se llamaba Ramón Berenguer,[6] como si fuera un antiguo conde de Barcelona, se distinguía de sus hermanos más que en estas dos particularidades.

El padre parecía participar de las mismas condiciones de buen carácter que su prole [7] y era además un hombre realmente guapo, a quien Ena se parecía. Tenía, como ella, los ojos verdes, aunque sin la extraña y magnífica luz que animaba los de su hija. En él todo parecía sencillo y abierto, sin malicias de ninguna clase. Durante la comida le recuerdo riéndose al contarme anécdotas de sus viajes, pues habían vivido todos, durante muchos años, en diferentes sitios de Europa. Parecía que me conocía de toda la vida, que sólo por el hecho de tenerme en su mesa me agregaba a la patriarcal familia.

La madre de Ena, por el contrario, daba la impresión de ser reservada, aunque contribuía sonriendo al ambiente agradable que se había formado. Entre su marido y sus hijos—todos altos y bien hechos—ella parecía un pájaro extraño y raquítico. Era pequeñita y yo encontraba asombroso que su cuerpo estrecho hubiera soportado seis veces el peso de un hijo. La primera impresión que me hizo fué de extraña fealdad. Luego resaltaban en ella dos o tres toques de belleza casi portentosa: un cabello más claro que el de Ena, sedoso, abundantísimo, unos largos ojos dorados y su voz magnífica.

—Ahí donde la ve usted, Andrea—dijo el jefe de familia—,

[5] el benjamín the baby of the family

[6] Berenguer The Berenguers were a distinguished aristocratic family in Catalan history. One of these counts of Barcelona appears in the Spanish epic, *Poema del Cid.*

[7] prole offspring

mi mujer tiene algo de vagabundo. No puede estar tranquila en ningún sitio y nos arrastra a todos.

—No exageres, Luis—la señora se sonreía con suavidad.

—En el fondo es cierto. Claro que tu padre es el que me destina para representar y dirigir sus negocios en los sitios más extraños . . . , mi suegro es al mismo tiempo mi jefe comercial, ¿sabe usted, Andrea? . . . ; pero tú estás en el fondo de todos los manejos. Si quisieras no me negarías que tu padre te haría vivir tranquila en Barcelona. Bien se vió la influencia que tienes sobre él en aquel asunto de Londres . . . Claro que yo estoy encantado con tus gustos, mi niña; no soy yo quien te los reprocha—y la envolvió con una sonrisa cariñosa—. Toda mi vida me ha gustado viajar y ver cosas nuevas . . . Yo tampoco puedo dominar una especie de fiebre de actividad que casi es un placer cuando entro en un nuevo ambiente comercial, con gente de psicología tan desconocida. Es como empezar otra vez la lucha y se siente uno rejuvenecido . . .

—Pero a mamá—afirmó Ena—le gusta más Barcelona que ningún sitio del mundo. Ya lo sé.

La madre le dirigió una sonrisa especial que me pareció soñadora y divertida al mismo tiempo.

—En cualquier sitio en que estéis vosotros me encuentro siempre bien. Y tiene razón tu padre en esto de que a veces siento la inquietud de viajar; claro que de ahí a manejar a mi padre—sonrió más acentuadamente—va mucha diferencia . . .

—Y ya que estamos hablando de estas cosas, Margarita—continuó su marido—, ¿sabes lo que me ha dicho tu padre ayer? Pues que es posible que la temporada que viene seamos necesarios en Madrid . . . ¿Qué te parece? La verdad es que en estos momentos yo prefiero estar en Barcelona que en ningún sitio, sobre todo teniendo en cuenta * que tu hermano . . .

—Sí, Luis, creo que tenemos que hablar de eso. Pero ahora estamos aburriendo a esta niña. Andrea, tiene que perdonarnos usted. Al fin y al cabo somos una familia de comerciantes que acaba todas sus conversaciones en asuntos de negocios . . .

Ena había escuchado la última parte de la conversación con extraordinario interés.

—¡Bah! . . . El abuelo está un poco chiflado, me parece. Tan emocionado y lloroso cuando vuelve a ver a mamá después de tenerla lejos, y en seguida ideando que nos marchemos. Yo no quiero irme de Barcelona por ahora . . . ¡Es una cosa tonta! . . . Al fin y al cabo, Barcelona es mi pueblo y se puede decir que sólo la conozco desde que se terminó la guerra . . .

(Me miró rápidamente y yo recogí su mirada, porque sabía que ella se había enamorado por aquellos tiempos y que éste era su argumento supremo y secreto para no querer salir de la ciudad.)

Entre mis sábanas, en la calle de Aribau, yo evocaba esta conversación con todos sus detalles y me sacudió la alarma a la idea de separarme de mi amiga cuando me había encariñado con ella. Pensé que los planes de aquel viejo importante—aquel rico abuelo de Ena—movían a demasiada gente y herían demasiados afectos.

En la agradable confusión de ideas que precede al sueño se fueron calmando mis temores para ser sustituídos por vagas imágenes de calles libres en la noche.

XI

No seas tozuda,[1] sobrina—me dijo Juan—. Te vas a morir de hambre.

Y me puso las manos en el hombro con una torpe caricia.

—No, gracias, me las arreglo muy bien . . .[2]

Mientras tanto eché una mirada de reojo a mi tío y vi que tampoco a él parecían irle bien las cosas. Me había cogido bebiendo el agua que sobraba de cocer la verdura y que estaba fría y olvidada en un rincón de la cocina, dispuesta a ser tirada.

Antonia había gritado con asco:

—¿Qué porquerías hace usted?

Me puse encarnada.

—Es que a mí este caldo me gusta. Y como veía que lo iban a tirar . . .

A los gritos de Antonia acudieron los demás de la casa. Juan me propuso una conciliación de nuestros intereses económicos. Yo me negué.

La verdad es que me sentía más feliz desde que estaba desligada de aquel nudo de las comidas en la casa. No importaba que aquel mes hubiera gastado demasiado y apenas me alcanzara el presupuesto de una peseta diaria para comer: la hora del mediodía es la más hermosa en invierno. Una hora buena para pasarla al sol en un parque o en la Plaza de Cataluña.[3] A veces se me ocurría pensar, con delicia, en lo que sucedería en casa. Los oídos

[1] **tozuda** stubborn
[2] **me . . . bien** I'm getting along all right
[3] **Plaza de Cataluña** central square of the city of Barcelona

se me llenaban con los chillidos del loro y las palabrotas de Juan. Prefería mi vagabundeo libre.

Aprendí a conocer excelencias y sabores en los que antes no había pensado; por ejemplo, la fruta seca fué para mí un descubrimiento. Las almendras tostadas, o mejor, los cacahuetes, cuya delicia dura más tiempo porque hay que desprenderlos de su cáscara, me producían fruición.

La verdad es que no tuve paciencia para distribuir las treinta pesetas que me quedaron el primer día, en los treinta días del mes. Descubrí en la calle de Tallers un restaurante barato y cometí la locura de comer allí dos o tres veces. Me pareció aquella comida más buena que ninguna de las que había probado en mi vida, infinitamente mejor que la que preparaba Antonia en la calle de Aribau. Era un restaurante curioso. Oscuro, con unas mesas tristes. Un camarero abstraído me servía. La gente comía de prisa, mirándose unos a otros y no hablaba ni una palabra. Todos los restaurantes y comedores de fondas en los que yo había entrado hasta entonces eran bulliciosos menos aquél. Daban una sopa que me parecía buena, hecha con agua hirviente y migas de pan.[4] Esta sopa era siempre la misma, coloreada de amarillo por el azafrán o de rojo por el pimentón; pero en la «carta» cambiaba de nombre con frecuencia. Yo salía de allí satisfecha y no me hacía falta más.

Por las mañanas cogía el pan—apenas Antonia subía las raciones de la panadería—y me lo comía entero, tan caliente y apetitoso estaba. Por las noches no cenaba, a no ser que la madre de Ena insistiese en que me quedase en su casa alguna vez. Yo había tomado la costumbre de ir a estudiar con Ena muchas tardes y la familia empezaba a considerarme como cosa suya.

Pensé que realmente estaba comenzando para mí un nuevo renacer, que era aquella la época más feliz de mi vida, ya que nunca había tenido una amiga con quien me compenetrara tanto,[5] ni esta magnífica independencia de que disfrutaba. Los

[4] **migas de pan** croutons
[5] **con quien . . . tanto** with whom I had such a mutual understanding

últimos días del mes los pasé alimentándome exclusivamente del panecillo de racionamiento que devoraba por las mañanas—por esta época fué cuando me cogió Antonia bebiendo el agua de hervir la verdura—, pero empezaba a acostumbrarme y la prueba es que en cuanto recibí mi paga del mes de marzo la gasté exactamente igual. Me acuerdo que sentía un hambre extraordinaria cuando tuve el nuevo dinero en mis manos, que era una sensación punzante [6] y deliciosa pensar que podría satisfacerla en seguida. Más que cualquier clase de alimento, deseaba dulces. Compré una bandeja y me fuí a un cine caro. Tenía tal impaciencia que antes de que se apagara la luz corté un trocito de papel para comer un poco de crema, aunque miraba de reojo a todo el mundo * poseída de vergüenza. En cuanto se iluminó la pantalla y quedó la sala en penumbra, yo abrí el paquete y fuí tragando los dulces uno a uno. Hasta entonces no había sospechado que la comida pudiera ser algo tan bueno, tan extraordinario . . . Cuando se volvió a encender la luz, no quedaba nada en la bandeja. Vi que una señora, a mi lado, me miraba de soslayo [7] y cuchicheaba con su compañero. Los dos se reían.

En la calle de Aribau también pasaban hambre sin las compensaciones que a mí me reportaba. No me refiero a Antonia y a «Trueno». Supongo que estos dos tenían el sustento asegurado gracias a la munificencia de Román. El perro estaba reluciente y muchas veces le vi comer sabrosos huesos. También la criada se cocinaba su comida aparte. Pero pasaban hambre Juan y Gloria y también la abuela y hasta a veces el niño.

Román estuvo otra vez de viaje cerca de dos meses. Antes de marcharse dejó algunas provisiones para la abuela, leche condensada y otras golosinas difíciles de conseguir en aquellos tiempos. Nunca vi que la viejecilla las probara. Desaparecían misteriosamente y aparecían sus huellas en la boca del niño.

El día mismo en que Juan me invitó a unirme otra vez a la familia, tuvo una terrible discusión con Gloria. Todos oímos los

[6] **punzante** prickly
[7] **de soslayo** askance

gritos que daban en el estudio. Salí al recibidor y vi que el pasillo estaba interceptado por la silueta de la criada, que aplicaba el oído.

—Estoy harto * de tanta majadería—gritó Juan—, ¿entiendes? ¡Ni siquiera puedo renovar los pinceles! Esa gente nos debe mucho dinero aún. Lo que no comprendo es que no quieras que vaya yo a reclamárselo.

—Pues, chico, si me diste palabra que no te meterías en nada y que me dejarías hacer, ahora no te puedes volver atrás. Y ya sabes que estabas muy contento cuando pudiste vender esa porquería de cuadro a plazos . . .

—¡Te voy a estrangular! ¡Maldita!

La criada suspiró con deleite y yo me marché a la calle a respirar su aire frío, cargado de olores de las tiendas. Las aceras teñidas de la humedad crepuscular reflejaban las luces de los faroles recién encendidos.

XII

La temprana primavera mediterránea comenzó a enviar sus ráfagas entre las ramas aún heladas de los árboles. Había una alegría deshilvanada [1] en el aire, casi tan visible como esas nubes transparentes que a veces se enganchan en el cielo.

—Tengo ganas de ir al campo y de ver árboles—dijo Ena, y se le dilataron un poco las aletas de la nariz . . .—. Tengo ganas de ver pinos (no estos plátanos de la ciudad que huelen a tristes y a podridos desde una legua) o quizá lo que más deseo es ver el mar . . . El domingo que viene iré al campo con Jaime y tú también vendrás, Andrea . . . ¿No te parece?

Yo sabía casi tan bien como Ena la manera de ser de Jaime: sus gustos, su pereza, sus melancolías—que desesperaban y encantaban a mi amiga—, su aguda inteligencia, aunque no le había visto nunca. Muchas tardes, inclinadas sobre el diccionario griego, interrumpíamos la traducción para hablar de él. Ena se ponía más bonita, con los ojos dulcificados por la alegría. Cuando su madre aparecía en la puerta nos callábamos rápidamente porque Jaime era el gran secreto de mi amiga.

—Creo que me moriría si lo supieran en casa.* Tú no sabes . . . Yo soy muy orgullosa. Mi madre me conoce sólo en un aspecto: como persona burlona y malintencionada y así le gusto. A todos los de casa les hago reír con los desplantes que doy a mis pretendientes . . .[2] A todos menos al abuelo, naturalmente,

[1] **deshilvanada** incoherent
[2] **con . . . pretendientes** with the way I turn my suitors down

el abuelo casi tuvo un ataque de apoplejía cuando rechacé este verano a un señor respetable y riquísimo con quien estuve coqueteando . . . Porque a mí me gusta que los hombres se enamoren, ¿sabes? Me gusta mirarlos por dentro. Pensar . . . ¿De qué clase de ideas están compuestos sus pensamientos? ¿Qué sienten ellos al enamorarse de mí? La verdad es que razonándolo resulta un juego un poco aburrido porque ellos tienen sus añagazas [3] infantiles, siempre las mismas. Sin embargo, para mí es una delicia tenerles entre mis manos, enredarles con sus propias madejas y jugar como los gatos con los ratones . . . Bueno, el caso es que tengo a menudo ocasiones para divertirme porque los hombres son idiotas y les gusto yo mucho . . . En mi casa están seguros de que nunca me enamoraré. Yo no puedo aparecer ahora ilusionada [4] como una tonta y presentar a Jaime . . . Además, intervendrían todos: tíos, tías . . . , habría que enseñárselo al abuelo como un bicho raro . . .[5] luego lo aprobarían porque es rico pero se quedarían desesperados porque no entiende una palabra de administrar sus riquezas. Sé lo que diría cada uno. Querrían que viniera a casa cada día . . . ¿Tú me entiendes, verdad, Andrea? Acabaría por no poder soportar a Jaime. Si alguna vez nos casamos, entonces no habrá más remedio que decirlo, pero no todavía. De ninguna manera.

—¿Por qué quieres que vaya con vosotros al campo?—dije asombrada.

—Le diré a mamá que me voy contigo para todo el día . . . y siempre es más agradable que sea verdad. Tú no me estorbas nunca y Jaime estará encantado de conocerte. Ya verás. Le he hablado mucho de ti.

Yo sabía que Jaime se parecía al San Jorge pintado en la tabla central del retablo de Jaime Huguet.[6] El San Jorge que se cree

[3] **añagazas** tricks
[4] **ilusionada** lovesick
[5] **como . . . raro** like a rare specimen
[6] **Jaime Huguet** a painter of the fifteenth century, considered to be one of the great masters of early Catalan art

que es un retrato del Príncipe de Viana.[7] Me lo había dicho Ena muchas veces, y juntas estuvimos viendo una fotografía de la pintura que ella había puesto en su mesilla de noche. Cuando vi a Jaime noté efectivamente el parecido y me impresionó la misma fina melancolía de la cara. Cuando se reía, la semejanza se esfumaba de un modo desconcertante, quedando él mucho más guapo y vigoroso que el cuadro. Parecía feliz con la idea de llevarnos a las dos a la orilla del mar, en aquella época del año en que no iba nadie. Tenía un auto muy grande. Ena frunció el ceño.

—Has estropeado el coche poniéndole gasógeno.

—Bueno, pero gracias a eso puedo llevaros adonde queráis.

Salimos los cuatro domingos de marzo y alguno más de abril. Íbamos a la playa más que a la montaña. Me acuerdo de que la arena estaba sucia de algas de los temporales de invierno. Ena y yo corríamos descalzas por la orilla del agua que estaba helada y gritábamos al sentirla rozarnos. El último día hacía ya casi calor * y nos bañamos en el mar. Ena bailó una danza de su invención para reaccionar. Yo estaba tumbada en la arena, junto a Jaime, y los dos veíamos su figura graciosa recortada contra el Mediterráneo cabrilleante [8] y azul. Vino hacia nosotros luego, riéndose, y Jaime la besó. La vi apoyada contra él, cerrando un momento sus doradas pestañas.

—¡Cómo te quiero!

Le dijo asombrada, como si hiciera un gran descubrimiento. Jaime me miró sonriéndose, emocionado y confuso a la vez. Ena me miró también y me tendió la mano.

—Y a ti también, queridísima . . . Tú eres mi hermana. De veras, Andrea. Ya ves . . . ¡He besado a Jaime delante de ti!

Volvimos de noche, por la carretera junto al mar. Yo veía el encaje fantástico que formaban las olas en la negrura y las misteriosas lucecitas lejanas de las barcas . . .

[7] **Príncipe de Viana** Carlos, Infante de Aragón y Príncipe de Viana (1421–61), tragic figure in early Catalan history, often celebrated in poetry and sculpture

[8] **cabrilleante** white-capped

—Sólo hay una persona a quien quiera tanto como a vosotros dos. Quizá más que a vosotros dos juntos . . . o quizá no, Jaime, quizá no la quiera tanto como a ti . . . Yo no sé. No me mires así, que va a volcar el auto. A veces me atormenta la duda de a quien quiero más, si a ti o . . .

Yo escuchaba atentamente.

—¿Sabes, querida—dijo Jaime con un tono en el que se traslucía una ironía tan rabiosa que llegaba al despecho infantil —que es ya hora de que empieces a decirnos su nombre?

—No puedo—estuvo callada unos momentos—. No os lo diré por nada del mundo. También para vosotros puedo tener un secreto.

¡Qué días incomparables! Toda la semana parecía estar alboreada por ellos. Salíamos muy temprano y ya nos esperaba Jaime con el auto en cualquier sitio convenido. La ciudad se quedaba atrás y cruzábamos sus arrabales [9] tristes, con la sombría potencia de las fábricas a las que se arrimaban altas casas de pisos, ennegrecidas por el humo. Bajo el primer sol los cristales de estas casas negruzcas despedían destellos [10] diamantinos. De los alambres de telégrafos salían chillando bandadas de pájaros espantados por la bocina insistente y enroquecida . . .

Ena iba al lado de Jaime. Yo, detrás, me ponía de rodillas, vuelta de espaldas en el asiento, para ver la masa informe y portentosa que era Barcelona y que se levantaba y esparcía al alejarnos, como un rebaño de monstruos. A veces Ena dejaba a Jaime y saltaba a mi lado para mirar también, para comentar conmigo aquella dicha.

Comíamos en fondas a lo largo * de la costa o en merenderos entre pinos, al aire libre. A veces llovía. Entonces Ena y yo nos refugiábamos bajo el impermeable de Jaime, quien se mojaba tranquilamente . . . Muchas tardes me he puesto algún chaleco de lana, o un jersey suyo. Él tenía una pila de estas cosas en el

[9] **arrabales** suburbs
[10] **destellos** flashes

automóvil en previsión de[11] la traidora primavera. Aquel año, por otra parte, hizo un tiempo maravilloso. Me acuerdo de que en marzo volvíamos cargadas de ramas de almendro florecidas y en seguida empezó la mimosa[12] a amarillear y a temblar sobre las tapias de los jardines.

Estos chorros de luz que recibía mi vida gracias a Ena, estaban amargados por el sombrío tinte con que se teñía mi espíritu otros días de la semana. No me refiero a los sucesos de la calle de Aribau, que apenas influían ya en mi vida, sino a la visión desenfocada de mis nervios demasiado afilados por un hambre que a fuerza de ser crónica llegué casi a no sentirla. A veces me enfadaba con Ena por una nadería. Salía de su casa desesperada. Luego regresaba sin decirle una palabra y me ponía a estudiar junto a ella. Ena se hacía la desentendida y seguíamos como si tal cosa.[13] El recuerdo de estas escenas me hacía llorar de terror algunas veces cuando las razonaba en mis paseos por las calles de los arrabales, o por la noche, cuando el dolor de cabeza no me dejaba dormir y tenía que quitar la almohada para que se disipara. Pensaba en Juan y me encontraba semejante a él en muchas cosas. Ni siquiera se me ocurría pensar que estaba histérica por la falta de alimento. Cuando recibía mi mensualidad iba a casa de Ena cargada de flores, compraba dulces a mi abuela y también me acostumbré a comprar cigarrillos, que ahorraba para las épocas de escasez de comida, ya que me aliviaban y me ayudaban a soñar proyectos deshilvanados. Cuando Román volvió de su viaje estos cigarrillos me los proporcionaba él, regalándomelos. Me seguía con una sonrisa especial cuando yo andaba por la casa, cuando me paraba en la puerta de la cocina olfateando, o cuando me tumbaba horas enteras en la cama, con los ojos abiertos.

Una de aquellas tardes en que me enfadé con Ena la indignación me duró más tiempo. Por largo tiempo caminaba con el

[11] **en previsión de** as a precaution against
[12] **mimosa** mimosa tree
[13] **Ena . . . cosa** Ena would pretend not to notice and we would go on as if nothing had happened.

ceño fruncido, llevada de un monólogo interior exaltado y largo. «No volveré a su casa.» «Estoy harta de sus sonrisas de superioridad.» «Me ha seguido con los ojos, divertida, convencida de que voy a volver a los dos minutos otra vez.» «Cree que no puedo prescindir de su amistad. ¡Qué equivocación!» «Juega conmigo como con todo el mundo hace—pensé injustamente—, como con sus padres, con sus hermanos, como con los pobres muchachos que le hacen el amor, a los que ella alienta para luego gozarse en verlos sufrir» . . . Cada vez se me hacía más evidente el carácter maquiavélico de mi amiga. Casi me parecía despreciable . . .

Subí las escaleras de mi casa desmadejada. Ya era completamente de noche. Antonia me abrió la puerta con cierta zalamería.[14]

—Ha venido una señorita rubia a preguntar por usted.

Debilitada y triste como me encontraba, casi tuve ganas de llorar. Ena, que era mejor que yo, había venido a buscarme.

—Está en la sala, con el señorito Román—añadió la criada—. Han estado allí toda la tarde . . .

Me quedé reflexionando un momento. «Por fin ha conocido a Román como ella quería—pensé—. ¿Qué le habrá parecido? Pero sin saber bien por qué, una profunda irritación sucedió a mi curiosidad. En aquel momento oí que Román empezaba a tocar el piano. Rápida fuí a la puerta de la sala, di en ella dos golpes y entré. Román dejó de tocar inmediatamente con el ceño fruncido. Ena estaba recostada en el brazo de uno de los derrengados [15] sillones y parecía despertar de un largo ensueño.

Sobre el piano, un cabo de vela—recuerdo de las noches en que yo dormía en aquella habitación—ardía, y su llama alargada y llena de inquietudes era la única luz del cuarto.

Los tres estuvimos mirándonos durante un segundo. Luego

[14] **zalamería** flattery
[15] **derrengados** dilapidated

Ena corrió hacia mí y me abrazó. Román me sonrió con afecto y se levantó.

—Os dejo, pequeñas.

Ena le tendió la mano y los dos se estuvieron mirando, callados. Los ojos de Ena fosforecían como los de un felino. Me empezó a entrar miedo. Era algo helado sobre la piel. Entonces fué cuando tuve la sensación de que una raya, fina como un cabello, partía mi vida y como a un vaso la quebraba. Cuando levanté los ojos del suelo Román se había ido. Ena me dijo:

—Yo también me voy. Es muy tarde . . . Quería esperarte porque a veces haces cosas de loca y no puede ser . . . Bueno, adiós . . . Adiós, Andrea . . .

Estaba nerviosísima.

XIII

Al día siguiente fué Ena la que me rehuyó en la Universidad. Me había acostumbrado tanto a estar con ella entre clase y clase que estaba desorientada y no sabía qué hacer. A última hora se acercó a mí.

—No vengas esta tarde a casa, Andrea. Tendré que salir . . . Lo mejor es que no vengas estos días hasta que yo te avise. Yo te avisaré. Tengo un asunto entre manos . . .[1] Puedes venir a buscar los diccionarios . . . (porque yo, que carecía de textos, no tenía tampoco diccionario griego, y el de latín, que conservaba del Bachillerato, era pequeño y malo: las traducciones las hacía siempre con Ena) . . . Lo siento—continuó al cabo de un momento, con una sonrisa mortificada—, tampoco voy a poder prestarte los diccionarios . . . ¡Qué fastidio! Pero como se acercan los exámenes, no puedo dejar de hacer las traducciones por la noche . . . Tendrás que venir a estudiar a la Biblioteca . . . Créeme que lo siento, Andrea.

—No te preocupes, mujer.

Me sentía envuelta en la misma opresión que la tarde anterior. Pero ahora no era un presentimiento, sino la certeza de que algo malo había sucedido. Resultaba de todas maneras * menos angustioso que aquel primer escalofrío de los nervios sentido cuando vi a Ena mirar a Román.

—Bueno . . . me voy de prisa, Andrea. No puedo esperarte

[1] **Tengo . . . manos** I have some unfinished business

porque le he prometido a Bonet . . . ¡Ah! Ahí veo a Bonet que me hace señas. Adiós, querida.

Me besó en las mejillas contra su costumbre, aunque muy fugazmente, y se fué después de volver a advertirme:

—No vengas a casa hasta que yo te lo diga . . . Es que no me ibas a encontrar ¿sabes? No quiero que te molestes.

—Descuida.

La vi salir acompañada de uno de sus enamorados menos favorecidos, que aquel día aparecía radiante.

Desde entonces, tuve ya que pasarme sin Ena. Llegó el domingo y ella, que no me había dado el célebre aviso y que se había limitado a sonreírme y a saludarme desde lejos en la Universidad, tampoco me habló nada de nuestra excursión con Jaime. La vida volvía a ser solitaria para mí. Como era algo que parecía no tener remedio, lo tomé con resignación. Entonces fué cuando empecé a darme cuenta de que se aguantan mucho mejor las contrariedades grandes que las pequeñas nimiedades [2] de cada día.

Las tardes se me hacían particularmente largas. Estaba acostumbrada a pasarlas arreglando mis apuntes, luego solía dar un buen paseo y antes de las siete ya estaba en casa de Ena. Ella veía a Jaime todos los días después de comer, pero volvía a esa hora para hacer conmigo la traducción. Algunos días se quedaba toda la tarde en su casa y era entonces cuando nos reuníamos allí la pandilla de la Universidad. Los chicos, que pasaban el sarampión [3] literario, nos leían sus poesías. Al final, la madre de Ena cantaba algo. Eran los días en que yo me quedaba a cenar allí. Todo esto pertenecía ya al pasado (alguna vez me aterraba pensar en cómo los elementos de mi vida aparecían y se disolvían para siempre apenas empezaba a considerarlos como inmutables). Las reuniones de amigos en casa de Ena dejaron de hacerse en virtud de la sombra amenazadora del final de curso que se nos

[2] **nimiedades** annoyances
[3] **sarampión** measles

venía encima. Y ya no se habló más entre Ena y yo de la cuestión de que yo volviera a su casa.

Una tarde encontré a Pons en la Biblioteca de la Universidad. Se puso muy contento al verme.

—¿Vienes mucho por aquí? Antes no te veía.

—Sí, vengo a estudiar . . . Es que no tengo libros . . .

—¿De veras? Yo te puedo prestar los míos. Mañana te los traeré.

—¿Y tú?

—Ya te los pediré cuando me hagan falta.

Al día siguiente, Pons llegó a la Universidad con unos libros nuevos, sin abrir.

—Puedes conservarlos . . . Este año han comprado en casa los textos por partida doble.[4]

Yo estaba tan avergonzada que tenía ganas de llorar. Pero ¿qué le iba a decir a Pons? Él estaba entusiasmado.

—¿Ya no eres amiga de Ena?—me preguntó.

—Sí, es que la veo menos por los exámenes . . .

Pons era un muchacho muy infantil. Pequeño y delgado, con unos ojos a los que daban dulzura las pestañas, muy largas. Un día lo encontré en la Universidad terriblemente excitado.

—Oye, Andrea, escucha . . . No te lo había dicho antes porque no teníamos permiso para llevar a chicas. Pero yo he hablado tanto de ti, he dicho que eras distinta . . . en fin, se trata de mi amigo Guíxols y él ha dicho que sí, ¿entiendes?

Yo no había oído hablar nunca de Guíxols.

—No, ¿cómo voy a entender?

—¡Ah! Es verdad. Ni siquiera te he hablado nunca de mis amigos . . . Estos de aquí, de la Universidad, no son realmente mis amigos. Se trata de Guíxols, de Iturdiaga principalmente . . . en fin, ya los conocerás. Todos son artistas, escritores, pintores . . . un mundo completamente bohemio. Completamente pintoresco. Allí no existen convencionalismos sociales . . . Pujol, un amigo de Guíxols . . . y mío también, claro—lleva chalina y el cabello largo. Es un tipo estupendo . . . Nos reunimos en el

[4] **los textos . . . doble** an extra supply of textbooks

estudio de Guíxols, que es pintor . . . un muchacho muy joven—, vamos, quiero decir joven como artista, por lo demás tiene ya veinte años—, pero con un talento enorme. Hasta ahora no ha ido ninguna muchacha allí. Tienen miedo a que se asusten del polvo y que digan tonterías de esas que suelen decir todas. Pero les llamó la atención lo que yo les dije de que tú no te pintabas en absoluto y que tienes la tez muy oscura y los ojos claros. Y, en fin, me han dicho que te lleve esta tarde. El estudio está en el barrio antiguo . . .

Ni siquiera había soñado que yo pudiera rechazar la tentadora invitación. Naturalmente lo acompañé.

Fuimos andando, dando un largo paseo, por las calles antiguas. Pons parecía muy feliz. A mí me había sido siempre extraordinariamente simpático.

Entramos por un portalón ancho donde campeaba un escudo de piedra. En el patio, un caballo comía tranquilamente, uncido [5] a un carro y picoteaban gallinas produciendo una impresión de paz. De allí partía la señorial y ruinosa escalera de piedra, que subimos. En el último piso, Pons llamó tirando de una cuerdecita que colgaba en la puerta. Se oyó una campanilla muy lejos. Nos abrió un muchacho a quien Pons llegaba más abajo del hombro. Creí que sería Guíxols. Pons y él se abrazaron con efusión. Pons me dijo:

—Aquí tienes a Iturdiaga, Andrea . . . Este hombre acaba de llegar del Monasterio de Veruela,[6] donde ha pasado una semana siguiendo las huellas de Bécquer . . .[7]

Iturdiaga me estudió desde su altura. Sujetaba una pipa entre los largos dedos y vi que a pesar de su aspecto imponente, era tan joven como nosotros.

Le seguimos, atravesando un largo dédalo de habitaciones destartaladas y completamente vacías, hasta el cuarto donde Guíxols tenía su estudio. Un cuarto grande, lleno de luz, con varios

[5] uncido hitched

[6] Monasterio de Veruela a famous Cistercian monastery in the province of Zaragoza where the poet Bécquer spent a period of retirement

[7] Gustavo Adolfo Bécquer (1836–70) Romantic poet, known for his love lyrics and very much admired by contemporary writers

muebles enfundados—sillas y sillones—, un gran canapé y una mesita donde, en un vaso—como un ramo de flores—habían colocado un manojo de pinceles.

Por todos lados se veían las obras de Guíxols: en los caballetes,[8] en la pared, arrimadas a los muebles o en el suelo . . .

Allí estaban reunidos dos o tres muchachos que se levantaron al verme. Guíxols era un chico con tipo de deportista. Fuerte y muy jovial, completamente tranquilo, casi la antítesis de Pons. Entre los otros vi al célebre Pujol, que, con su chalina y todo, era terriblemente tímido. Más tarde llegué a conocer sus cuadros, que hacía imitando punto por punto los defectos de Picasso[9]—la genialidad no es susceptible de imitarse, naturalmente. No era esto culpa de Pujol ni de sus diecisiete años ocupados en calcar[10] al maestro—. El más notable de todos parecía ser Iturdiaga. Hablaba con gestos ampulosos y casi siempre gritando. Luego me enteré de que tenía escrita una novela de cuatro tomos, pero no encontraba editor para ella.

—¡Qué belleza, amigos míos! ¡Qué belleza!—decía hablando del Monasterio de Veruela—. ¡Comprendí la vocación religiosa, la exaltación mística, el encierro perpetuo en la soledad! . . . Sólo me faltabais vosotros y el amor . . . Yo sería libre como el aire si el amor no me enganchara en su carro continuamente, Andrea—añadió dirigiéndose a mí.

Luego se puso serio.

—Pasado mañana me bato con Martorell, no hay remedio. Tú, Guíxols, serás mi padrino.

—No, ya lo arreglaremos antes de que llegue el caso—dijo Guíxols ofreciéndome un cigarrillo—. Puedes estar seguro de que lo arreglaré . . . Es una estupidez el que te batas porque Martorell haya dicho una grosería a una florista de la Rambla.[11]

[8] **caballetes** easels

[9] **Pablo Picasso** (1881–) contemporary Spanish painter, considered by many the leader of modern art

[10] **en calcar** in copying

[11] **la Rambla** one of a series of promenades usually referred to as *las Ramblas*. These form a broad avenue that leads from the Plaza de Cataluña to the sea.

—¡Una florista de la Rambla es una dama como cualquier mujer!

—No lo dudo, pero tú no la habías visto hasta entonces, y en cambio * Martorell es nuestro amigo. Quizá un poco aturdido, pero un chico excelente. Te advierto que él toma todo esto a broma. Tenéis que reconciliaros.

—¡No, señor!—gritó Iturdiaga—. Martorell dejó de ser mi amigo, cuando . . .

—Bueno. Ahora vamos a merendar si Andrea tiene la bondad * de hacernos unos bocadillos con el pan y el jamón que encontrará escondido detrás de la puerta . . .

Pons observaba continuamente el efecto que me producían sus amigos y buscaba mis ojos para sonreírme. Hice café y lo tomamos en tazas de diferentes tamaños y formas, pero todas de porcelana fina y antigua, que Guíxols guardaba en una vitrina. Pons me informó que Guíxols las adquiría en los Encantes.[12]

Yo observaba los cuadros de Guíxols: marinas sobre todo. Me interesó un dibujo de la cabeza de Pons. Al parecer, Guíxols tenía suerte * y vendía bien sus cuadros, aunque aún no había hecho ninguna exposición. Sin querer comparé su pintura con la de Juan. La de Guíxols era mejor, indudablemente. Al oír hablar de miles de pesetas, me pasó como un rayo de crueldad la voz de Juan por mis orejas . . . «¿Crees tú que el desnudo que he pintado a Gloria vale sólo diez duros?»

A mí aquel ambiente de «bohemia» me pareció muy confortable. El único mal vestido y con las orejas sucias era Pujol, que comía con gran apetito y gran silencio. A pesar de esto, me enteré de que era rico. Guíxols mismo, era hijo de un fabricante riquísimo. Iturdiaga y Pons pertenecían también a familias conocidas en la industria catalana. Pons además era hijo único, y muy mimado, según me enteré mientras él enrojecía hasta las orejas.

—A mí, mi padre no me comprende—gritó Iturdiaga—. ¿Cómo me va a comprender si sólo sabe almacenar millones?

[12] **los Encantes** the flea market in Barcelona where second-hand objects can be bought

De ninguna manera ha querido costearme la edición de la novela. ¡Dice que es negocio perdido! . . . Y lo peor es que desde la última jugarreta me ata corto [13] y me tiene sin un céntimo.

—Es que fué buena [14]—dijo Guíxols con una sonrisa.

—¡No! ¡Yo no le mentí! . . . Un día me llamó a su cuarto: «Gaspar, hijo mío . . . , ¿he oído bien? Me has dicho que ya no te queda nada de las dos mil pesetas que te di como aguinaldo de Navidad (esto era quince días después de Navidad). Yo le dije: «Sí, papá, ni un céntimo» . . . Entonces entornó los ojos como una fiera y me dijo:

—«Pues ahora mismo me vas a decir en lo que te lo has gastado.»

—Yo le conté lo contable [15] a un padre como el mío y no se quedaba satisfecho. Luego se me ocurrió decir:

—Lo demás se lo di a López Soler, se lo presté al pobre . . . entonces hubierais visto a mi padre rugir como un tigre:

—«¡Prestar dinero a un sinvergüenza semejante que no te lo devolverá jamás! Estoy por * darte una paliza . . . Si no me traes ese dinero antes de veinticuatro horas meto a López Soler en la cárcel y a ti te tengo un mes a pan y agua . . . Ya te enseñaré a ser derrochador» . . .[16]

—Nada de eso puede ser, padre mío; López Soler está en Bilbao.[17]

Mi padre dejó caer los brazos, desalentado, y luego recobró otra vez las fuerzas.

—«Esta misma noche te vas a Bilbao acompañado de tu hermano mayor, ¡botarate! [18] Ya te enseñaré yo a derrochar mi dinero» . . .

Y por la noche estábamos mi hermano y yo en el coche-cama. Ya sabéis cómo es mi hermano, un tío serio como hay pocos y con

[13] **desde . . . corto** since my last prank he has clipped my wings
[14] **Es que fué buena** And it was a honey
[15] **Yo . . . contable** I told him what could be told
[16] **derrochador** squanderer
[17] **Bilbao** port on the northern coast of Spain
[18] **¡botarate!** you smart aleck!

una cabezota de piedra. En Bilbao visitó él a todos los parientes de mi padre y me hizo acompañarle. López Soler se había marchado a Madrid. Mi hermano puso una conferencia con [19] Barcelona: «Id a Madrid—dijo mi padre—. Ya sabes que confío en ti, Ignacio . . . Estoy decidido a educar a Gaspar a la fuerza» . . . Otra vez al coche-cama y a Madrid. Allí encontré a López Soler en el Café Castilla y me abrió los brazos llorando de alegría. Cuando se enteró a lo que iba [20] me llamó asesino y me dijo que antes me mataría que devolverme el dinero. Luego, en vista de que estaba detrás mi hermano Ignacio con sus puños de boxeador, entre todos sus amigos reunieron la cantidad y me la entregaron. Ignacio mismo la guardó, satisfecho, en su cartera, quedando yo enemigo de López Soler . . .

Volvimos a casa. Mi padre me hizo un discurso solemne y me dijo luego que en castigo se quedaría él con la cantidad recuperada, y que no me daría dinero en ocho días para cobrarse los gastos de nuestro viaje. Entonces, Ignacio, con su cara tranquila, sacó el billete de veinticinco pesetas que me había devuelto López Soler y se lo tendió a mi padre. El pobre hombre se quedó como un castillo que se derrumba.

«¿Qué es esto?»—gritó.

—El dinero que había prestado a López Soler, padre mío—contesté yo—. Y de ahí viene la catástrofe de mi vida, amigos míos . . . Ahora que yo pensaba ahorrar para editar el libro por mi cuenta . . .

Yo estaba muy divertida y contenta.

—¡Ah!—dijo Iturdiaga mirando hacia un cuadrito que estaba vuelto hacia la pared—. ¿Qué hace de espaldas el cuadro de la verdad?

—Es que ha estado antes Romances, el crítico y, como tiene cincuenta años, no me pareció delicado . . .

Pujol se levantó rápidamente y dió la vuelta al cuadrito. Sobre fondo negro habían pintado en blanco con grandes letras:

[19] **puso . . . con** put in a long distance call to
[20] **a lo que iba** what I was after

«Demos gracias al cielo de que valemos infinitamente más que nuestros antepasados.—Homero.» [21]

La firma era imponente. Tuve que reírme. Me encontraba muy bien allí; la inconsciencia absoluta, la descuidada felicidad de aquel ambiente me acariciaban el espíritu.

[21] Homero epic poet of Greece, who lived about 850 B.C.; author of the *Iliad* and the *Odyssey*

XIV

Los exámenes de aquel curso eran fáciles, pero yo tenía miedo y estudiaba todo lo que podía.

—Te vas a poner enferma—me dijo Pons—. Yo no me preocupo. El curso que viene será otra cosa, cuando tengamos que hacer la reválida.[1]

La verdad es que yo estaba empezando a perder la memoria. A menudo me dolía la cabeza.

Gloria me dijo que Ena había venido a ver a Román a su cuarto y que Román había estado tocando sus composiciones de violín para ella. Gloria, de estas cosas, estaba siempre bien informada.

—¿Tú crees que se casará con ella?—me preguntó de improviso, con aquella especie de ardor que le comunicaba la primavera.

—¡Ena casarse con Román! ¡Qué estupidez más grande!

—Lo digo, chica, porque ella parece bien vestida, como de buena familia . . . Tal vez Román quiere casarse.

—No digas necedades. No hay nada entre ellos en ese sentido . . . ¡Vamos! ¡No seas tonta, mujer! Si Ena ha venido, puedes estar segura de que ha sido sólo por oír la música.

—Y ¿por qué no ha entrado a saludarte a ti?

El corazón parecía que se me iba a saltar del pecho, tanto me interesaba todo aquello.

Veía a Ena en la Universidad todos los días. A veces cambiamos algunas palabras. Pero, ¿cómo íbamos a hablar de nada

[1] **hacer la reválida** take final examinations for a degree

íntimo? Ella me había alejado por completo de su vida. Un día le pregunté cortésmente por Jaime.

—Está bien—me dijo— . . . Ahora ya no salimos los domingos. (Evitaba mirarme, quizá para que yo no notara en sus ojos la tristeza. ¿Quién podía comprenderla?)

—Román está de viaje—le dije de improviso.

—Ya lo sé—me contestó.

—¡Ah! . . .

Nos quedamos calladas.

—¿Y tu familia?—aventuré (parecía que no nos hubiéramos visto en muchos años).

—Mamá ha estado enferma.

—Le enviaré flores cuando pueda . . .

Ena me miró de un modo especial.

—Tú tienes también cara de enferma, Andrea . . . ¿Quieres venir a dar un paseo conmigo esta tarde? Te sentará bien tomar el aire. Podemos ir al Tibidabo.[2] Me gustaría que merendaras allí conmigo . . .

—¿Ya has terminado el asunto ése tan importante que tenías entre manos?

—No, aun no, no seas irónica . . . Pero esta tarde me voy a tomar unas vacaciones, si tú quieres dedicármela.

Yo no estaba contenta ni triste. Me parecía que mi amistad con Ena había perdido mucho de su encanto con la ruptura. Al mismo tiempo yo quería a mi amiga sinceramente.

—Sí, iremos . . . si algo más importante no te lo impide.

Me cogió una mano y me abrió los dedos, para ver la confusa red de rayas de la palma.

—¡Qué manos tan delgadas! . . . Andrea, quiero que me perdones si me he portado algo mal contigo estos días . . . No es solamente contigo con quien me porto mal . . . Pero esta tarde será como antes. Ya verás. Correremos entre los pinos. Lo pasaremos bien.[3]

[2] **Tibidabo** a nearby mountain, offering an impressive view of Barcelona and the sea

[3] **Lo pasaremos bien** We'll have a good time.

Efectivamente, lo pasamos bien y nos reímos mucho. Con Ena cualquier asunto cobraba interés y animación. Yo le conté las historias de Iturdiaga y de mis nuevos amigos. Desde el Tibidabo, detrás de Barcelona, se veía el mar. Los pinos corrían en una manada espesa y fragante, montaña abajo, extendiéndose en grandes bosques hasta que la ciudad empezaba. Lo verde la envolvía, abrazándola.

—El otro día fuí a tu casa—dijo Ena—; quería verte. Te estuve esperando cuatro horas.

—No me dijeron nada.

—Es que subí al cuarto de Román para entretenerme. Fué muy amable conmigo. Hizo música. De cuando en cuando llamaba por teléfono a la criada a ver si habías llegado.

Yo me quedé triste tan de repente,* que Ena lo notó y se puso de malhumor también.

—Hay cosas en ti que no me gustan, Andrea. Te avergüenzas de tu familia . . . Y, sin embargo, Román es un hombre tan original y tan artista como hay pocos . . . Si yo te presentara a mis tíos, podrías buscar con un candil, que no encontrarías la menor chispa de espíritu. Mi padre mismo es un hombre vulgar, sin la menor sensibilidad . . . Lo cual no quiere decir * que no sea bueno, y, además, es guapo, ya le conoces, pero yo hubiera comprendido mucho mejor que mi madre se hubiera casado con Román o con alguien que se le pareciese . . . Esto es un ejemplo como otro cualquiera . . . Tu tío es una personalidad. Sólo con la manera de mirar sabe decir lo que quiere. Entender . . .[4] parece algo trastornado a veces. Pero tú también, Andrea, lo pareces. Por eso precisamente quise ser tu amiga en la Universidad. Tenías los ojos brillantes y andabas torpe, abstraída, sin fijarte en nada . . . Nos reíamos de ti; pero yo, secretamente, deseaba conocerte. Una mañana te vi salir de la Universidad bajo una lluvia torrencial . . . Era en los primeros días del curso (tú no te acordarás de esto). La mayoría de los chicos estaban cobijados en la puerta y yo misma, aunque llevaba impermeable y paraguas no me atrevía a desafiar aquella furia torrencial. De

[4] **Entender** Now understand

pronto te veo salir a ti, con el mismo paso de siempre, sin bufanda, con la cabeza descubierta . . . Me acuerdo de que el viento y la lluvia te alborotaban y luego te pegaban los rizos del cabello a las mejillas. Yo salí detrás de ti y el agua caía a chorros.[5] Parpadeaste un momento, como extrañada, y luego, como a un gran refugio, te arrimaste a la verja del jardín. Estuviste allí dos minutos lo menos hasta que te diste cuenta de que te mojabas lo mismo. El caso era espléndido. Me conmovías y me hacías morir de risa al mismo tiempo. Creo que entonces te empecé a tomar cariño . . . Luego te pusiste enferma . . .

—Sí, me acuerdo.

—Sé que te molesta que yo sea amiga de Román. Ya te había pedido que me lo presentaras hace tiempo . . . Comprendí que si quería ser tu amiga no había ni que pensar en tal cosa . . . Y el día en que fuí a buscarte a tu casa, cuando nos encontraste juntos no podías disimular tu irritación y tu disgusto. Al día siguiente vi que venías dispuesta a hablar de aquello . . . A pedirme cuentas, quizá. No sé . . . No me apetecía verte. Tienes que comprender que yo puedo escoger mis propios amigos, y Román (yo no lo niego) me interesa muchísimo, por razones particulares y por su genialidad y . . .

—Es una persona mezquina y mala.

—Yo no busco en las personas ni la bondad ni la buena educación siquiera . . . aunque creo que esto último es imprescindible para vivir con ellas. Me gustan las gentes que ven la vida con ojos distintos que los demás, que consideran las cosas de otro modo que la mayoría . . . Quizá me ocurra esto porque he vivido siempre con seres demasiado normales y satisfechos de ellos mismos . . . Estoy segura de que mi padre y mis hermanos tienen la certeza de su utilidad indiscutible en este mundo, que saben en todo momento lo que quieren, lo que les parece mal y lo que les parece bien . . . Y que han sufrido muy poca angustia ante ningún hecho.

—¿Tú no quieres a tu padre?

—Claro que sí. Esto es aparte . . . Y estoy agradecida a la

[5] **el agua . . . chorros** the water came down in buckets

Providencia de que sea tan guapo, ya que me parezco a él . . . Pero nunca he acabado de comprender[6] por qué se ha casado con él mi madre. Mi madre ha sido la pasión de toda mi infancia. He notado desde muy pequeña que ella era distinta de todos los demás . . . Yo la acechaba.[7] Me parecía que tenía que ser desgraciada. Cuando me fuí dando cuenta de que quería a mi padre y de que era feliz me entró una especie de decepción . . .

Ena estaba seria.

—Y no lo puedo remediar. Toda mi vida he estado huyendo de mis simples y respetables parientes . . . Simples pero inteligentes a la vez, en su género, que es lo que les hace tan insoportables . . . Me gusta la gente con ese átomo de locura que hace que la existencia no sea monótona, aunque sean personas desgraciadas y estén siempre en las nubes, como tú . . . Personas que, según mi familia, son calamidades indeseables . . .

Yo la miré.

—Prescindiendo de mi madre—con mamá no se sabe nunca lo que va a pasar y éste es uno de sus atractivos—, ¿qué crees que dirían mi padre o mi abuelo de ti misma si supieran tu modo real de ser? Si supieran, como yo sé, que te quedas sin comer y que no te compras la ropa que necesitas por el placer de tener con tus amigos delicadezas de millonaria durante tres días . . . Si supieran que te gusta vagabundear sola por la noche. Que nunca has sabido lo que quieres y que siempre estás queriendo algo . . . ¡Bah! Andrea, creo que se santiguarían al verte, como si fueras el diablo.

Se acercó a mí y se quedó enfrente. Me puso sus dos manos en los hombros mirándome.

—Y tú, querida, esta tarde y siempre que se trata de tu tío o de tu casa eres igual que mis parientes . . . Te horrorizas sólo de pensar que yo estoy allí. Te crees que no sé lo que es ese mundo tuyo, cuando lo que sucede es que me ha absorbido desde el primer momento y que quiero descubrirlo completamente.

—Estás equivocada. Román y los demás de allí, no tienen

[6] Pero . . . comprender But I've never been able to understand
[7] acechaba spied on

ningún mérito más que el de ser peores que las otras personas que tú conoces y vivir entre cosas torpes y sucias.

Yo hablaba con brusquedad, dándome cuenta de que no podría convencerla.

—Cuando llegué a tu casa el otro día, ¡qué mundo tan extraño apareció a mis ojos! Me quedé hechizada. Jamás hubiera podido soñar en plena calle de Aribau un cuadro semejante al que ofrecía Román, tocando para mí, a la luz de las velas, en aquella madriguera de antigüedades . . . No sabes cuánto pensaba en ti. Cuánto me interesaba por vivir en aquel sitio inverosímil. Te comprendía mejor . . . Te quería. Hasta que llegaste . . . Sin darte cuenta me mirabas de un modo que estropeabas mi entusiasmo. De modo que no me guardes rencor por querer entrar yo sola en tu casa y conocerlo todo. Porque no hay nada que no me interese . . . Desde esa especie de bruja que tenéis por criada, hasta el loro de Román . . .

En cuanto a Román, no me dirás que sólo tiene el mérito de estar metido en ese ambiente. Es una persona extraordinaria. Si lo has oído interpretar sus composiciones, tendrás que reconocerlo.

Bajamos a la ciudad en el tranvía. El aire tibio de la tarde levantaba los cabellos de Ena. Estaba muy guapa. Me dijo aún:

—Ven a casa cuando quieras . . . Perdóname por haberte dicho que no vinieras. Eso es otro asunto. Ya sabes que eres mi única amiga. Mi madre me pregunta por ti y parece alarmada . . . Estaba contenta de que al fin simpatice con una chica; desde que tengo uso de razón [8] me ha visto rodeada de muchachos, únicamente . . .

[8] **desde . . . razón** ever since I can remember

XV

Llegué a casa con dolor de cabeza y me extrañó el gran silencio que había a la hora de la cena. La criada se movía con desacostumbrada ligereza. En la cocina la vi acariciando al perro que apoyaba la cabezota sobre su regazo. De cuando en cuando recorrían a aquella mujer sacudidas nerviosas como descargas eléctricas y se reía enseñando los dientes verdes.

—Va a haber entierro—me dijo.

—¿Cómo?

—Se va a morir el crío . . .

Me fijé que en la alcoba del matrimonio había luz.

—Ha venido el médico. He ido a la farmacia a buscar las medicinas, pero no me han querido fiar, porque ya saben en el barrio cómo andan las cosas en la casa desde que murió el pobre señor . . . ¿Verdad, Trueno?

Entré en la alcoba. Juan había hecho una pantalla a la luz para que no molestara al niño que parecía insensible, encarnado de fiebre. Juan lo tenía entre los brazos, porque el pequeño de ninguna manera soportaba estar en la cuna sin llorar continuamente . . . La abuela parecía atontada. Vi que le acariciaba los pies metiendo sus manos por debajo de la manta que le envolvía. Rezaba el rosario mientras tanto y me extrañó que no llorase. La abuela y Juan estaban sentados en el borde de la gran cama de matrimonio, y en el fondo, sobre la cama también, pero apoyada contra la esquina de la pared, vi a Gloria jugando a las cartas muy preocupada. Estaba sentada a la manera moruna,[1]

[1] **a la manera moruna** in the Moorish fashion (with legs tucked under)

desgreñada y sucia como de costumbre. Pensé que estaría haciendo solitarios. A veces los hacía.

—¿Qué tiene el niño?—pregunté.

—No se sabe—contestó rápidamente la abuela.

Juan la miró y dijo:

—El médico opina que es un principio de pulmonía, pero yo creo que es del estómago.

—¡Ah! . . .

—No tiene ninguna importancia. El nene está perfectamente constituído [2] y soportará bien las fiebres—siguió diciendo Juan, mientras sujetaba con gran delicadeza la cabecita del pequeño apoyándola en su pecho.

—¡Juan!—chilló Gloria—. ¡Ya es hora de que te vayas!

Él miró al niño con una preocupación que me habría parecido extraña si yo hubiera tenido en cuenta sus palabras anteriores. Dulcificó un poco la voz.

—No sé si ir, Gloria . . . ¿Qué te parece? Este pequeño únicamente quiere estar conmigo.

—Me parece, chico, que no estamos para pensarlo. Te ha caído del cielo esa oportunidad de poder ganar unas pesetas tranquilamente.[3] Ya nos quedamos yo y la mamá. Además, en el almacén hay teléfono, ¿no? Te podríamos avisar si se pusiera peor . . . Y como no eres tú sólo el que haces la guardia podrías venirte. Todo sería que no cobraras al día siguiente . . .

Juan se levantó. El niño empezó a gemir. Juan sonrió con una rara mueca, indeciso . . .

—¡Anda, chico, anda! Dáselo a la mamá.

Juan lo puso en brazos de la abuela y el niño empezó a llorar.

—¡A ver! Dámelo a mí.

En brazos de su madre parecía estar mejor el pequeño.

—¡Qué pícaro!—dijo la abuela con tristeza—. Cuando está bueno sólo quiere que le tenga yo y ahora . . .

Juan se metía el abrigo, pensativo, mirando al niño.

[2] **constituído** sound
[3] **tranquilamente** easily

—Come algo antes de marcharte. Hay sopa en la cocina y queda un pan en el aparador.

—Sí, beberé sopa caliente. La pondré en una taza . . .

Antes de marcharse volvió aún a la alcoba.

—Voy a dejar este abrigo. Me pondré el viejo—dijo cuidadosamente cogiendo uno muy astroso y manchado que colgaba de la percha—. Ya no hace frío y en una noche de guardia se estropea mucho . . .

Se veía que no se decidía a ir. Gloria volvió a gritar.

—¡Que se hace tarde, chico!

Al fin se fué.

Gloria acunaba[4] al niño, impaciente. Cuando sintió que la puerta se cerraba, estuvo aún un rato con el cuello tenso, escuchando. Luego gritó:

—¡Mamá!

La abuela había ido a cenar a su vez y estaba tomando la sopa con pan, pero lo dejó a medias y acudió en seguida.

—¡Vamos, mamá, vamos! ¡De prisa!

Puso al niño en el regazo de la abuela sin hacer caso de su llanto. Luego se empezó a vestir con lo mejor que tenía: un traje estampado al que aún colgaba el cuello sin terminar de coser y que estaba arrugado sobre la silla y un collar de cuentas azules. Con el collar hacían juego dos pendientes panzudos, azules también. Se empolvó mucho la cara, según su costumbre, para ocultar las pecas,[5] y se pintó los labios y los ojos con manos temblorosas.

—Ha sido una suerte muy grande que Juan tuviera ese trabajo esta noche, mamá—dijo, al ver que la abuela movía la cabeza disgustada, paseando al niño, muy grande ya para sus brazos demasiado viejos—. Voy a casa de mi hermana, mamá; rece por mí. Voy a ver si me da algún dinero para las medicinas del niño . . . Rece por mí, mamá, pobrecita, y no se disguste . . . Andrea la acompañará a usted.

—Sí, me voy a quedar estudiando.

[4] **acunaba** rocked
[5] **pecas** freckles

—¿No cenas antes de marcharte, niña?

Gloria lo pensó medio minuto y luego se decidió a tragarse la cena en un santiamén.[6] La sopa de la abuela, en el plato, se enfriaba y se ponía viscosa. Nadie volvió a reparar en ella.

Cuando Gloria se fué, la criada y «Trueno» entraron a dormir en su alcoba. Yo encendí la luz del comedor—que era la mejor de la casa—y abrí los libros. No podía con ellos aquella noche, no me interesaban y no los entendía. Pero así pasaron dos o tres horas. Era aquel uno de los últimos días de mayo y tenía que hacer un esfuerzo en mi trabajo. Recuerdo que me empezó a obsesionar el plato de sopa medio lleno que estaba abandonado frente a mí. El trozo de pan mordido.

Escuché algo así como el sonido de un moscardón. Era la abuela que se acercaba canturreando al niño que llevaba cargado. Sin dejar el tono de cantinela me dijo:

—Andrea, hija mía . . . Andrea, hija mía . . . Ven a rezar el rosario conmigo.

Me costó trabajo entenderla. Luego la seguí a la alcoba.

—¿Quieres que te sostenga un poquito al pequeño?

La abuela movió enérgicamente la cabeza en sentido negativo. Se sentó otra vez en la cama. El niño parecía dormir.

—Sácame el rosario del bolsillo.

—¿No te duelen los brazos?

—No . . . No, ¡anda, anda!

Empecé a recitar las bellas palabras del Ave-María. Las palabras del Ave-María que siempre me han parecido azules. Oímos la llave de la cerradura en la puerta. Yo creí que sería Gloria y me volví rápidamente. Me llevé un susto enorme[7] al ver a Juan. Al parecer no había podido dominar su inquietud y había regresado antes de la mañana. La cara de la abuelita expresó un terror tal, que Juan se dió cuenta en seguida. Se inclinó rápidamente hacia el niño que dormía, enrojecido, con la boca entreabierta. Pero luego se enderezó.

[6] **en un santiamén** in a jiffy
[7] **Me llevé . . . enorme** I had a sudden start

—¿Qué ha hecho Gloria? ¿Dónde está?

—Gloria descansa un poco . . . o tal vez no . . . ¡No! ¿Verdad que no, Andrea? Salió a buscar algo en la farmacia . . . Ya no me acuerdo. Díselo tú, Andrea, hija mía.

—¡No me mientas, mamá! ¡No me hagas maldecir!

Otra vez estaba exasperado. El niño se despertó y empezó a hacer pucheros.[8] Él lo cogió en brazos un momento, canturreándole sin quitarse el abrigo húmedo de la calle. A veces blasfemaba entre dientes. Cada vez se excitaba más. Al fin dejó a la criatura en la falda de la abuela.

—¡Juan! ¿a dónde vas, hijo? El niño va a llorar . . .

—Voy a traer a Gloria, mamá, a traerla arrastrando por los pelos si es necesario, junto a su hijo . . .

Temblaba todo su cuerpo. Dió un portazo. La abuela empezó a llorar, por fin.

—¡Ve con él, Andrea! ¡Ve con él, hija, que la matará! ¡Vete!

Sin pensarlo, me puse el abrigo y eché a correr escaleras abajo detrás de Juan.

Corrí en su persecución como si en ello me fuera la vida. Asustada. Viendo acercarse los faroles y las gentes a mis ojos como estampas confusas. La noche era tibia, pero cargada de humedad. Una luz blanca iluminaba mágicamente las ramas cargadas de verde tierno del último árbol de la calle de Aribau.

Juan caminaba de prisa, casi corriendo. En los primeros momentos más que verlo lo adiviné a lo lejos.* Pensé angustiada que si se le ocurriera tomar un tranvía yo no tendría dinero para perseguirlo.

Llegamos a la Plaza de la Universidad cuando el reloj del edificio daba las doce y media. Juan cruzó la Plaza y se quedó parado enfrente de la esquina donde desemboca la Ronda de San Antonio y donde comienza, obscura, la calle de Tallers. Un río de luces corría calle Pelayo abajo. Los anuncios guiñaban sus

[8] **hacer pucheros** to pout as if wanting to cry

ojos en un juego pesado. Delante de Juan pasaban tranvías. Él miraba a todos lados como para orientarse. Estaba demasiado flaco y el abrigo le colgaba, se le hinchaba con el viento, jugaba con sus piernas. Yo estaba allí, casi a su lado, sin atreverme a llamarle. ¿De qué hubiera servido que le llamara yo?

El corazón me latía con el esfuerzo de la carrera. Le vi dar unos pasos hacia la Ronda de San Antonio y le seguí. De pronto dió la vuelta tan de prisa que nos quedamos frente a frente. Sin embargo, él pareció no darse cuenta, sino que pasó a mi lado en dirección contraria a la que antes había llevado sin verme. Otra vez llegó a la Plaza de la Universidad y ahora se metió por la calle de Tallers.

Cada vez que por una bocacalle veíamos las Ramblas, Juan se sobresaltaba. Movía los ojos hundidos en todas direcciones. Se mordía las mejillas. En la esquina de la calle del Carmen—más iluminada que las otras—le vi quedarse parado, con el codo derecho apoyado en la palma de la mano izquierda y acariciándose pensativo los pómulos como presa de un gran trabajo mental.

El recorrido que hacíamos parecía no tener fin. Yo no tenía idea de dónde quería ir él, ni casi me importaba. Se me estaba metiendo en la cabeza la obsesión de seguirle y esta idea me tenía cogida de tal modo, que ni siquiera sabía ya para qué. Luego me enteré de que podíamos haber hecho un camino dos veces más corto. Cruzamos el mercado de San José. Allí nuestros pasos resonaban bajo el alto techo. En el recinto enorme, multitud de puestos cerrados ofrecían un aspecto muerto y había una gran tristeza en las débiles luces amarillentas diseminadas de cuando en cuando. Ratas grandes, con los ojos brillantes como gatos, huían ruidosamente a nuestros pasos. Algunas se detenían en su camino, gordísimas, pensando tal vez hacernos cara.[9] Olía indefiniblemente a fruta podrida, a restos de carne y pescado . . . Un vigilante nos miró pasar con aire de sospecha, al salir nosotros a las callejuelas de detrás, corriendo como íbamos uno detrás de otro.

[9] **pensando . . . cara** considering, perhaps, facing up to us

Al llegar a la calle del Hospital, Juan se lanzó a las luces de las Ramblas de las que hasta entonces parecía haber huído. Nos encontrábamos en la Rambla del Centro. Yo, casi al lado de Juan. Él parecía olfatearme desde la subconsciencia, porque a cada instante volvía la cabeza hacia atrás. Pero aunque sus ojos pasaron sobre mí a menudo, no me veía. Parecía un tipo sospechoso, un ladrón que huyera tropezando con la gente. Creo que alguien me dijo una bestialidad. Ni siquiera estoy segura, aunque es probable que se metieran conmigo [10] y se rieran de mí muchas veces. Yo no pensé ni un momento a dónde podría conducirme esta aventura, ni tampoco en qué iba a hacer para calmar a un hombre cuyos furiosos arrebatos [11] conocía tan bien. Sé que me tranquilizaba pensar en que no llevaba armas. Por lo demás, mis pensamientos temblaban en la misma excitación que me oprimía la garganta hasta casi sentir dolor.

Juan entró por la calle del Conde de Asalto, hormigueante [12] de gente y de luz a aquella hora. Me di cuenta de que esto era el principio del Barrio Chino. «El brillo del diablo», de que me había hablado Angustias, aparecía empobrecido y chillón, en una gran abundancia de carteles con retratos de bailarinas y bailadores. Parecían las puertas de los cabarets con atracciones, barracas de feria.[13] La música aturdía en oleadas agrias, saliendo de todas partes, mezclándose y desarmonizando. Pasando de prisa entre una ola humana que a veces me desesperaba porque me impedía ver a Juan, me llegó el recuerdo vivísimo de un carnaval que había visto cuando pequeña. La gente, en verdad, era grotesca. Todo el mundo me parecía disfrazado con mal gusto y me rozaba el ruido y el olor a vino. Ni siquiera estaba asustada, como aquel día en que, encogida junto a la falda de mi madre, escuché las carcajadas y las ridículas contorsiones de las máscaras. Todo aquello no era más que un marco de pesadilla, irreal como todo lo externo a mi persecución.

[10] **que se . . . conmigo** that they might have made advances to me
[11] **arrebatos** rages
[12] **hormigueante** swarming
[13] **barracas de feria** carnival booths

Perdí de vista a Juan y me quedé aterrada. Alguien me empujó. Levanté los ojos y vi en el fondo de la calle la montaña de Montjuich [14] envuelta, con sus jardines, en la pureza de la noche . . .

Encontré a Juan por fin. Estaba, el pobre, parado. Mirando el escaparate iluminado de una lechería, en el que aparecía una fila de flanes apetitosos. Movía los labios y con la mano se cogía la barba pensativo. «Este es el momento—pensé—de poner mi mano sobre su brazo. De hacerle entrar en razón. De decirle que Gloria seguramente estará ya en casa» . . . No hice nada.

Juan reanudó la marcha, metiéndose—después de mirar para orientarse—en una de aquellas callejuelas obscuras y fétidas que abren allí sus bocas. Otra vez la peregrinación se convirtió en una caza entre las sombras cada vez más obscuras. Perdí la cuenta de las calles por donde entrábamos. Las casas se apretaban, altas, rezumando humedad. Detrás de algunas puertas se oía música. Nos cruzamos con una pareja abrazada y metí el pie en un charco enlodado.[15] Me parecía que algunas calles tenían, diluído en la obscuridad, un vaho rojizo. Otras, una luz azulina . . . Pasaban algunos hombres y sus voces resultaban broncas en aquel silencio.

De repente Juan empezó a aporrear una puerta. Le contestaron los ecos de sus golpes. Juan siguió pegando patadas y puñetazos un buen rato, hasta que le abrieron. Entonces me apartó de un empujón y entró dejándome en la calle. Oí algo como un grito sofocado allá dentro. Luego nada. La puerta se cerró en mis narices.

Al pronto, estaba tan cansada, que me senté en el umbral, con la cabeza entre las manos, sin reflexionar. Más tarde me empezó a entrar risa. Me tapé la boca con las manos que me temblaban porque la risa era más fuerte que yo. ¡Para esto toda la carrera, la persecución agotadora! . . . ¿Qué pasaría si no salían de allí

[14] **Montjuich** hill in Barcelona on which are located the National Palace, a scenic park, and important museums

[15] **charco enlodado** mud puddle

en toda la noche? ¿Cómo iba a encontrar yo sola el camino de casa? Creo que después estuve llorando. Pasó mucho rato, una hora quizá. Del suelo reblandecido [16] se levantaba humedad. La luna iluminaba el pico de una casa con un baño plateado. Lo demás lo dejaba a obscuras. Me empezó a entrar frío a pesar de la noche primaveral. Frío y miedo indefinido. Empecé a temblar. Se abrió la puerta a mi espalda y una cabeza de mujer asomó cautelosa, llamándome:

—*¡Pobreta! . . .*[17] *Entra, entra.*

Me encontré en el local cerrado de una tienda de comestibles y bebidas, iluminado únicamente por una bombilla de pocas bujías.[18] Junto al mostrador estaba Juan, dando vueltas entre sus dedos a un vaso lleno. De otra habitación venía un ruido animado y un chorro de luz se filtraba bajo una cortina. Indudablemente se jugaba a las cartas. «¿Dónde estará Gloria?», pensé. La mujer que me había abierto era gordísima y tenía el cabello teñido. Mojó la punta de un lápiz en su lengua y apuntó algo en un libro.

—De modo que ya es hora de que te vayas enterando de tus asuntos, Juan. Ya es hora de que sepas que Gloria te mantiene . . . Eso de venir dispuesto a matar es muy bonito . . . y la sopa boba de mi hermana [19] aguantando todo antes que decirte que los cuadros no los quieren más que los traperos . . . Y tú con tus ínfulas [20] de señor de la calle de Aribau . . .

Se volvió a mí:

—*¿Vols una mica d'aiguardent, nena?* [21]

—No, gracias.

—*¡Qué delicadeta ets, noia! . . .*[22]

Y se empezó a reír.

[16] **reblandecido** soft
[17] **¡Pobreta!** Poor little thing! (Catalan)
[18] **una bombilla . . . bujías** a small light bulb
[19] **y la sopa . . . hermana** and that ninny sister of mine
[20] **ínfulas** airs
[21] **¿Vols una mica d'aiguardent, nena?** You want a drop of brandy, honey? (Catalan)
[22] **¡Qué delicadeta ets, noia!** How delicate you are, girl! (Catalan)

Juan escuchaba el rapapolvo,[23] sombrío. Yo ni siquiera pude imaginarme lo que sucedió mientras estuve en la calle. La mujer siguió:

—Y puedes dar gracias * a Dios, Joanet,[24] de que tu mujer te quiera. Con el cuerpo que tiene podría ponerte buenos cuernos [25] y sin pasar tantos sustos como pasa la *pobreta* para poder venir a jugar a las cartas. Todo para que el señorón [26] se crea que es un pintor famoso . . .

Se empezó a reír, moviendo la cabeza. Juan dijo:

—¡Si no te callas, te estrangulo! ¡Cochina!

Ella se irguió amenazadora . . . Pero en aquel momento cambió de expresión para sonreír a Gloria que aparecía saliendo de una puerta lateral. Juan la sintió llegar también, pero aparentó no verla mirando hacia el vaso. Gloria parecía cansada. Dijo:

—¡Vamos, chico!

Y cogió el brazo de Juan. Indudablemente le había visto antes. Dios sabe lo que habría pasado entre ellos. Salimos a la calle. Cuando la puerta se cerró detrás de nosotros, Juan echó un brazo por la espalda de Gloria apoyándose en sus hombros. Caminamos un rato callados.

—¿Se ha muerto el niño?—preguntó Gloria.

Juan dijo que no con la cabeza y empezó a llorar. Gloria estaba espantada. Él la abrazó, la apretó contra su pecho y siguió llorando, todo sacudido por espasmos, hasta que la hizo llorar también.

[23] rapapolvo bawling-out
[24] Joanet Johnny (Catalan)
[25] ponerte buenos cuernos deceive you with another man
[26] el señorón his lordship (ironical)

XVI

Román entró impetuoso, como rejuvenecido, en la casa.

—¿Han traído mi traje nuevo?—preguntó a la criada.

—Sí, señorito Román. Se lo he subido arriba . . .

«Trueno» se empezó a levantar, perezoso y gordo, para saludar a Román.

—Este «Trueno»—dijo mi tío, frunciendo el ceño—se está volviendo demasiado decadente . . . Amigo mío, si sigues así te degollaré como a un cerdo . . .

La sonrisa se quedó quieta en la cara de la criada. Sus ojos se volvieron brillantes.

—¡No diga bromas, señorito Román! ¡Pobre «Trueno»! ¡Si cada día está más guapo . . . ! ¿Verdad, «Trueno»? ¿Verdad, hijito?

Se puso en cuclillas la mujer y el perro le plantó sus patas en los hombros y lamió la cara obscura. Román miraba con curiosidad la escena y se le curvaban los labios [1] en una expresión indefinible.

—De todas maneras si este perro sigue así le mataré . . . No me gusta tanta felicidad y tanto abotagamiento.[2]

Román dió media vuelta y se marchó. Al pasar me acarició las mejillas. Tenía brillantes los ojos negros. La piel de su cara era morena y dura, había allí multitud de pequeñas arrugas hondas, como hechas a cortaplumas.[3] En el brillante y rizoso pelo negro,

[1] **se le . . . labios** his lips curved
[2] **abotagamiento** fat sloppiness
[3] **cortaplumas** penknife

algunas canas. Por primera vez pensé en la edad de Román. Precisamente lo pensé aquel día en que parecía más joven.

—¿Necesitas dinero, pequeña? Te quiero hacer un regalo. He hecho un buen negocio.

No sé qué me impulsó a contestar:

—No necesito nada. Gracias, Román . . .

Se quedó medio sonriente, confuso.

—Bueno. Te daré cigarrillos. Tengo algunos estupendos . . .

Parecía que quería decir algo más. Se detuvo cuando se marchaba.

—Ya sé que ahora tienen una buena temporada «ésos»—y señaló, irónico el cuarto de Juan—. No puedo estar tanto tiempo fuera de casa . . .

Yo no le dije nada. Se marchó al fin.

—¿Has oído?—me dijo Gloria—. Román se compra un traje nuevo . . . y camisas de seda, chica . . . ¿A ti qué te parece?

—Me parece bien—me encogí de hombros.

—Román nunca se ha preocupado de sus vestidos. Dime la verdad, Andrea. ¿A ti te parece que está enamorado? ¡Román se enamora muy fácilmente, chica!

Gloria se estaba poniendo más fea. La cara se le había consumido aquel mes de mayo y sus ojillos aparecían hundidos.

—Tú también le gustabas a Román al principio, ¿no? Ahora ya no le gustas. Ahora le gusta tu amiguita Ena.

La idea de que yo pudiera haber gustado como mujer a mi tío, era tan idiota que me quedé absorta. ¿Cómo serán nuestros actos y nuestras palabras interpretados por cerebros así?, pensé asombrada, mirando la blanca frente de Gloria.

Me marché a la calle pensando aún en estas cosas. Caminaba de prisa y distraída.

Aquel día fué de los primeros de mis vacaciones. Se habían terminado los exámenes y me encontré con un curso de la carrera acabado. Pons me preguntó:

—¿Qué piensas hacer este verano?

—Nada, no sé . . .

—¿Y cuando termines la carrera?

—No sé tampoco. Daré clases, supongo.

(Pons tenía la habilidad de estremecerme con sus preguntas. Mientras le decía que iba a dar clases comprendía con claridad que nunca podría ser yo una buena profesora.)

—¿No te gustaría más casarte?

Yo no le contesté.

Había salido aquella tarde a la calle atraída por el día caliente y vagaba sin ninguna dirección determinada. Pensaba ir a última hora hacia el estudio de Guíxols.

Apenas me había cruzado con el viejo mendigo, vi a Jaime tan distraído como yo. Estaba sentado en su coche, que había parado allí, junto a una acera de la calle de Aribau. La figura de Jaime me trajo muchos recuerdos, entre ellos el de mi deseo de volver a ver a Ena. Jaime estaba fumando, apoyado contra el volante. Recordé que hasta entonces no le había visto fumar nunca. Por una casualidad * levantó los ojos y me vió. Tenía unos movimientos muy ligeros; saltó del coche y me cogió las manos.

—Llegas oportunamente, Andrea. Tenía muchas ganas de verte . . . ¿Está Ena en tu casa?

—No.

—Pero, ¿va a venir?

—Yo no sé, Jaime.

Parecía despistado.

—¿Quieres venir a dar un paseo conmigo?

—Sí, con mucho gusto.*

Me senté en el coche, a su lado, miré su cara y me pareció bañada de pensamientos ajenos por completo a mí. Salimos de Barcelona por la carretera de Vallvidrera. En seguida nos envolvieron los pinos con su cálido olor.

—¿Ya sabes que Ena y yo no nos vemos ahora?—me preguntó Jaime.

—No. Tampoco yo la veo mucho durante esta temporada.

—Sin embargo, va a tu casa.

Me puse un poco encarnada.

—No es para verme a mí.

—Sí, ya lo sé; ya me lo supongo . . . pero creí que la veías, que hablabas con ella.

—No.

—Quería que le dijeras, si la ves, una cosa de mi parte.

—¿Sí?

—Quiero que sepa que yo tengo confianza en ella.

—Bueno, se lo diré.

Jaime hizo parar el automóvil y nos paseamos al borde de la carretera entre los troncos rojizos y dorados. Aquel día estaba yo en una disposición de ánimo especial al mirar a la gente. Me pregunté, como antes había hecho con Román, qué edad podría tener Jaime. Estaba de pie a mi lado, muy esbelto, mirando el espléndido panorama. En la frente se le formaban arrugas verticales. Se volvió hacia mí y me dijo:

—Hoy he cumplido veintinueve años . . . ¿Qué te pasa?

Mi asombro venía porque él había contestado a mi pregunta interior. Me miraba y se reía sin saber a qué atribuir mi expresión. Yo se lo dije.

Estuvimos un rato allí, casi sin hablar nada, en perfecta armonía, y luego, de común acuerdo, volvimos al auto. Cuando puso en marcha el motor me preguntó:

—¿Quieres mucho a Ena?

—Muchísimo. No hay otra persona a quien yo quiera más.

Me miró rápidamente.

—Bueno . . . Te debería decir como los pobres . . . ¡Que Dios te bendiga! . . . Pero no es eso lo que te voy a decir, sino que no la dejes sola esta temporada, que la acompañes . . . A ella le pasa algo extraño. Estoy seguro. Creo que es desgraciada.

—Pero, ¿por qué?

—Si yo lo supiera, Andrea, no habríamos reñido ni tendría que pedirte a ti que la acompañases, sino que lo haría yo mismo. Creo que me he portado mal con Ena, no la he querido entender . . .

Ahora he reflexionado, la sigo por la calle, hago las tonterías más grandes para verla y no me quiere ni escuchar. Huye de mí en cuanto me ve aparecer. Anoche mismo le escribí una carta . . . No la he leído, porque sé que la rompería y no la he echado al correo porque me parece que me voy haciendo viejo para escribir cartas de amor de doce pliegos. Sin embargo, hubiera acabado mandándosela a su casa si no hubieras aparecido tú. Yo prefiero que tú se lo digas. ¿Querrás? Dile que tengo confianza en ella y que no le preguntaré nunca nada. Pero que necesito verla.

—Sí, se lo diré.

Después de esto no hablamos más. A mí la charla de Jaime me había parecido confusa y al mismo tiempo me emocionaba con su vaguedad.

XVII

La ciudad cuando empieza a envolverse en el calor del verano tiene una belleza sofocante, un poco triste. A mí me parecía triste Barcelona mirándola desde la ventana del estudio de mis amigos, en el atardecer. Desde allí un panorama de azoteas y tejados se veía envuelto en vapores rojizos y las torres de las iglesias antiguas parecían navegar entre olas. Por encima, el cielo sin nubes cambiaba sus colores lisos. De un polvoriento azul pasaba a rojo sangre, oro, amatista. Luego llegó la noche.

Pons estaba conmigo en el hueco de la ventana.[1]

—Mi madre quiere conocerte. Siempre le estoy hablando de ti. Quiere invitarte a pasar el verano con nosotros, en la Costa Brava.[2]

Detrás se oían las voces de nuestros amigos. Estaban todos. La voz de Iturdiaga dominaba.

Pons se mordía las uñas a mi lado. Tan nervioso e infantil como era me cansaba un poco y al mismo tiempo yo le tenía mucho cariño.

Aquella tarde celebrábamos la última de nuestras reuniones de la temporada, porque Guíxols se iba de veraneo. A Iturdiaga, su padre había querido mandarlo a Sitges[3] con toda la familia, pero él se había negado rotundamente a ir. Como el padre de Iturdiaga no se tomaba más que unos días de vacaciones a final

[1] **hueco de la ventana** window opening
[2] **Costa Brava** Spanish Riviera, on the Mediterranean coast to the north of Barcelona
[3] **Sitges** small resort town on the Costa Brava

de verano, estaba, en el fondo, satisfecho de que Gaspar le acompañase durante las comidas.

Era la víspera de San Juan.[4] Pons me dijo:

—Piénsalo cinco días, Andrea. Piénsalo hasta el día de San Pedro. Ese día es mi Santo [5] y el de mi padre. Daremos una fiesta en casa y tú vendrás. Bailarás conmigo. Te presentaré a mi madre y ella sabrá convencerte mejor que yo. Piensa que si tú no vienes, ese día estará vacío de significado para mí . . . Luego nos marcharemos de veraneo. ¿Vendrás a casa, Andrea, el día de San Pedro? y ¿te dejarás convencer por mi madre para que vengas a la playa?

—Tú mismo has dicho que tengo cinco días para contestar.

Sentí al mismo tiempo que le decía esto a Pons como un anhelo y un deseo rabioso de despreocupación. De poder libertarme. De aceptar su invitación y poder tumbarme en las playas que él me ofrecía sintiendo pasar las horas como en un cuento de niños, fugada de aquel mundo abrumador que me rodeaba. Pero aún estaba detenida por la sensación molesta que el enamoramiento de Pons me producía. Creía yo que una contestación afirmativa a su ofrecimiento me ligaba a él por otros lazos que me inquietaban, porque me parecían falsos.

De todas maneras la idea de asistir a un baile, aunque fuera por la tarde—para mí la palabra baile evocaba un emocionante sueño de trajes de noche y suelos brillantes, que me había dejado la primera lectura del cuento de la cenicienta—me conmovía, porque yo, que sabía dejarme envolver por la música y deslizarme a sus compases y de hecho lo había realizado sola muchas veces, no había bailado «de verdad» con un hombre, nunca.

Pons apretó mi mano nervioso, cuando nos despedíamos. Detrás de nosotros exclamó Iturdiaga:

[4] **la víspera de San Juan** St. John's eve or Midsummer's eve. Legend has it that on that night magic and witchcraft are rampant, all in the service of lovers who are seeking mates.

[5] **Ese día es mi Santo** Pons is referring to the holiday set aside for his patron saint, which he celebrates as a birthday. His name must be Pedro, but as it often happens among school chums in Spain he is addressed by his last name.

—¡La noche de San Juan es la noche de las brujerías y de los milagros!

Pons se inclinó hacia mí.

—Yo tengo un milagro que pedirle a esta noche.

En aquel momento yo deseé ingenuamente que aquel milagro se produjera. Deseé con todas mis fuerzas poder llegar a enamorarme de él. Pons notó inmediatamente mi nueva ternura. No sabía más que estrecharme la mano para expresarlo todo.

Cuando llegué a mi casa el aire crepitaba [6] ya, caliente, con el hechizo que tiene esa noche única en el año. Aquella víspera de San Juan me fué imposible dormir. El cielo estaba completamente despejado y sin embargo sentía electricidad en los cabellos y en la punta de los dedos, como si hubiera tormenta. El pecho se me oprimía por mil ensueños y recuerdos.

Me asomé a la ventana de Angustias en camisón. Vi el cielo enrojecido en varios puntos por el resplandor de las llamas. La misma calle de Aribau ardió en gritos durante mucho tiempo, pues se encendieron dos o tres hogueras en distintos cruces con otras calles. Un rato después, los muchachos saltaron sobre las brasas con los ojos inyectados por el calor, las chispas y la magia clara del fuego, para oír el nombre de su amada gritado por las cenizas. Luego el griterío se fué acabando. La gente se dispersaba hacia las verbenas. La calle de Aribau se quedó vibrante, enardecida [7] aún y silenciosa. Se oían cohetes lejanos y el cielo sobre las casas estaba herido por regueros luminosos. Yo recordé las canciones campesinas de la noche de San Juan, la noche buena para enamorarse cogiendo el trébol mágico de los campos caldeados.[8] Estaba acodada [9] en la obscuridad del balcón, despabilada por apasionados deseos e imágenes. Me parecía imposible retirarme de allí.

[6] **crepitaba** crackled

[7] **enardecida** aflame

[8] **cogiendo . . . caldeados** while picking the lucky clover from the warm fields. (In Spain, St. John's eve is especially significant in peasant folklore and song.)

[9] **acodada** leaning

Oí más de una vez los pasos del vigilante atendiendo a lejanas palmadas. Más tarde, me distrajo el estrépito de nuestro portal al cerrarse y miré hacia la acera, viendo que era Román el que salía de la casa. Le vi avanzar, deteniéndose luego bajo el farol para encender un cigarrillo. Aunque no se hubiera parado bajo la luz, le habría conocido también. La noche estaba clarísima. El cielo parecía sembrado de luz de oro . . . Me entretuve mirando los movimientos de su figura, recortada en negro, asombrosamente proporcionada.

Cuando se oyeron pasos y él alzó la cabeza, vivo y nervioso como un animalillo, yo levanté también mis ojos. Gloria cruzaba la calle avanzando hacia nosotros. (Hacia él, allí abajo en la acera, hacia mis ojos en la obscuridad de la altura.) Sin duda volvía de casa de su hermana.

Al pasar cerca de Román, Gloria le miró según su costumbre, y la luz le incendió el cabello y le iluminó la cara. Román hizo algo que me pareció extraordinario. Tiró el cigarrillo y fué hacia ella con la mano tendida en un saludo. Gloria se echó hacia atrás,[10] asombrada. Él la cogió del brazo y ella le empujó con fiereza. Luego quedaron uno frente a otro, hablando durante unos segundos con un confuso murmullo. Yo estaba tan interesada y sorprendida que no me atrevía a moverme. Desde el sitio en que me encontraba los movimientos de aquella pareja parecían los de un baile apache.[11] Al fin, Gloria se escabulló y entró en la casa. Vi a Román encender un nuevo cigarrillo; tirarlo también, dar unos pasos para marcharse y al fin volver decidido, sin duda, a seguirla.

Mientras tanto, oí que se abría la puerta del piso y que entraba Gloria. La oí atravesar de puntillas el comedor en dirección al balcón. Probablemente quería enterarse de si Román continuaba en el mismo sitio. A mí empezaba a emocionarme todo aquello como si fuera algo mío. No podía creer lo que habían visto mis

[10] **se echó hacia atrás** drew back
[11] **baile apache** a dance of the Paris underworld, full of rough and sensual movements

ojos. Cuando sentí la llave de Román arañando la puerta del piso, la excitación me hacía temblar. Él y Gloria se encontraron en el comedor. Oí a Román en un cuchicheo clarísimo:

—Te he dicho que tengo que hablarte. ¡Ven!

—No tengo tiempo para ti.

—No digas estupideces. ¡Ven!

—Yo te odio, chico. Ahora soy yo quien te puede escupir a la cara y te escupo.

La noche de San Juan se había vuelto demasiado extraña para mí. De pie en medio de mi cuarto, con las orejas tendidas a los susurros de la casa, sentí dolerme los tirantes [12] músculos de la garganta. Tenía las manos frías. ¿Quién puede entender los mil hilos que unen las almas de los hombres y el alcance de sus palabras? No una muchacha como era yo entonces. Me tumbé en la cama casi enferma. Recordé las palabras de la Biblia, en un sentido completamente profano: «Tienen ojos y no ven, tienen oídos y no oyen» . . .[13] A mis ojos, redondos de tanto abrirse, a mis oídos heridos de escuchar, había faltado captar una vibración, una nota profunda en todo aquello . . . Me parecía imposible que Román hubiera suplicado a Gloria como un amante. Román, el que hechizaba con su música a Ena . . . Era imposible que hubiese suplicado a Gloria, súbitamente, sin un motivo, él a quien yo había visto maltratarla y escarnecerla públicamente. Este motivo no lo percibían mis oídos entre aquel temblor nervioso de su voz, ni alcanzaban a verlo mis ojos, entre aquella densa y fúlgida [14] masa de noche azul que entraba por el balcón . . . Me tapé la cara para que no me diera en los ojos la belleza demasiado grande y demasiado incomprensible de aquella noche. Al cabo * me dormí.

[12] **tirantes** strained

[13] **Tienen ojos y no ven, tienen oídos y no oyen** "Eyes have they, but they see not; They have ears but they hear not." Psalm 135, verses 16–17

[14] **fúlgida** resplendent

XVIII

Me viene ahora el recuerdo de las noches en la calle de Aribau. Aquellas noches que corrían como un río negro, bajo los puentes de los días y en las que los olores estancados despedían un vaho de fantasmas.

Me acuerdo de una noche en que había luna. Yo tenía excitados los nervios después de un día demasiado movido. Al levantarme de la cama vi que en el espejo de Angustias estaba toda mi habitación llena de un color de seda gris y allí mismo, una larga sombra blanca. Me acerqué y el espectro se acercó conmigo. Al fin alcancé a ver mi propia cara desdibujada sobre el camisón de hilo. Un camisón de hilo antiguo—suave por el roce del tiempo—cargado de pesados encajes, que muchos años atrás había usado mi madre. Era una rareza estarme contemplando así, casi sin verme, con los ojos abiertos. Levanté la mano para tocarme las facciones que parecían escapárseme, y allí surgieron unos dedos largos, más pálidos que el rostro, siguiendo las líneas de las cejas, la nariz, las mejillas conformadas según la estructura de los huesos. De todas maneras, yo misma, Andrea, estaba viviendo entre las sombras y las pasiones que me rodeaban. A veces llegaba a dudarlo.

Aquella misma tarde había sido la fiesta de Pons.

Durante cinco días había yo intentado almacenar ilusiones para esa escapatoria de mi vida corriente. Hasta entonces me había sido fácil dar la espalda a lo que quedaba detrás, pensar en emprender una vida nueva a cada instante. Y aquel día yo había sentido como un presentimiento de otros horizontes. Algo de la ansiedad terrible que a veces me coge en la estación al oír el silbido del tren que arranca o cuando paseo por el puerto y me viene en una bocanada el olor a barcos.

Mi amigo me había telefoneado por la mañana y su voz me llenó de ternura por él. El sentimiento de ser esperada y querida me hacía despertar mil instintos de mujer; una emoción como de triunfo, un deseo de ser alabada, admirada, de sentirme como la Cenicienta del cuento, princesa por unas horas, después de un largo incógnito.[1]

Me acordaba de un sueño que se había repetido muchas veces en mi infancia, cuando yo era una niña cetrina[2] y delgaducha, de esas a quienes las visitas nunca alaban por lindas y para cuyos padres hay consuelos reticentes. . . Esas palabras que los niños, jugando al parecer absortos y ajenos a la conversación, recogen ávidamente: «Cuando crezca seguramente tendrá un tipo bonito», «Los niños dan muchas sorpresas al crecer» . . .

Dormida yo me veía corriendo, tropezando, y al golpe sentía que algo se desprendía de mí, como un vestido o una crisálida que se rompe y cae arrugada a los pies. Veía los ojos asombrados de las gentes. Al correr al espejo, contemplaba, temblorosa de emoción, mi transformación asombrosa en una rubia princesa—precisamente rubia, como describían los cuentos—inmediatamente dotada, por gracia de la belleza, con los atributos de dulzura, encanto y bondad, y el maravilloso[3] de esparcir generosamente mis sonrisas . . .

Esta fábula, tan repetida en mis noches infantiles, me hacía sonreír, cuando con las manos un poco temblorosas trataba de peinarme con esmero y de que apareciera bonito mi traje menos viejo,[4] cuidadosamente planchado para la fiesta.

«Tal vez—pensaba yo un poco ruborizada—ha llegado hoy ese día.»

Si los ojos de Pons me encontraban bonita y atractiva (y mi

And dreaming of being pretty

[1] después . . . incógnito after being a nobody for so long
[2] cetrina sallow
[3] Supply *one* after maravilloso
[4] y de que . . . viejo and to make my least old dress look pretty

amigo había dicho esto con palabras torpes, o más elocuentemente, sin ellas muchas veces), era como si el velo hubiese caído ya.

«Tal vez el sentido de la vida para una mujer consiste únicamente en ser descubierta así, mirada de manera que ella misma se sienta irradiante de luz.» No en mirar, no en escuchar venenos y torpezas de los otros, sino en vivir plenamente el propio goce de los sentimientos y las sensaciones, la propia desesperación y alegría. La propia maldad o bondad . . .

De modo que me escapé de la casa de la calle de Aribau y casi tuve que taparme los oídos para no escuchar el piano al que atormentaba Román.

Mi tío había pasado cinco días encerrado en su cuarto. (Según me dijo Gloria, no había salido ni una vez a la calle.) Y aquella mañana apareció en la casa escrutando las novedades con sus ojos penetrantes. En algunos rincones se notaba la falta de los muebles que Gloria había vendido al trapero. Por aquellos claros corrían, desoladas,[5] las cucarachas.

—¡Estáis robando a mi madre!—gritó.

La abuela acudió inmediatamente.

—No, hijo, no. Los he vendido yo, son míos; los he vendido porque no los necesitaba, porque estoy en mi derecho . . .

Resultaba tan incongruente oír hablar de derechos a aquella viejecilla desgraciada, que era capaz de morirse de hambre si la comida estaba escasa para que quedase más a los otros, o de frío para que el niño tuviese otra manta en su cuna, que Román se sonrió.

Por la tarde, mi tío empezó a tocar el piano. Yo le vi en el salón, desde la puerta de la galería. Detrás de su cabeza se extendía un haz de sol. Se volvió hacia mí y me vió también y también me dirigió una sonrisa viva que le venía por encima de todos sus pensamientos.

—Te has puesto demasiado guapa para querer escuchar mi música, ¿eh? Tú, como las mujeres todas de esta casa, huyes . . .

[5] **desoladas** forlorn

Apretaba las teclas con pasión, obligándolas a darle el sentido de una esplendorosa primavera. Tenía los ojos enrojecidos, como hombre que ha tomado mucho alcohol o que no ha dormido en varios días. Al tocar, la cara se le llenaba de arrugas.

De modo que huí de él, como otras veces había hecho. En la calle recordé solamente su galantería. «A pesar de todo—pensé—, Román hace vivir a las gentes de su alrededor. Él sabe, en realidad, lo que les ocurre. Él sabe que yo esta tarde estoy ilusionada.»

Enlazado a la idea de Román, me venía sin querer el recuerdo de Ena. Porque yo, que tanto había querido evitar que aquellos dos seres se llegasen a conocer, ya no podía separarlos en mi imaginación.

—¿Tú sabes que Ena vino a ver a Román la víspera de San Juan por la tarde?

Me había dicho Gloria mirándome de reojo:

—La vi yo misma, cuando salía corriendo, escaleras abajo . . . De la misma manera, chica, como si fuera enloquecida . . . Tú, ¿qué opinas? . . . Desde entonces no ha vuelto.

Me tapé los oídos, allí en la calle, camino de * la casa de Pons, y levanté los ojos hacia las copas de los árboles. Las hojas tenían ya la consistencia de un verde durísimo. El cielo inflamado se estrellaba contra ellas.

Otra vez, en el esplendor de la calle, volví a ser una muchacha de dieciocho años que va a bailar con su primer pretendiente. Una agradable y ligera expectación logró apagar completamente aquellos ecos de los otros.

Pons vivía en una casa espléndida al final de la calle Muntaner. Delante de la verja del jardín—tan ciudadano que las flores olían a cera y a cemento—vi una larga hilera de coches. El corazón me empezó a latir de una manera casi dolorosa. Sabía que unos minutos después habría de verme dentro de un mundo alegre e inconsciente. Un mundo que giraba sobre el sólido pedestal del dinero y de cuya optimista mirada me habían dado alguna idea las conversaciones de mis amigos. Era la primera vez que yo iba a una fiesta de sociedad, pues las reuniones en casa de

Ena, a las que había asistido, tenían un carácter íntimo, revestido de una finalidad literaria y artística.

Me acuerdo del portal de mármol y de su grata frescura. De mi confusión ante el criado de la puerta, de la penumbra del recibidor adornado con plantas y con jarrones. Del olor a señora con demasiadas joyas que vino al estrechar la mano de la madre de Pons y de la mirada suya, indefinible, dirigida a mis viejos zapatos, cruzándose con otra anhelante de Pons que la observaba.

Aquella señora era alta, imponente. Me hablaba sonriendo, como si la sonrisa se le hubiera parado—ya para siempre—en los labios. Entonces era demasiado fácil herirme. Me sentí en un momento angustiada por la pobreza de mi atavío. Pasé una mano muy poco segura por el brazo de Pons y entré con él en la sala.

Había mucha gente allí. En un saloncito contiguo «los mayores» se dedicaban, principalmente, a alimentarse y a reír. Una señora gorda está parada en mi recuerdo con la cara congestionada de risa en el momento de llevarse a la boca un pastelillo. No sé por qué tengo esa imagen eternamente quieta, entre la confusión y el movimiento de todo lo demás. Los jóvenes comían y bebían también y charlaban cambiando de sitio a cada momento. Predominaban las muchachas bonitas. Pons me presentó a un grupo de cuatro o cinco, diciéndome que eran sus primas. Me sentí muy tímida entre ellas. Casi tenía ganas de llorar, pues en nada se parecía este sentimiento a la radiante sensación que yo había esperado. Ganas de llorar de impaciencia y de rabia . . .

No me atrevía a separarme de Pons para nada y empecé a sentir con terror que él se ponía un poco nervioso delante de los lindos ojos cargados de malicia que nos estaban observando. Al fin llamaron un momento a mi amigo y me dejó—con una sonrisa de disculpa—sola con las muchachas y con dos jovenzuelos desconocidos. Yo no supe qué decir en todo aquel rato. No me divertía nada. Me vi en un espejo blanca y gris, deslucida entre los alegres trajes de verano que me rodeaban. Absolutamente seria entre la animación de todos y me sentí un poco ridícula.

feels like she doesn't belong + fantasy dead

Pons había desaparecido de mis horizontes visuales. Al fin, cuando la música lo invadió todo con un ritmo de fox lento, me encontré completamente sola junto a una ventana, viendo bailar a los otros.

Terminó el baile con un rumor de conversaciones y nadie vino a buscarme. Oí la voz de Iturdiaga y me volví rápidamente. Estaba Gaspar sentado entre dos o tres muchachas a las que enseñaba no sé qué planos y explicaba sus proyectos para el futuro. Decía:

—Hoy día esta roca es inaccesible, pero yo construiré para llegar hasta ella un funicular y mi casa-castillo tendrá sus cimientos en la misma punta. Me casaré y pasaré en esta fortaleza doce meses del año, sin más compañía que la de la mujer amada, escuchando el zumbido [6] del viento, el grito de las águilas, el rugir del trueno . . .

Una jovencilla muy linda, que le escuchaba con la boca abierta, le interrumpió:

—Pero eso no puede ser, Gaspar . . .

—¿Cómo que no, señorita? ¡Ya tengo los planos! ¡Ya he hablado con los arquitectos e ingenieros! ¿Me vas a decir que es imposible?

—¡Pero si lo que es imposible es que encuentres una mujer que quiera vivir contigo ahí! . . . De verdad, Gaspar . . .

Iturdiaga levantó las cejas y sonrió con altiva melancolía. Sus largos pantalones azules terminaban en unos zapatos brillantes como espejos. No sabía yo si acercarme a él, pues me sentía humilde y ansiosa de compañía, como un perro . . . En aquel momento me distrajo oír su apellido, Iturdiaga, pronunciado con toda claridad a mis espaldas, y volví la cabeza. Yo estaba apoyada en una ventana baja, abierta al jardín. Allí, en uno de los estrechos senderillos asfaltados, vi a dos señores que sin duda paseaban charlando de negocios. Uno de ellos, enorme y grueso, tenía cierto parecido con Gaspar. Se habían detenido en su paseo a pocos pasos de la ventana, tan animadamente discutían.

[6] **zumbido noise**

—¿Pero usted se da cuenta de lo que puede hacernos ganar la guerra [7] en este caso? ¡Millones, hombre, millones! . . . ¡No es un juego de niños, Iturdiaga! . . .

Siguieron su camino.

A mí me vino a los labios una sonrisa como si en efecto los viera cabalgar por el cielo enrojecido de la tarde (sobre las dignas cabezas de hombres importantes un capirote de mago [8]) a lomos del negro fantasma de la guerra que volaba sobre los campos de Europa . . .

Pasaba el tiempo demasiado despacio para mí. Una hora, dos, quizá, estuve sola. Yo observaba las evoluciones de aquellas gentes que, al entrárseme por los ojos, me llegaban a obsesionar. Creo que estaba distraída cuando volví a ver a Pons. Estaba él enrojecido y feliz brindando con dos chicas, separado de mí por todo el espacio del salón. Yo también tenía en la mano mi copa solitaria y la miré con una sonrisa estúpida. Sentí una mezquina e inútil tristeza allí sola. La verdad es que no conocía a nadie y estaba descentrada. Parecía como si un montón de estampas que me hubiera entretenido en colocar en forma de castillo cayeran de un soplo como en un juego de niños. Estampas de Pons comprando claveles para mí, de Pons prometiéndome veraneos ideales, de Pons sacándome de la mano, desde mi casa, hacia la alegría. Mi amigo—que me había suplicado tanto, que me había llegado a conmover con su cariño—aquella tarde, sin duda, se sentía avergonzado de mí . . . Quizá había estropeado todo la mirada primera que dirigió su madre a mis zapatos . . . O era quizá culpa mía. ¿Cómo podría entender yo nunca la marcha de las cosas?

—Te aburres mucho, pobrecita . . . ¡Este hijo mío es un grosero! ¡Voy a buscarle en seguida!

La madre de Pons me había observado durante aquel largo rato, sin duda. La miré con cierto rencor, por ser tan diferente a

[7] **la guerra** reference is to the Second World War, in which Spain did not participate

[8] **capirote de mago** magician's hood

como yo me la había imaginado. La vi acercarse a mi amigo y al cabo de unos minutos estuvo él a mi lado.

—Perdóname, Andrea, por favor . . . ¿Quieres bailar?

Se oía otra vez la música.

—No, gracias. No me encuentro bien aquí y quisiera marcharme.

—Pero, ¿por qué, Andrea? . . . ¿No estarás ofendida conmigo? . . . He querido muchas veces venir a buscarte . . . Me han detenido siempre por el camino . . . Sin embargo, yo estaba contento de que tú no bailaras con los otros, te miraba a veces . . .

Nos quedamos callados. Él estaba confuso. Parecía a punto de llorar.

Pasó una de las primas de Pons y nos lanzó una pregunta absurda:

—¿Riña sentimental?

Tenía una sonrisa forzada de estrella de cine. Una sonrisa tan divertida que ahora me sonrío al acordarme. Entonces vi sonrojarse a Pons. A mí me subió como un demonio del corazón, haciéndome sufrir.

—No puedo encontrar el menor placer en estar entre gente «así»—dije—, como esa chica, por ejemplo . . .

Pons pareció dolido y agresivo.

—¿Qué tienes que decir de esa chica? La conozco de toda mi vida, es inteligente y buena . . . Tal vez es demasiado guapa a tu juicio. Las mujeres sois todas así.

Entonces me puse encarnada yo, y él, inmediatamente arrepentido, intentó coger una de mis manos.

«¿Es posible que sea yo—pensé—la protagonista de tan ridícula escena?»

—No sé qué te pasa hoy, Andrea, no sé qué tienes que no eres como siempre . . .

—Es verdad. No me encuentro bien . . . Mira, en realidad, yo no quería venir a tu fiesta. Yo quería solamente felicitarte y marcharme, ¿sabes? . . . Sólo que cuando tu madre me saludó, yo estaba tan confusa . . . Ya ves que ni siquiera he venido vestida a propósito.[9] ¿No te has fijado que he traído unos viejos zapatos de deporte? ¿No te has dado cuenta?

«¡Oh—pensaba algo en mi interior con una mueca de repugnancia— ¿por qué digo tal cantidad de idioteces?»

Pons no sabía qué hacer. Me miraba asustado. Tenía las orejas encarnadas y parecía muy pequeñito metido en su elegante traje oscuro. Lanzó una instintiva mirada de angustia hacia la lejana silueta de su madre.

—No me he dado cuenta de nada, Andrea—balbució—, pero si quieres marcharte . . . yo . . . no se qué hacer para impedirlo.

Me entró cierto malestar por las palabras que había llegado a decir, después de la gran pausa que siguió.

—Perdóname lo que te dije de tus invitados, Pons.

Fuimos callados hasta el recibidor. La fealdad de los ostentosos jarrones me hizo encontrarme más segura y firme allí y alivió algo mi tensión. Pons, súbitamente conmovido, me besó la mano cuando nos despedíamos.

—Yo no sé qué ha pasado, Andrea; primero fué la llegada de la marquesa . . . (¿Sabes? Mamá es un poco anticuada en eso; respeta mucho los títulos.) Luego mi prima Nuria me llevó al jardín . . . Bueno, me hizo una declaración de amor . . . no . . .

Se detuvo y tragó saliva.

Me dió risa. Todo aquello me parecía ya cómico.

—¿Es aquella chica tan guapa que nos habló hace un momento?

—Sí. No quería decírtelo. A nadie, naturalmente, quisiera decírselo . . . Después . . . Ya ves, Andrea, que no podía estar contigo. Después de todo fué muy valiente de su parte lo que hizo. Es una chica seductora. Tiene miles de pretendientes. Usa un perfume . . .

—Sí, claro.

[9] **vestida a propósito** dressed for the occasion

—Adiós . . . De modo que . . . ¿cuándo nos volveremos a ver?

Y se volvió a poner encarnado, porque aún era muy niño en realidad. Sabía perfectamente, lo mismo que yo, que en adelante ya sólo nos encontraríamos por casualidad. En la Universidad, tal vez, después de las vacaciones.

El aire de fuera resultaba ardoroso. Me quedé sin saber qué hacer con la larga calle Muntaner bajando en declive delante de mí. Arriba, el cielo, casi negro de azul, se estaba volviendo pesado, amenazador aún, sin una nube. Había algo aterrador en la magnificencia clásica de aquel cielo aplastado sobre la calle silenciosa. Algo que me hacía sentirme pequeña y apretada entre fuerzas cósmicas como el héroe de una tragedia griega.

Parecía ahogarme tanta luz, tanta sed abrasadora de asfalto y piedras. Estaba caminando como si recorriera el propio camino de mi vida, desierto. Mirando las sombras de las gentes que a mi lado se escapaban sin poder asirlas. Abocando en cada instante, irremediablemente, en la soledad.

Empezaron a pasar autos. Subió un tranvía atestado de gente. La gran vía Diagonal cruzaba delante de mis ojos con sus paseos, sus palmeras, sus bancos. En uno de estos bancos me encontré sentada, al cabo, en una actitud estúpida. Rendida y dolorida como si hubiera hecho un gran esfuerzo.

Me parecía que de nada vale correr si siempre ha de irse por el mismo camino, cerrado, de nuestra personalidad. Unos seres nacen para vivir, otros para trabajar, otros para mirar la vida. Yo tenía un pequeño y ruin papel de espectadora. Imposible salirme de él. Imposible libertarme. Una tremenda congoja fué para mí lo único real en aquellos momentos.

Empezó a temblarme el mundo detrás de una bonita niebla gris que el sol irisaba a segundos.[10] Mi cara sedienta recogía con placer aquel llanto. Mis dedos lo secaban con rabia. Estuve mucho rato llorando, allí en la intimidad que me proporcionaba

[10] **que el sol . . . segundos** which the sun colored from one moment to the next

la indiferencia de la calle, y así me pareció que lentamente mi alma quedaba lavada.

En realidad, mi pena de chiquilla desilusionada no merecía tanto aparato. Había leído rápidamente una hoja de mi vida que no valía la pena de recordar más. A mi lado, dolores más grandes me habían dejado indiferente hasta la burla . . .

Corrí, de vuelta a casa, la calle de Aribau casi de extremo a extremo. Había estado tanto tiempo sentada en medio de mis pensamientos que el cielo se empalidecía. La calle irradiaba su alma en el crepúsculo, encendiendo sus escaparates como una hilera de ojos amarillos o blancos que mirasen desde sus oscuras cuencas . . .[11] Mil olores, tristezas, historias, subían desde el empedrado, se asomaban a los balcones o a los portales de la calle de Aribau. Un animado oleaje de gente se encontraba bajando desde la solidez elegante de la Diagonal contra el que subía del movido mundo de la Plaza de la Universidad. Mezcla de vidas, de calidades, de gustos, eso era la calle de Aribau. Yo misma: un elemento más, pequeño y perdido en ella.

Llegaba a mi casa, de la que ninguna invitación a un veraneo maravilloso me iba a salvar, de vuelta de mi primer baile en el que no había bailado. Caminaba desganada, con deseos de acostarme. Delante de mis ojos un poco doloridos, se iluminó aquel farol, familiar ya como las facciones de un ser querido, que se levantaba sobre su brazo negro delante del portal.

En aquel momento vi con asombro a la madre de Ena que salía de mi casa. Ella me vió también y vino hacia mí. Como siempre, el hechizo de la dulzura y de la sencilla elegancia de aquella mujer me penetraron hondamente. Su voz entró por mis oídos trayéndome un mundo de recuerdos.

—¡Qué suerte haberla encontrado, Andrea!—me dijo—. He estado esperándola en su casa mucho tiempo . . . ¿Tiene usted un momento para mí? ¿Me permitirá que la invite a tomar un helado en cualquier sitio?

[11] **cuencas** sockets

Enas mom is a miricle / angel

DISCUSSION GUIDE X–XVIII

1. You have undoubtedly recognized by now that there is a great difference between this novel and one of pure adventure, such as *The Three Musketeers.* In the latter, one happening after another keeps the action moving. In *Nada* intrigue, understood as exterior action, is missing. As a substitute there is a series of intriguing questions which constitutes an interior movement and which constantly teases us. For example: Where does Gloria go at night? Is Juan crazy? What is Román's business? Going back over the novel, what other disturbing questions of this type can you find?
2. Notice how Ena's mother dominates both the opening and the closing of Part II. In Chapter X she makes a strong impression upon Andrea. Why? She is described in sharp contrast to the rest of the family. In what exactly does this difference consist? Does it go beyond mere physical appearance?
3. When Andrea is allowed to manage her own economic affairs she shows a great irresponsibility. What evidence is there of this? How can this irresponsibility be explained or justified?
4. On page 94 Ena expounds her attitude toward men. What is it? Andrea even speaks of her 'carácter maquiavélico.' What does she mean? Is there anything in Ena's character that can remind you of Román? Can this explain the attraction he holds for her? What does Ena represent for Andrea?
5. Andrea finds herself alone again when Ena begins to avoid her. As she puts it: 'La vida volvía a ser solitaria para mí.' Notice the phrase *volvía a ser.* What does the statement imply? In the same chapter (XIII) we meet the bohemian group at Guíxol's studio. Andrea is the first girl to enter the place. How is it that she fits in so well there?
6. Examine carefully the paragraph on page 112 which begins: 'Yo no busco en la persona ni la bondad ni la buena educación siquiera . . .' What is Ena saying here? Does she remind you of another character in the novel? Do you share her feelings? Can you understand them? What does she mean by speaking of those who 'han sufrido muy poca angustia ante ningún hecho'? How does the conversation between Ena

and Andrea serve to illuminate further the characters of both girls and the relationship between them?

7. In Chapter xv we have a common device of the adventure story: the chase. It takes place in dark streets and moves swiftly, but it is far from being the common pursuit we find in a usual novel of adventure. What is special about this chase? Is it any less exciting for its difference? Do Juan's actions here clarify or confuse your view of him?
8. In Chapter xvii how is the legend of St. John's eve related to the happenings and the way they happen at the house on Aribau Street that night? Andrea speaks of 'la belleza demasiado grande y demasiado incomprensible de aquella noche.' How do you interpret this?
9. When Andrea describes her Cinderella dreams early in Chapter xviii she is behaving pretty much like the average girl. Describe the details of this illusion. Compare the entire incident with the fairy tale.
10. The dance at Pons's house is seen entirely through Andrea's eyes. She is self-conscious and ill at ease. Hence she distorts the reality around her. Examine this distortion. What devices are used to convey and recognize this *unreality?* What evidence is there that this experience greatly affects Andrea's view of herself?

Tercera Parte

XIX

Cuando estuvimos frente a frente en el café, en el momento de sentarnos, aún era yo la criatura encogida y amargada a quien le han roto un sueño. Luego me fué invadiendo el deseo de oír lo que la madre de Ena, de un momento a otro, iba a decirme. Me olvidé de mí y al fin encontré la paz.

—¿Qué le sucede a usted, Andrea?

Aquel usted en labios de la señora se volvía tierno y familiar. Me produjo ganas de llorar y me mordí los labios. Ella había desviado los ojos. Cuando los pude ver ensombrecidos por el ala del sombrero tenían una humedad de fiebre . . . Yo estaba ya tranquila y ella era quien me sonreía con un poco de miedo.

—No me pasa nada.

—Es posible, Andrea . . . llevo unos días que descubro [1] sombras extrañas en los ojos de todos. ¿No le ha sucedido alguna vez atribuir su estado de ánimo al mundo que la rodea?

Parecía que sonriendo ella tratara de hacerme sonreír también. Decía todo con un tono ligero.

—¿Y cómo es que no va usted por casa en esta temporada? ¿Está usted disgustada con Ena?

—No—bajé los ojos—, más bien * creo que es ella la que se aburre conmigo. Es natural . . .

—¿Por qué? Ena la quiere a usted muchísimo . . . Sí, sí, no ponga usted esa expresión reconcentrada. Es usted la única amiga que tiene mi hija. Por eso he venido a hablarle . . .

[1] **llevo . . . descubro** for some days now I have been discovering

Vi que ella jugaba con los guantes, alisándolos. Tenía unas manos delicadísimas. La punta de sus dedos cedía tiernamente hacia atrás al menor contacto.[2] Tragó saliva.

—Me cuesta muchísimo trabajo hablar de Ena. Nunca lo he hecho con nadie; la quiero demasiado para eso . . . Yo a Ena se puede decir que la adoro, Andrea . . .

—Yo también la quiero muchísimo.

—Sí, ya lo sé . . . pero ¿cómo podría usted entender esto? Ena para mí es diferente de mis demás hijos, está sobre todos los que rodean mi vida. El cariño que siento por ella es algo extraordinario.

Yo entendía. Más por el tono que por las palabras. Más por el ardor de la voz que por lo que decía. Me daba un poco de miedo . . . Yo siempre había pensado que aquella mujer quemaba. Siempre. Cuando la oí cantar aquel primer día en que la vi en su casa y luego, cuando me miró de tal manera que sólo recogí un estremecimiento de angustia.

—Sé que Ena está sufriendo esta temporada. ¿Comprende lo que eso significa para mí? Hasta ahora su vida había sido perfecta. Parecía que en cualquiera de sus pasos estaba el éxito. Sus risas me daban la sensación de la vida misma . . . Ella ha sido siempre tan sana, tan sin complicaciones, tan feliz. Cuando se enamoró de ese muchacho, Jaime . . .

(Delante de mi sorpresa, ella se sonreía con cierta tristeza y travesura [3] a la vez.)

—Cuando se enamoró de Jaime todo fué como un buen sueño. El que hubiera encontrado un hombre capaz de comprenderla, precisamente en el momento en que al salir de la adolescencia lo necesitaba, era a mis ojos como el cumplimiento de una maravillosa ley natural . . .

Yo no quería mirarla. Estaba nerviosa. Pensé: «¿Qué quiere averiguar por medio de mí esta señora?» Estaba resuelta en todo

[2] **La punta . . . contacto** The tips of her fingers bent back at the slightest contact.

[3] **travesura** mischief

caso a no traicionar ningún secreto de Ena, por muchas cosas suyas que su madre pareciera saber. Decidí dejarla hablar sin decir una palabra.

—Ya ve, Andrea, que no le pido que me cuente ninguna cosa que quiera callar mi hija. No es preciso que lo haga. Es más, le ruego que nunca le diga a Ena todo lo que de ella sé. La conozco bien y sé lo dura que puede llegar a ser en ocasiones. Nunca me lo perdonaría. Por otra parte, algún día me contará estas historias ella misma. Cada vez que le sucede algo a Ena, vivo esperando el día en que me lo cuente . . . No me defrauda nunca. Siempre llega ese día. De modo que le pido su discreción y también que me escuche . . . Yo sé que Ena va con frecuencia a casa de usted y no para visitarla, precisamente . . . Sé que sale con un pariente suyo llamado Román. Sé que desde entonces sus relaciones con Jaime se han enfriado o se han terminado por completo. Ena misma parece haber cambiado enteramente . . . Dígame, ¿qué opinión tiene usted de su tío?

Me encogí de hombros.

—A mí también me ha hecho pensar este asunto . . . Creo que lo peor de todo es que Román tiene atractivo a su manera, aunque no es una persona recomendable. Si usted no le conoce es imposible decirle . . .

—¿A Román?—la sonrisa de la señora le hacía volverse casi bella, tan profunda era—. Sí, a Román le conozco. Hace muchos años que conozco a Román . . . Ya ve usted, fuimos compañeros en el Conservatorio. Él no tenía más que diecisiete años * cuando yo le conocí y galleaba [4] entonces creyendo que el mundo habría de * ser suyo . . . Parecía tener un talento extraordinario, aunque estaba limitado por su pereza. Los profesores tenían en él grandes esperanzas. Luego, sin embargo, se ha hundido. Al final ha prevalecido lo peor de él . . . Cuando le he vuelto a ver hace unos días me ha dado la impresión de un hombre que se hubiera acabado ya. Pero conserva su teatralidad, su gesto de mago oriental que va a descubrir algún misterio.

[4] **galleaba** strutted around like a young cock

Enas mom knows Román + Jame

Conserva sus trampas y el arte de su música . . . Yo no quiero que mi hija se deje coger por un hombre así . . . Yo no quiero que Ena pueda llorar o ser desgraciada por . . .

Los labios le temblaban. Se daba cuenta de que hablaba conmigo y le cambiaba el color de los ojos a fuerza de quererse dominar. Luego los cerraba y dejaba que desbordase aquel tumultuoso decir como un agua que rompe los diques y lo arrastra todo . . .

—¡Dios mío! Sí que conozco a Román. Le he querido demasiado tiempo, hija mía, para no conocerle. De su magnetismo y de su atractivo, ¿qué me va usted a decir que yo no sepa, que yo no haya sufrido en mí con la fuerza ésta, que parece imposible de suavizar y de calmar, que da un primer amor? Sus defectos los conozco tan bien, que ahora, comprimido [5] y amargado por su vida, si es tal como yo la supongo, el solo pensamiento de que mi hija pueda estar atraída por ellos tal como yo misma lo estuve, es para mí un horror inimaginable. Al cabo de los años, no esperaba yo esta trampa de la suerte, tan cruel . . . ¿Sabe usted lo que es tener dieciséis, diecisiete, dieciocho años y estar obsesionada por sólo la sucesión de gestos, de estados de ánimo, de movimientos, que en conjunto forman ese algo que a veces lleva a parecer irreal y que es una persona? . . .

Un día logré que mi padre consintiese en que diésemos en casa un concierto de piano y violín Román y yo a base de las composiciones de Román. Fué un éxito asombroso. Los asistentes estaban como electrizados . . . No, no, Andrea, por mucho que yo viva es imposible que vuelva a sentir una emoción semejante a la de aquellos minutos. A la emoción que me destrozaba cuando Román me sonrió con los ojos casi humedecidos. Un rato después, en el jardín, Román se daba cuenta de algo de aquella extática adoración que yo sentía por él y jugaba conmigo con la curiosidad cínica con que un gato juega con el ratón que acaba de cazar. Entonces fué cuando me pidió mi trenza.

[5] **comprimido** oppressed

—No eres capaz de cortártela para mí—dijo, brillándole los ojos.

Yo no había soñado siquiera una felicidad mayor que la de que él me pidiera algo. La magnitud del sacrificio era tan grande, sin embargo, que me estremecía. Mi cabello, cuando yo tenía dieciséis años, era mi única belleza. Aun llevaba una trenza suelta, una única, gordísima trenza que me resbalaba sobre el pecho hasta la cintura. Era mi orgullo. Román la miraba día tras día con su sonrisa inalterable. Alguna vez me hizo llorar esa mirada. Por fin no la pude resistir más y después de una noche de insomnio, casi con los ojos cerrados, la corté. Tan espesa era aquella masa de cabellos y tanto me temblaban las manos que tardé mucho tiempo. Instintivamente me apretaba el cuello como si un mal verdugo tratara torpemente de cercenarlo. Al día siguiente, al mirarme al espejo, me eché a llorar. ¡Ah, qué estúpida es la juventud! . . . Al mismo tiempo un orgullo humildísimo me corroía[6] enteramente. Sabía que nadie hubiera sido capaz de hacer lo mismo. Nadie quería a Román como yo . . . Le envié mi trenza con la misma ansiedad un poco febril,[7] que fríamente parece tan cursi, de la heroína de una novela romántica. No recibí ni una línea suya en contestación. En mi casa la ocurrencia fué como si hubiera caído una verdadera desgracia sobre la familia. En castigo me encerraron un mes sin salir a la calle . . . Sin embargo, era todo fácil de soportar. Cerraba los ojos y veía entre las manos de Román aquella soga dorada que era un pedazo de mí misma. Me sentía compensada así en la mejor moneda . . . Al fin volví a ver a Román. Me miró con curiosidad. Me dijo:

—Tengo lo mejor de ti en casa. Te he robado tu encanto—. Luego concluyó impaciente:—¿Por qué has hecho esa estupidez, mujer? ¿Por qué eres como un perro para mí?

Ahora, viendo las cosas a distancia, me pregunto cómo se

[6] me corroía preyed upon me
[7] febril feverish

Enas mom loved Román - Román took pleasure in hurting her ♡

puede alcanzar tal capacidad de humillación, cómo podemos enfermar así, cómo en los sentidos humanos cabe una tan grande cantidad de placer en el dolor . . . Porque yo estuve enferma. Yo he tenido fiebre. Yo no he podido levantarme de la cama en algún tiempo; así era el veneno, la obsesión que me llenaba . . . ¿Y dice usted que si conozco a Román? Lo he repasado en todos sus rincones, en todos sus pliegues [8] durante días infinitos, solitarios . . . Mi padre estaba alarmado. Me tuvieron un año en el campo. Mi padre dió dinero a Román para que se alejara de Barcelona una temporada, para que no estuviera allí a mi vuelta, y él tuvo la desfachatez de aceptar y de firmar un recibo en el que el hecho constaba.

Nunca más se volvió a hablar de Román entre nosotros. Son curiosas las reacciones de nuestra alma. Estoy segura de que, ocultamente, aún hubiese pasado aquella nueva ofensa. Con los ojos de mis familiares puestos en mí, me pareció imposible seguir demostrando mi amor por aquel hombre. Fué como un encogimiento moral de hombros. Me casé con el primer pretendiente a gusto de mi padre, con Luis . . .

Hoy día, ya lo sabe usted, Andrea, he olvidado toda esta historia y soy feliz.

A mí me estaba dando vergüenza escucharla. A mí, que oía diariamente los vocablos más crudos de nuestro idioma y que escuchaba sin asustarme las conversaciones de Gloria, cargadas del más bárbaro materialismo, me sonrojaba aquella confesión de la madre de Ena y me hacía sentirme mal. Era yo agria e intransigente como la misma juventud, entonces. Todo lo que aquello tenía de fracasado y de ahogado me repelía.[9] El que aquella mujer contase sus miserias en alta voz casi me hacía sentirme enferma.

Al mirarla, vi que tenía los ojos llenos de lágrimas.

—¿Pero cómo voy a explicar a Ena estas cosas, Andrea?

[8] pliegues folds
[9] Todo . . . repelía The whole air of defeat and oppressiveness of her confession repelled me.

¿Cómo voy a contar a un ser tan querido lo que hubiera podido decir en un confesonario, mordida de angustia, lo que le he dicho a usted misma? . . . Ena sólo me conoce como un símbolo de serenidad, de claridad . . . Sé que no soportaría que esta imagen que ella ha endiosado, estuviera cimentada [10] en un barro de pasiones y desequilibrio. Me querría menos . . . Y para mí es vital cada átomo de cariño suyo. Es ella la que me ha hecho tal como yo actualmente soy. ¿Cree usted que podría destruir su propia obra? . . . ¡Ha sido un trabajo tan delicado, callado y profundo entre las dos!

Cuando la madre de Ena terminó de hablar, mis pensamientos armonizaban enteramente con los suyos.

Me asusté y encontré con que la gente volvía a gritar a mi alrededor (como la ola, que parada—negra—un momento, choca contra el acantilado [11] y revienta en fragor [12] y espuma). Todas las luces del café y de la calle se metieron al mismo tiempo en mis ojos cuando ella volvió a hablar.

—Por eso quiero que usted me ayude . . . Sólo usted o Román podrían ayudarme y él no ha querido. Yo quisiera que sin conocer esta ruin parte de mi historia, que usted ahora sabe, Ena se avergüence de Román . . . Ella, mi hija, no es un ser enfermizo como he sido yo. No podrá nunca dejarse arrastrar por las mismas fiebres que a mí me han consumido . . . Ni siquiera sé pedirle a usted que haga algo concreto. Desearía que cuando ellos estén arriba, en la habitación de Román, haciendo música, alguien rompiera la penumbra y el hechizo falso por el solo hecho de dar la llave a la luz.[13] Quisiera que alguien que no fuese yo hablase a Ena de Román, si es preciso mintiendo . . . Dígale que le ha pegado, ponga de relieve su sadismo, su crueldad, sus trastornos . . . Ya sé que esto que le pido es demasiado . . . Ahora soy yo quien le pregunta: ¿conoce usted este aspecto de su tío?

[10] **cimentada** founded
[11] **acantilado** cliffs
[12] **fragor** din
[13] **dar . . . luz** turning on the light

Mom wants Ena to break up w/ Román

—Sí.

—Así, pues, ¿tratará de ayudarme? Sobre todo, no deje usted como hasta ahora a Ena . . . Si ella cree a alguien, será a usted. La estima más de lo que le ha dejado ver. De eso estoy segura.

—En lo que de mí dependa puede usted estar segura de que trataré de ayudarla. Pero no creo que estas cosas sirvan de nada.

(Mi alma crujía por dentro como un papel arrugado. Como había crujido [14] cuando Ena estrechó un día, delante de mí, la mano de Román.)

Se levantó para marcharse. No estaba aliviada por haber hablado conmigo. Antes de ponerse los guantes se pasó, con un gesto maquinal, la mano por la frente. Una mano tan fina que me dieron ganas de volver su palma hacia mis ojos para maravillarme de su ternura, como a veces me gusta hacer con el envés [15] de las hojas . . .

En un momento vi que ella se alejaba, que en medio de la pesada sensación de estupor que me había quedado de aquella charla, la pequeña y delgada figura desaparecía entre la gente.

Más tarde, en mi cuarto, la noche se llenó de inquietudes. Pensé en las palabras de la madre de Ena: «Le he pedido ayuda a Román y no ha querido dármela . . .» Así, pues, por fin, la señora había visto a solas * a aquel hombre—y no sé por qué, Román me daba cierta pena, me pareció un pobre hombre—a quien ella había acosado [16] con sus pensamientos años atrás. Había visto el pequeño cuarto, el pequeño teatro en donde por fin se había encerrado Román, con el tiempo. Y sus ojos amargos habían adivinado lo que de allí podía hechizar a la hija.

Ya de madrugada, un cortejo de nubarrones oscuros como larguísimos dedos empezaron a flotar en el cielo. Al fin, ahogaron la luna.

[14] crujido crackled
[15] envés back
[16] acosado pursued relentlessly

XX

La mañana vino y me pareció sentirla llegar—cerrados aún mis párpados—tal como la Aurora, en un gran carro, cuyas ruedas aplastasen mi cráneo. Me ensordecía el ruido—crujir de huesos, estremecimiento de madera y hierro sobre el pavimento—. El tintineo del tranvía. Un rumoreo confuso de hojas de árboles y de luces mezcladas. Un grito lejano:

—*¡Drapaireee!* . . .[1]

Las puertas de un balcón se abrieron y se cerraron cerca de mí. La propia puerta de mi cuarto cedió de par en par, empujada por una corriente de aire y tuve que abrir los ojos. Me encontré la habitación llena de luz pastosa.[2] Era muy tarde. Gloria se asomaba al balcón del comedor para llamar a aquel trapero que voceaba en la calle y Juan la detuvo por el brazo, cerrando con un golpe estremecedor los cristales.

—¡Déjame, chico!

—Te he dicho que no se vende nada más. ¿Me oyes? Lo que hay en esta casa no es solamente mío.

—Y yo te digo que tenemos que comer . . .

—¡Para eso gano yo bastante!

—Ya sabes que no. Ya sabes bien por qué no nos morimos de hambre aquí . . .

—¡Me estás provocando, desgraciada!

—¡No te tengo miedo, chico!

—¡Ah! . . . ¿No?

[1] **¡Drapaireee! Ragmannn! (Catalan)**
[2] **pastosa sickly**

Juan la cogió por los hombros, exasperado.

—¡No!

Vi caer a Gloria y rebotar su cabeza contra la puerta del balcón.

Los cristales crujieron, rajándose. Oí los gritos de ella en el suelo.

—¡Te mataré, maldita!

—No te tengo miedo, ¡cobarde!

La voz de Gloria temblaba, aguda.

Juan cogió el jarro del agua y trató de tirárselo encima cuando ella intentaba levantarse. Esta vez hubo cristales rotos, aunque no tuvo puntería.[3] El jarro se rompió contra la pared. Uno de los trozos hirió, al saltar, la mano del niño, que sentado en su silla alta lo miraba todo con sus ojos redondos y serios.

—¡Ese niño! Mira lo que has hecho a tu hijo, imbécil, ¡mala madre!

—¿Yo?

Juan se abalanzó a la criatura, que estaba aterrada y que al fin comenzó a llorar. Y trató de calmarle con palabras cariñosas, cogiéndole en brazos. Luego se lo llevó para curarlo.

Gloria lloraba. Entró en mi habitación.

—¿Has visto qué bestia, Andrea? ¡Qué bestia!

Yo estaba sentada en la cama. Ella se sentó también, palpándose la nuca, dolorida por el golpe.

—¿Te das cuenta de que no puedo vivir aquí? No puedo . . . Me va a matar, y yo no quiero morirme. La vida es muy bonita, chica. Tú has sido testigo . . . ¿Verdad que tú has sido testigo, Andrea, de que él mismo comprendió que yo era la única que hacía algo para que no nos muriéramos de hambre aquella noche en que me encontró jugando? . . . ¿No me dió la razón delante de ti, no me besaba llorando? Di, ¿no me besaba?

Se enjugó los ojos y sus menudas narices se encogieron en una sonrisa.

—A pesar de todo, hubo algo cómico en aquello, chica . . .

[3] **no tuvo puntería** his aim was not good

gloria said ~~Jus~~ Juans art

Un poquitín cómico. Ya sabes tú . . . Yo le decía a Juan que vendía sus cuadros en las casas que se dedican a objetos de arte. Los vendía en realidad a los traperos, y con los cinco o seis duros que ellos me daban, podía jugar por la noche en casa de mi hermana . . . Allí van los amigos y amigas de ella, de tertulia, por las noches. A mi hermana le gusta mucho eso porque le hacen gasto de aguardiente y ella gana con eso. A veces se quedan hasta el amanecer. Son gente que juega bien y les gusta apostar. Yo gano casi siempre . . . Casi siempre, chica . . . Si pierdo, mi hermana me presta cuando tengo déficit y luego se lo voy devolviendo con un pequeño interés cuando gano otras veces . . . Es la única manera de tener un poco de dinero honradamente. Te digo a ti que algunas veces he llegado a traer a casa cuarenta o cincuenta duros de una vez. Es muy emocionante jugar, chica . . . Aquella noche yo había ganado, tenía treinta duros delante de mí . . .

Después cuando se oyeron aquellas patadas en la puerta y entró Juan despotricando,[4] mi cabeza empezó a trabajar mucho. Empecé a pensar que si Juan había venido era porque tú o la abuela le habríais llamado por teléfono y que lo más probable era que el niño a aquellas horas estuviera muerto . . . Porque yo pienso mucho, chica. ¿Verdad que no lo parece? Pues yo pienso mucho.

Me entró una pena y una congoja que no podía contar el dinero que me pertenecía, allí en la mesa donde estábamos jugando . . . Porque yo al *nen* [5] le quiero mucho; ¿verdad que es muy mono? ¡Pobrecito! . . .

La Carmeta, que es tan buena, me arregló las cuentas. Luego te encontré a ti con Juan y con mi hermana. Fíjate si estaba tonta [6] que casi no me extrañó. No se me ocurría más que una idea; «El *nen* está muerto, el *nen* está muerto» . . . Y entonces tú pudiste ver que Juan me quería de verdad cuando se lo

[4] **despotricando** ranting
[5] **nen** baby (Catalan)
[6] **Fíjate . . . tonta** Just imagine how stupid I was

dije . . . Porque los hombres, chica, se enamoran mucho de mí. No se pueden olvidar de mí tan fácilmente, no creas . . . Juan y yo nos hemos querido tanto . . .

Nos quedamos calladas. Yo me empecé a vestir. Gloria se iba tranquilizando y estiraba los brazos con pereza. De pronto se fijó en mí.

¡Qué pies tan raros tienes! ¡Tan flacos! ¡Parecen los de un Cristo!

—Sí, es verdad—Gloria al final me hacía sonreír siempre—; los tuyos, en cambio, son como los de las musas . . .

—Muy bonitos, ¿no?

—Sí.

(Eran unos pies blancos y pequeños, torneados e infantiles.)

Oímos la puerta de la calle. Juan salía. Apareció la abuela con una sonrisa.

—Se ha llevado al niño de paseo . . . ¡Más bueno es este hijo mío! . . .[7]

—Picarona—se dirigía a Gloria—, ¿por qué le contestas tú y la enredas en esas discusiones? ¡Ay!, ¡ay! ¿No sabes que con los hombres hay que ceder siempre?

Gloria se sonrió y acarició a la abuela. Se empezó a poner rimel en las pestañas. Pasó otro trapero y ella le llamó desde la ventana. La abuela movió la cabeza con angustia.

—De prisa, de prisa, niña, antes de que vengan Juan o Román . . . ¡Mira que si viene Román! ¡No quiero pensarlo!

—Estas cosas son de usted, mamá, y no de su hijo. ¿No es verdad, Andrea? ¿Voy a consentir que el niño pase hambre por conservar estos trastos? Además que Román le debe dinero a Juan. Yo lo sé . . .

La abuela se salió de allí rehuyendo—según decía—complicidades.[8] Estaba muy delgada. Bajo las blancas greñas le volaban dos orejas transparentes.

Mientras me duchaba y luego en la cocina, planchando mi

[7] **¡Más bueno . . . mío!** This son of mine is such a good boy!
[8] **rehuyendo complicidades** avoiding taking sides

traje—bajo las miradas agrias de Antonia, que nunca toleraba a gusto intromisiones [9] en su reino—, oí la voz chillona de Gloria y la acatarrada del «drapaire» [10] discutiendo en catalán. Pensaba yo en unas palabras que me dijo Gloria mucho tiempo atrás, refiriéndose a su historia con Juan: «. . . Era como el final de una película. Era como el final de todas las tristezas. Íbamos a ser felices ya . . .» Eso había pasado hacía muchísimo tiempo, en la época en que, salvando toda la embriaguez de la guerra,[11] Juan había vuelto a la mujer que le dió un hijo para hacerla su esposa. Ya no se acordaban de ello casi . . . Pero hacía muy poco, en aquella angustiosa noche que Gloria me había recordado con su charla, yo les había visto de nuevo fundidos en uno,[12] hasta sentir juntos los latidos de su sangre, queriéndose, apoyándose uno al otro bajo el mismo dolor. Y también era como el final de todos los odios y de todas las incomprensiones.

«Si aquella noche—pensaba yo—se hubiera acabado el mundo o se hubiera muerto uno de ellos, su historia hubiera quedado completamente cerrada y bella como un círculo.». Así suele suceder en las novelas, en las películas, pero no en la vida . . . Me estaba dando cuenta yo, por primera vez, de que todo sigue, se hace gris, se arruina viviendo. De que no hay final en nuestra historia hasta que llega la muerte y el cuerpo se deshace . . .[13]

—¿Qué miras, Andrea? . . . ¿Qué miras con esos ojos tan abiertos en el espejo?

Gloria, ya de buen humor, había aparecido a mi espalda, mientras yo terminaba de vestirme. Detrás vi a la abuela con la cara radiante.

Gloria se inclinó hacia mí, palpando mi blusa sobre mi espalda, con cierta satisfacción.

—Tú también estás delgada, Andrea . . .

Luego, rápidamente, para no ser oída por la abuela:

[9] **intromisiones** meddling
[10] **acatarrada del drapaire** hoarse (voice) of the ragman
[11] **salvando . . . guerra** overcoming the intoxication of war
[12] **fundidos en uno** become one
[13] **y el . . . deshace** and the body becomes dust

—Tu amiga Ena vendrá esta tarde al cuarto de Román.

(Se levantó un tumulto dentro de mí.)

—¿Cómo lo sabes?

—Porque él acaba de pedir a la criada que suba a limpiar aquello y que compre licores . . . Yo no soy tonta, chica—y luego, achicando los ojos:

—Tu amiga es la amante de Román.[14]

Me puse tan encarnada que se asustó y se retiró de mí. La abuela nos observaba con los ojuelos inquietos.

—Eres como un animal—dije furiosa—. Tú y Juan sois como bestias. ¿Es que no cabe otra cosa entre un hombre y una mujer? ¿Es que no concibes nada más en el amor? ¡Oh¡ ¡Sucia!

Di media vuelta [15] y me fuí a la calle. La abuela me tocó el vestido al pasar yo a su lado.

—¡Niña! ¡Niña! ¡Vaya con la nietecita que nunca se enfadaba! ¡Jesús, Jesús!

No sé qué gusto amargo y salado tenía en la boca. Di un portazo como si yo fuera igual que ellos. Igual que todos . . .

Estaba tan nerviosa que a cada momento sentía humedecerse mis ojos, ya en la calle. El cielo aparecía nublado con unas calientes nubes opresivas. Las palabras de los otros, palabras viejas, empezaron a perseguirme, y a danzar en mis oídos. La voz de Ena: «Tú comes demasiado poco, Andrea, y estás histérica . . .» «Estás histérica, estás histérica» . . . «¿Por qué lloras si no estás histérica? . . .» «¿Qué motivos tienes tú para llorar? . . .»

Vi que la gente me miraba con cierto asombro y me mordí los labios de rabia, al darme cuenta . . . «Ya hago gestos nerviosos como Juan» . . . «Ya me vuelvo loca yo también» . . . «Hay quien se ha vuelto loco de hambre» . . .

Bajé por las Ramblas hasta el puerto. A cada instante me reblandecía [16] el recuerdo de Ena, tanto cariño me inspiraba. Su

[14] **la amante de Román** Román's mistress
[15] **Di media vuelta** I turned away
[16] **reblandecía** soothed

misma madre me había asegurado su estimación. Ella, tan querida y radiante, me admiraba y me estimaba a mí. Me sentía como enaltecida [17] al pensar que habían solicitado de mí una misión providencial junto a ella. No sabía yo, sin embargo, si realmente iba a servir de algo mi intervención en su vida. El que Gloria me hubiera advertido su visita para aquella tarde, me llenaba de inquietudes.

Estaba en el puerto. El mar encajonado [18] presentaba sus manchas de brillante aceite a mis ojos; el olor a brea,[19] a cuerdas, penetraba hondamente en mí.

Estuve allí mucho tiempo . . . Me dolía la cabeza. Al fin, muy despacio, pesándome en los hombros los sacos de lana de las nubes, volví hacia mi casa. Daba algunas vueltas. Me detenía . . . Pero parecía que un hilo invisible tiraba de mí, al desenrollarse las horas, desde la calle de Aribau, desde la puerta de entrada, desde el cuarto de Román en lo alto de la casa . . . Había pasado ya la media tarde, cuando aquella fuerza se hizo irresistible y yo entré en nuestro portal.

Según iba subiendo la escalera, me cogió entre sus garras el conocido y anodino silencio de que estaba impregnada. Por el cristal roto de una ventana llegaba—en un descansillo [20]—el canto de una criada del patio.

Allá arriba estaban Román y Ena y yo tenía que ir también. No comprendía por qué estaba tan segura de la presencia de mi amiga allí. No eran suficientes las suposiciones de Gloria para aquella seguridad. Yo sentía su presencia como un perro que busca, en mi nariz. A mí, acostumbrada a dejar que la corriente de los acontecimientos me arrastrase por sí misma, me emocionaba un poco aquel actuar mío que parecía iba a forzarla . . .

A cada peldaño [21] tenía la impresión de que mis zapatos se hacían más pesados. Toda la sangre del cuerpo me bajaba a las

[17] **enaltecida** exalted
[18] **encajonado** closed in
[19] **brea** pitch
[20] **descansillo** landing
[21] **peldaño** step

piernas y yo me iba quedando pálida. Al llegar a la puerta de Román, tenía las manos heladas y sudorosas a la vez. Allí me detuve. A mi derecha, la puerta de la azotea que estaba abierta me dió la idea de franquearla. No podía estar indefinidamente parada delante del cuarto de Román y tampoco me decidía a llamar, aunque oía como un murmullo de conversación. Necesitaba una pequeña tregua [22] para tranquilizarme. Salí al terrado. Debajo de un cielo cada vez más amenazador aparecía—como una bandada de enormes pájaros blancos—el panorama de las azoteas, casi cayendo sobre mí. Oí la risa de Ena. Una risa en que las notas forzadas me estremecían. El ventanillo del cuarto de Román estaba abierto. Impulsiva, me puse a cuatro patas,[23] como un gato, y me arrastré, para no ser vista, sentándome bajo aquel agujero. La voz de Ena era alta y clara:

—Para ti, Román, resultaba todo un negocio demasiado sencillo. ¿Qué pensabas? ¿Que me casaría contigo, quizá? ¿Que andaría azorada toda mi vida, temiendo tus peticiones de dinero como mi madre?

—Ahora me oirás a mí . . .—Román hablaba con un tono que no le había oído nunca.

—No. Ya no hay más que decir. Tengo todas las pruebas. Sabes que estás en mis manos. Por fin se acabará esta pesadilla . . .

—Pero me vas a escuchar, ¿verdad? Aunque no quieras . . . Yo nunca he pedido dinero a tu madre. Creo que de un chantage [24] no tendrás pruebas . . .

La voz de Román reptaba [25] como una serpiente, llegando a mí.

Rápida. Sin ocurrírseme pensar más, me deslicé a lo largo de la pared y saliendo de la azotea, me precipité a la puerta de mi tío, golpeándola. No me contestaron y volví a llamar. Entonces me abrió Román. Al pronto no me di cuenta de que él estuviera

[22] **tregua** respite
[23] **me puse a cuatro patas** I got down on all fours
[24] **chantage** blackmail
[25] **reptaba** slithered

tan pálido. Mis ojos sorbían [26] la imagen de Ena, que parecía muy tranquila, sentada y fumando. Me miró hosca. Los dedos que sostenían el cigarrillo le temblaban un poco.

—Oportunidad te llamas, Andrea [27]—dijo con frialdad.

—Ena, querida . . . me pareció que estabas aquí. Subí a saludarte . . .

(Eso quise decir yo o algo por el estilo. Sin embargo, no sé si llegué a completar la frase.)

Román parecía reaccionar. Sus vivas miradas nos abarcaban a Ena y a mí.

—Anda, pequeña, sé buena . . . márchate.

Estaba muy excitado.

Inesperadamente, Ena se puso de pie,* con sus elásticos y rapidísimos movimientos y encontré que estaba a mi lado, cogiéndome del brazo antes de que Román y yo hubiéramos tenido tiempo de pensarlo. Sentí confusamente los latidos de un corazón al acercarse ella a mi cuerpo. No sabría decir si era su corazón o el mío el que estaba asustado.

Román empezó a sonreírse, con la bella y tirante sonrisa, tan conocida.

—Haced lo que queráis, pequeñas—miraba a Ena, no a mí; a Ena únicamente—. Sin embargo, me sorprende esta marcha repentina, cuando estábamos en la mitad de nuestra conversación, Ena. Tú sabes que esto no puede acabar así . . . Tú lo sabes.

No sé por qué me dió tanto miedo el tono amable y tenso de Román. Los ojos le relucían mirando a mi amiga, como relucían los ojos de Juan cuando estaba a punto de estallar su cerebro.

Ena me empujó hasta la puerta. Hizo una ligera y burlona reverencia.

—Otro día hablaremos, Román. Hasta entonces no te olvides de lo que te he dicho. ¡Adiós! . . .

[26] **sorbían** absorbed
[27] **Oportunidad te llamas, Andrea** You're certainly in the nick of time, Andrea.

Se estaba riendo también. También tenía los ojos brillantes y estaba palidísima.

Fué entonces, en aquel momento, cuando yo me di cuenta de que Román llevaba la mano derecha en el bolsillo todo el rato. De que abultaba [28] allí. No sé qué desviación de mi fantasía me hizo pensar en su negra pistola, cuando mi tío acentuaba su sonrisa. Fué una cuestión de segundos. Me abracé a él como una loca y le grité a Ena que corriese.

Sentí el empujón de Román y vi su cara, limpia al fin de aquella tensión angustiosa. Barrida por una cólera soberbia.

—¡Ridícula! ¿Es que crees que os iba a matar a tiros?

Me miró, ya recobrada la serenidad. Yo había recibido un golpe en la espalda, al chocar contra la barandilla de la escalera. Román se pasó la mano por la frente para apartarse los rizados cabellos. A mis ojos, en rápido descenso—como ya otras veces había sucedido—se le avejentaron las facciones.[29] Luego nos dió la espalda y entró en su cuarto.

Sentía yo el cuerpo dolorido. Una ráfaga de aire polvoriento hizo golpear la puerta de la azotea. De lejos, me llegó el aviso ronco de un trueno.

Encontré a Ena esperándome en un descansillo de la escalera. Su mirada era la mirada burlona de los peores momentos.

—Andrea, ¿por qué eres tan trágica, querida?

Me herían sus ojos. Levantaba la cabeza y sus labios se curvaban con un desprecio insoportable.

Tuve ganas de pegarle. Luego mi furia se me agolpó [30] en una angustia que me hizo volver la cabeza y echar a correr escaleras abajo, casi matándome, cegada por las lágrimas . . . Las conocidas fisonomías de las puertas, con sus felpudos, sus llamadores brillantes u opacos, las placas que anunciaban la ocupación de cada inquilino . . . «Practicante»,[31] «Sastre» . . . bailaban, se precipitaban sobre mí, desaparecían comidas por mi llanto.

[28] **abultaba** bulged
[29] **se le . . . facciones** his face grew old
[30] **se me agolpó** welled up
[31] **Practicante** a person who holds a license or diploma to practice minor medicine

Así llegué a la calle, hostigada[32] por la incontenible explosión de pena que me hacía correr, aislándome de todo. Así, empujando a los transeúntes, me precipité, calle Aribau abajo, hacia la Plaza de la Universidad.

[32] **hostigada** driven

And. thought Romàn was gonna shoot him (Juan?)

-And. knows about the Ena thing

XXI

Aquel cielo tormentoso me entraba en los pulmones y me cegaba de tristeza. Desfilaban rápidamente, entre la neblina congojosa [1] que me envolvía, los olores de la calle de Aribau. Olor de perfumería, de farmacia, de tienda de comestibles. Olor de calle sobre la que una polvareda gravita, en el vientre de un cielo sofocantemente oscuro.

La Plaza de la Universidad se me apareció quieta y enorme como en las pesadillas. Era como si los pocos transeúntes que la cruzaban, como si los autos y los tranvías, estuviesen atacados de parálisis. Alguien se me ha quedado en el recuerdo con una pierna levantada: tan extraña fué la mirada que lancé a todo y tan rápidamente me olvidé de lo que había visto.

Encontré que no lloraba ya, pero me dolía la garganta y me latían las sienes.[2] Me apoyé contra la verja del jardín de la Universidad, como aquel día que recordaba Ena. Un día en que, al parecer, no me daba cuenta de que el agua de los cielos se derramaba sobre mí . . .

No pensaba ni esperaba nada, cuando sentí a mi lado una presencia humana. Era Ena la que estaba allí, agitada como quien ha llegado corriendo. Me volví despacio—parecía que no me funcionaban bien los muelles de mi cuerpo, que estaba enferma, que cualquier movimiento me costaba trabajo—. Vi que ella sí que tenía los ojos llenos de lágrimas. Era la primera vez que yo la había visto llorar.

[1] **congojosa** anguished
[2] **sienes** temples

—¡Andrea! . . . ¡Oh! ¡Qué tonta! . . . ¡Mujer!

Hizo una mueca como para reírse y empezó a llorar más; era como si llorara por mí, tanto me descargaba su llanto de la angustia. Me tendió los brazos, incapaz de decirme nada, y nos abrazamos allí, en la calle. El corazón—su corazón, no el mío—le iba a toda velocidad, martilleando [3] junto a mí. Así estuvimos un segundo. Luego, yo me arranqué bruscamente de su ternura. Vi que se secaba los ojos con rapidez y ahora la sonrisa le florecía fácilmente, como si no hubiera llorado nunca.

—¿Sabes que te quiero muchísimo, Andrea?—me dijo—. Yo no sabía que te quisiera tanto . . . No quería volver a verte, como a nada que me pueda recordar esa maldita casa de la calle de Aribau . . . Pero cuando me has mirado así, cuando te ibas . . .

—¿Yo te he mirado «así»? ¿Cómo?

Las cosas que decíamos no me importaban. Me importaba la confortadora sensación de compañía, de consuelo, que estaba sintiendo como un baño de aceite sobre mi alma.

—Pues . . . no sé explicarte. Me mirabas con desesperación. Y además, como yo sé que me quieres tanto, con tal fidelidad. Como yo a ti, no creas . . .[4]

Hablaba con incoherencias que a mí me parecían llenas de sentido. Del asfalto vino un olor a polvo mojado. Caían grandes gotas calientes y no nos movíamos. Ena pasó su brazo por mi hombro y oprimió su suave mejilla contra la mía. Parecían desbordadas todas nuestras reservas. Calmados los malos momentos.

—Ena, perdona lo de esta tarde. Ya sé que no puedes soportar que te espíen. Yo no lo había hecho nunca hasta hoy, te lo juro . . . si interrumpí tu conversación con Román, fué porque me pareció que él te amenazaba . . . Ya sé que quizá es ridículo. Pero me lo pareció.

Ena se apartó de mí para mirarme. En los labios le flotaba la risa.

[3] **martilleando** hammering
[4] **no creas** honestly

—¡Pero si lo necesitaba, Andrea! ¡Si viniste del cielo! Pero, ¿no te diste cuenta de que me salvabas? . . . Si he sido dura contigo fué a causa de * la demasiada tirantez de mis nervios. Tenía miedo de llorar. Y ya ves, ahora lo he hecho . . .

Ena respiró fuerte, como si esto le aliviase de mil sentimientos ardorosos. Cruzó las manos a su espalda, casi estirándose, librándose de todas las tensiones. No me miraba. Parecía que no me hablase a mí.

—La verdad, Andrea, es que en el fondo he apreciado siempre tu estimación como algo extraordinario, pero nunca he querido darme cuenta. La amistad verdadera, que parecía un mito hasta que te conocí, como me pareció un mito el amor hasta que conocí a Jaime . . . A veces—Ena se sonrió con cierta timidez—pienso en lo que puedo haber hecho yo para merecer esos dos regalos del destino . . . Te aseguro que he sido una niña terrible y cínica. No creí en ningún sueño dorado nunca, y al revés de lo que les sucede a las otras personas, las más bellas realidades me han caído encima. He sido siempre tan feliz . . .

—Ena, ¿no te enamoraste de Román?

Hice la pregunta en un murmullo tan tenue que la lluvia, que caía ya regularmente, pudo más que mi voz. Volví a repetir:

—Di, ¿no te enamoraste?

Ena me rozó, rápida, con una indefinible mirada de sus ojos demasiado brillantes. Luego alzó la cabeza hacia las nubes.

—¡Nos mojamos, Andrea!—gritó.

Me arrastró hasta la puerta de la Universidad, donde nos refugiamos. Su cara aparecía fresca bajo las gotas de agua, un poco empalidecida como si hubiese padecido fiebres. La tempestad empezó a desatarse cayendo en cataratas, acompañada de un violento tronar. Estuvimos un rato sin hablar, escuchando aquella lluvia que a mí me calmaba y me reverdecía como a los árboles.

—¡Qué belleza!—dijo Ena y se dilataron las aletas de la nariz—. Dices que si me he enamorado de Román . . . —prosiguió con una expresión casi soñadora—. ¡Me ha interesado mucho! ¡Mucho!

Se rió bajito.

—A nadie he logrado desesperar así, humillar así . . .

La miré con cierto asombro. Ella sólo veía la cortina de lluvia que delante de sus ojos caía iluminada por los relámpagos. La tierra parecía hervir, jadear,[5] desprendiéndose de todos sus venenos.

—¡Ah! ¡Qué placer! Saber que alguien te acecha, que cree tenerte entre sus manos, y escaparte tú, dejándole burlado . . . ¡Qué juego extraño! . . . Román tiene un espíritu de pocilga,[6] Andrea. Es atractivo y es un artista grande, pero en el fondo ¡qué mezquino y soez! . . . ¿A qué clase de mujeres ha estado acostumbrado hasta ahora? Supongo que a seres como a esas dos sombras que rondaban la escalera cuando yo subí a verle . . . Esa horrible criada que tenéis, y la otra mujer tan rara, con el pelo rojo, que ahora sé que se llama Gloria . . . Y también, quizá, a alguna persona muy dulce y tímida, como mi madre . . .

Me miró de reojo.

—¿Tú sabes que mi madre estuvo enamorada de él en la juventud? . . . Sólo por este hecho deseaba conocer yo a Román. Luego ¡qué decepción! Llegué a odiarle . . . ¿No te sucede a ti, cuando te forjas una leyenda sobre un ser determinado y ves que queda bajo tus fantasías y que en realidad vale aun menos que tú, llegas a odiarle? A veces este odio mío por Román llegó a ser tan grande, que él lo notaba y volvía la cabeza, como cargado de electricidad . . . ¡Qué días más raros aquellos primeros en que empezábamos a conocernos! No sé si era yo desgraciada o no. Estaba como obsesionada por Román. Huía de ti. Reñí con Jaime por una tontería y luego no podía sufrir su presencia. Creo que sentía que si hubiera vuelto a ver a Jaime tendría que dejar aquella aventura a la fuerza. Y entonces yo me sentía demasiado interesada, casi intoxicada por todo aquello . . . Si estoy con Jaime, me vuelvo buena, Andrea, soy una mujer distinta . . . Si vieras, a veces tengo miedo de sentir el

[5] **jadear** pant
[6] **pocilga** pigpen

dualismo de fuerzas que me impulsan. Cuando he sido demasiado sublime una temporada, tengo ganas de arañar . . . De dañar un poco.

Me cogió la mano y ante mi gesto instintivo de retirarla, se sonrió con mimosa ternura.

—¿Te asusto? Entonces, ¿cómo quieres ser mi amiga? No soy ningún ángel, Andrea, aunque te quiero tanto . . . Hay seres que me colman el corazón, como Jaime, mamá, y tú, cada uno en vuestro estilo . . . Pero una parte de mí necesita expansionarse y dar rienda suelta a sus venenos. ¿Crees que no quiero a Jaime? Lo quiero muchísimo. No podría soportar que mi vida se separase ya de la suya. Tengo deseos de su presencia, de su personalidad entera. Le admiro apasionadamente . . . Pero hay otra cosa: la curiosidad, esa inquietud maligna del corazón, que no puede reposar . . .

—¿Román te hizo el amor? Di.

—¿Hacerme el amor? No sé. Estaba desesperado conmigo, tan rabioso que me hubiera estrangulado a veces . . .

Le volvía loco. Cuando me imaginaba lánguida y medio subyugada por su música, por el tono de confidencia casi perversa que daba a la conversación, yo me ponía de pie de pronto sobre la cama turca.

—¡Tengo ganas de saltar!—le decía.

Y empezaba a hacerlo, llegando casi hasta el techo con los brincos, como cuando juego con mis hermanos. Él, al oír mis carcajadas, no sabía si estaba yo loca o era estúpida . . . Ni un momento, con el rabillo del ojo, dejaba yo de observarle. Después del primer movimiento de involuntaria sorpresa, su cara quedaba impenetrable, como siempre . . . No era eso, Andrea, lo que quería yo. Si tú supieras que Román, cuando joven, hizo sufrir a mi madre . . .

—¿Quién te ha contado esas historias?

—¿Quién? . . . ¡Ah! ¡Sí! . . . Papá mismo. Papá una vez que mamá estuvo enferma y hablaba de Román en medio de las fiebres . . . El pobre estaba aquella noche muy conmovido, creía que ella se iba a morir.

(Yo tuve que sonreírme. En pocos días la vida se me aparecía distinta a como la había concebido hasta entonces. Complicada y sencillísima a la vez. Pensaba que los secretos más dolorosos y más celosamente guardados son quizá los que todos los de nuestro alrededor conocen. Tragedias estúpidas. Lágrimas inútiles. Así empezaba a aparecerme la vida entonces.)

Ena se volvió hacia mí, y no sé qué idea vería en mis ojos. Súbitamente me dijo:

—Pero no me creas mejor de lo que soy, Andrea . . . No vayas a buscarme disculpas . . . No era sólo por esta causa por lo que yo quería humillar a Román . . . ¿cómo te voy a explicar el juego apasionante en que se convertía aquello para mí? . . . Era una lucha más enconada [7] cada vez. Una lucha a muerte . . .

Ena, seguramente, estaba mirándome mientras me hablaba. Me pareció sentir sus ojos todo el rato. Yo no podía hacer más que escuchar con los ojos puestos en la lluvia, cuya furia se hacía desigual, alzándose algunos momentos y casi cesando en otros.

—Escucha, Andrea, yo no podía pensar en Jaime ni en ti ni en nadie esta temporada, yo estaba absorbida enteramente en este duelo entre la frialdad y el dominio de los nervios de Román y mi propia malicia y seguridad . . . Andrea, el día en que por fin pude reírme de él, el día en que me escapé de sus manos cuando ya creía tenerme segura, fué algo espléndido . . .

Ena se reía. Me volví hacia ella, un poco asustada, y la vi muy guapa, con los ojos brillantes.

—Tú no puedes ni concebir una escena como la que terminó mis relaciones con Román la semana pasada, la víspera de San Juan exactamente, lo recuerdo bien . . . Me escapé . . . así, corriendo, casi matándome, escaleras abajo . . . Me dejé en su cuarto mi bolso y mis guantes, y hasta las horquillas de mi pelo. Pero Román también se quedó allí . . . Nunca he visto nada

[7] **enconada** bitter

más abyecto que su cara . . . ¿dices que si me he enamorado de él? . . . ¿de ese hombre?

Empecé a mirar a mi amiga viéndola por primera vez tal como realmente era. Tenía los ojos sombreados bajo aquellas agrias luces cambiantes que venían del cielo. Yo sentí que nunca podría juzgarla. Pasé mi mano por su brazo y apoyé mi cabeza en su hombro. Estaba yo muy cansada. Multitud de pensamientos se aclaraban en mi cerebro.

—¿Sucedió eso la noche de San Juan?

—Sí . . .

Nos quedamos calladas un rato. En aquel silencio me vino, sin poderlo evitar, el recuerdo de Jaime. Fué un caso de transmisión de pensamiento.

—Con quien peor me he portado en este asunto es con Jaime, ya lo sé—dijo Ena.

Su cara era otra vez infantil, un poco enfurruñada.[8] Me miró y ya no había ni desafío ni cinismo en su mirada.

—¡Cada vez que pensaba en Jaime era un tormento tan grande, si vieras! Pero yo no podía dominar a los demonios que me tenían cogida . . . Una noche salí con Román y me llevó al Paralelo.[9] Estaba yo muy cansada y aburrida cuando entramos en un café atestado de gente y de humo. Yo creí que era una mala pasada de mi imaginación, cuando vi enfrente de mis ojos los ojos de Jaime; estaba detrás de aquella niebla, detrás de aquel calor y no me saludaba. No hacía más que mirarme . . . Aquella noche lloré mucho. Al día siguiente tú me trajiste un mensaje suyo, ¿te acuerdas?

—Sí.

—Yo no deseaba otra cosa que ver a Jaime y reconciliarme con él. ¡Estaba tan emocionada cuando nos encontramos! Luego se estropeó todo, no sé si por mi culpa o por la suya. Jaime me había prometido ser comprensivo, pero en el curso de la conversación se iba excitando . . . Al parecer había seguido todos mis pasos

[8] **enfurruñada** sulky
[9] **Paralelo** a café and night club section of Barcelona

y había averiguado la vida y milagros [10] de Román. Me dijo que tu tío era un indeseable metido en negocios de contrabando de lo más sucio. Me explicó esos negocios . . . Al cabo, empezó a hacerme cargos, desesperado de que yo anduviese «a merced de un bandido así» . . . Era más de lo que yo podía sufrir y no se me ocurrió otra cosa que empezar a defender a Román con el mayor calor. ¿No te ha sucedido alguna vez esa cosa espantosa de irte enredando en tus propias palabras y encontrarte con que ya no puedes salir? . . . Jaime y yo nos separamos desesperados aquel día . . . Él se marchó de Barcelona, ¿lo sabías?

—Sí.

—Tal vez cree que le voy a escribir . . . ¿no?

—Claro que sí.

Ena me sonrió y recostó su cabeza contra la piedra de la pared. Estaba cansada . . .

—Te he hablado tanto, ¿verdad, Andrea?, tanto . . . ¿no estás harta de mí?

—Aún no me has dicho lo más importante . . . Aún no me has dicho por qué, si habías terminado con él la víspera de San Juan, estabas hoy en el cuarto de mi tío . . .

Ena miró hacia la calle antes de contestarme. La tempestad se había calmado y el cielo aparecía manchado y revuelto con colores amarillos y pardos. Las alcantarillas tragaban el agua que corría a lo largo de los bordillos de las aceras.

—¿Y si nos fuéramos, Andrea?

Empezamos a caminar a la deriva.[11] Ibamos cogidas del brazo.

—Hoy—me dijo Ena—jugué el todo por el todo [12] al volver al cuarto de Román. Él me escribió unas líneas indicando que tenía en su cuarto algunos objetos míos y que deseaba devolvérmelos . . . Comprendí que no me iba a dejar en paz tan fácilmente. Recordé a mi madre y se me antojó que yo, como ella, me iba a pasar la vida huyendo si no tomaba una determinación . . .

[10] **la vida y milagros** the life and works
[11] **a la deriva** aimlessly
[12] **jugué . . . todo** I staked everything

Entonces fué cuando me vino la idea de hacer uso de las averiguaciones de Jaime como una salvaguardia [13] contra Román. Con esta única seguridad vine. Estaba dispuesta a verle por última vez . . . No creas que no tuve miedo. Estaba aterrorizada cuando tú llegaste. Aterrorizada, Andrea, e incluso arrepentida de mi impulso . . . , porque Román está loco, yo creo que está loco . . . Cuando tú llamaste a la puerta estuve a punto de caerme, tal era mi tensión nerviosa . . .

Ena se detuvo en medio de la calle para mirarme. Los faroles acababan de encenderse y rebrillaban en el suelo negro. Los árboles lavados daban su olor a verde.

—¿Comprendes, Andrea, comprendes, querida, que no te pudiese decir nada, que incluso llegara a maltratarte en la escalera? Aquellos momentos parecían borrados de mi existencia. Cuando me di cuenta de que era yo, Ena, quien estaba viviendo, me encontré corriendo, calle Aribau abajo, buscando tu rastro. Al volver la esquina te encontré al fin. Estabas apoyada contra el muro del jardín de la Universidad, muy pequeña y perdida debajo de aquel cielo tempestuoso . . . Así te vi.

[13] **salvaguardia safeguard**

Enas w/ Román as revenge for mom
↳ knew bc when mom was sick
she talked about him

XXII

Antes de que Ena se marchase, por fin, a pasar sus vacaciones en una playa del Norte, volvimos a salir los tres: ella, Jaime y yo, en los mejores tiempos de la primavera. Yo me sentía cambiada sin embargo. Cada día mi cabeza se volvía más débil y me sentía reblandecida, con los ojos húmedos por cualquier cosa. La dicha esta, tan sencilla, de estar tumbada bajo un cielo sin nubes junto a mis amigos, que me parecía perfecta, se me escapaba a veces en una vaguedad de imaginación, parecida al sueño. A veces encontraba los ojos de Ena, inquietos, sobre mi cara.

—¿Cómo es que duermes tanto? Tengo miedo de que estés muy débil.

Esta cariñosa solicitud sobre mi vida se iba a terminar también. Ena debería marcharse al cabo de unos días y ya no volvería a Barcelona, de regreso del veraneo. La familia pensaba trasladarse directamente desde San Sebastián a Madrid. Pensé que cuando empezara el nuevo curso lo haría en la misma soledad espiritual que el año anterior. Pero ahora tenía una carga más grande de recuerdos sobre mis espaldas. Una carga que me agobiaba [1] un poco.

El día en que fuí a despedir a Ena me sentí terriblemente deprimida. Ena aparecía entre el bullicio de la Estación, rodeada de hermanos rubios, apremiada por su madre, que parecía poseída por una prisa febril de marcharse. Ella se colgó de mi cuello y me besó muchas veces. Sentí que se me humedecían los ojos. Que aquello era cruel. Ella me dijo al oído:

[1] **me agobiaba** weighed me down

—Nos veremos muy pronto, Andrea. Confía en mí siempre.

Creí entender que volvería al poco tiempo a Barcelona, casada con Jaime, quizá.

Cuando el tren arrancó nos quedamos el padre de Ena y yo en el gran recinto de los ferrocarriles. El padre de Ena, al quedarse repentinamente solo en la ciudad, parecía un poco abrumado.[2] Me invitó a subir a un taxi y pareció un poco desconcertado de mi negativa. Me miraba mucho con su sonrisa bondadosa. Pensé que era una de esas personas que no saben estar solas ni un momento con sus propios pensamientos. Que no tienen pensamientos quizá. Sin embargo, me era extraordinariamente simpático.

Tenía la intención de volver a casa desde la Estación dando un largo rodeo a pesar del calor húmedo y pesado que lo apretaba todo. Empecé a caminar, a caminar . . .

Llegué a la calle de Aribau cuando ya obscurecía.

Al entrar en mi cuarto, encontré un olor caliente de ventana cerrada, y de lágrimas. Adiviné el bulto de Gloria, tumbada en mi cama y llorando. Cuando se dió cuenta de que entraba alguien se revolvió furiosa. Luego se quedó más tranquila, al ver que era yo.

—Estaba durmiendo un poquitín, Andrea—me dijo.

Vi que no se podía encender la luz porque alguien había quitado la bombilla. No sé qué me impulsó a sentarme en el borde de la cama y a tomar una mano de Gloria, húmeda de sudor o de lágrimas, entre las mías.

—¿Por qué estás llorando, Gloria? ¿Crees que no sé que estás llorando?

Como aquel día estaba yo triste, no me parecía ofensiva la tristeza de los demás.

Ella no me contestó al pronto. Después de un rato murmuró:

—¡Tengo miedo, Andrea!

—Pero, ¿por qué, mujer?

—Tú antes no le preguntabas nada a nadie, Andrea . . .

[2] **abrumado** crushed

Ahora te has vuelto más buena. Yo bien quisiera [3] decirte el miedo que tengo, pero no puedo.

Hubo una pausa.

—No quisiera que Juan se enterase de que he estado llorando. Le diré que he dormido, si me nota los ojos hinchados.

No sé qué latidos amargos tenían las cosas aquella noche, como signos de mal agüero. No me podía dormir, como me sucedía con frecuencia en aquella época en que el cansancio me atormentaba. Antes de decidirme a cerrar los ojos, tanteé con torpeza sobre el mármol de la mesilla de noche y encontré un trozo de pan del día anterior. Lo comí ansiosamente. La pobre abuela se olvidaba pocas veces de sus regalitos. Al fin, cuando el sueño logró apoderarse de mí fué como un estado de coma, casi como una antesala de la muerte última. Mi agotamiento era espantoso. Creo que llevaba alguien mucho rato gritando cuando aquellos gritos terribles pudieron traspasar mis oídos. Quizá fué sólo cuestión de instantes. Recuerdo, sin embargo, que habían entrado a formar parte de mis sueños, antes de hacerme volver a la realidad. Jamás había oído gritar de aquella manera en la casa de la calle de Aribau. Era un chillido lúgubre, de animal enloquecido, el que me hizo sentarme en la cama y luego saltar de ella temblando.

Encontré a la criada, Antonia, tirada en el suelo del recibidor, con las piernas abiertas en una pataleta trágica. La puerta de la calle estaba abierta de par en par [4] y empezaban a asomarse algunas caras curiosas de los vecinos. Al pronto tuve sólo una visión cómica de la escena, tan aturdida estaba.

Juan, que había acudido medio desnudo, dió una patada a la puerta de la calle para cerrarla en las narices de aquellas personas. Luego empezó a dar bofetones en la cara contraída de la mujer, y pidió a Gloria un jarro de agua fría para echárselo por encima. Al fin, la criada empezó a jadear y a hipar [5] más desahogadamente,

[3] **Yo bien quisiera** I really would like
[4] **abierta . . . par** wide-open
[5] **hipar** hiccough

como un animal rendido. Pero en seguida, como si esto hubiera sido sólo una tregua, volvió a sus gritos espantosos.

—¡Está muerto! ¡Está muerto! ¡Está muerto!

Y señalaba arriba.

Vi la cara de Juan volverse gris.

—¿Quién? ¿Quién está muerto, estúpida? . . .

Luego sin esperar a que ella le contestara, echó a correr hacia la puerta, subiendo, enloquecido, las escaleras.

—Se degolló con la navaja de afeitar—concluyó Antonia.

Y por fin empezó a llorar desesperada, sentada en el suelo. Era un espectáculo inusitado ver lágrimas en su cara. Parecía la figura de una pesadilla.

—Me había avisado que le subiera temprano un vaso de café, que se marchaba de viaje . . . ¡Me lo avisó esta madrugada! . . . Y ahora está tirado en el suelo, ensangrentado como una bestia.[6] ¡Ay! ¡ay! Trueno, hijito mío, ya no tienes padre . . .

De toda la casa empezó a oírse algo así como un rumor de lluvia que va creciendo. Luego gritos, avisos. Por la puerta abierta nosotras, paralizadas, veíamos subir a la gente de los pisos, hacia el cuarto de Román.

—Hay que avisar a la Policía—gritó un señor grueso: el practicante del tercero, bajando la escalera, muy excitado.

Le oímos las mujeres de la casa, que formábamos un estúpido racimo, temblorosas, sin atrevernos a reaccionar delante de los increíbles acontecimientos. Antonia gritaba aún, y sólo se oía aquella voz entre el compacto y extraño grupo que formábamos Gloria y ella, la abuela y yo.

En un momento determinado sentí que volvía a correr mi sangre y me dirigí a cerrar la puerta. Al volverme vi a la abuelita, por primera vez dándome cuenta real de su presencia. Parecía encogida, aplastada toda bajo el velo negro que, sin duda, se había puesto para dirigirse a su misa cotidiana. Estaba temblando.

[6] **ensangrentado . . . bestia bleeding, as a wounded animal**

—El no se suicidó, Andrea . . . él se arrepintió antes de morir—me dijo puerilmente.

—Sí, querida, sí . . .

No le consolaba mi afirmación. Tenía los labios azules. Tartamudeaba para hablar.[7] Los ojos humedecidos no dejaban que sus lágrimas brotaran francamente.

—Yo quiero ir arriba . . . Quiero ir con mi Román.

A mí me pareció mejor complacerla. Abrí la puerta y la ayudé a subir, peldaño por peldaño, aquella escalera tan conocida. Ni siquiera me daba cuenta de que aún no me había vestido y que sólo una bata cubría mi camisón. No sé de dónde había salido la gente que llenaba la escalera. En el portal se oían las voces de los guardias tratando de contener a aquella avalancha. A nosotras nos dejaban pasar mirándonos mucho. Yo sentía despejárseme la cabeza por instantes. A cada escalón me subía una nueva oleada de angustioso miedo y de repugnancia. Las rodillas empezaban su baile nervioso que me dificultaba el andar. Juan bajaba desolado, amarillo. Nos vió de pronto y se paró delante de nosotras.

—¡Mamá! ¡Maldita sea!—no sé por qué la imagen de la abuela había desatado su furia. Le gritaba rabioso:—¡A casa en seguida!

Levantaba un puño como para pegarle y se levantó un murmullo entre la gente. La abuela no lloraba, pero su barbilla temblaba en un puchero infantil.

—¡Es mi hijo! ¡Es mi niño! . . . ¡Estoy en mi derecho de subir! Tengo que verle . . .

Juan se había quedado quieto. Sus ojos se volvían escrutando las caras que le contemplaban con avidez. Un momento pareció indeciso. Al fin cedió bruscamente.

—¡Tú, abajo, sobrina! ¡No se te ha perdido nada a ti!—me dijo.

Luego enlazó a su madre por la cintura y casi arrastrando la

[7] **Tartamudeaba para hablar** She stammered trying to speak.

ayudó a subir. Oí que la abuela empezaba a llorar apoyada en el hombro del hijo.

Al entrar en nuestro piso encontré que una multitud de personas se habían acomodado también allí y se esparcían invadiendo todos los rincones y curioseándolo todo, con murmullos compasivos.

Infiltrándome entre aquella gente, empujando a algunos, logré escurrirme hasta el apartado rincón del cuarto de baño. Me refugié allí, y cerré la puerta.

Román upstairs
dead / lots of ppl in house

XXIII

Los días siguientes estuvieron sumidos en la mayor obscuridad, porque inmediatamente alguién cerró todos los balcones, casi clavándolos. Casi impidiendo que llegase un soplo de la brisa de fuera. Un espeso y mal oliente calor lo envolvió todo, y yo empecé a perder el sentido del tiempo. Horas o días resultaban lo mismo. Días y noches parecían iguales. Gloria se puso enferma y nadie se fijó en ella. Yo me senté a su lado y vi que tenía mucha fiebre.

—¿Se han llevado ya a ese hombre?

Preguntaba a cada momento.

Yo le alcanzaba agua. Parecía que nunca se podría cansar de beber. A veces venía Antonia y la contemplaba con tal expresión de odio, que preferí quedarme junto a ella el mayor tiempo posible.

—¡No se morirá la bruja! ¡No se morirá la asesina!—decía.

Por Antonia me enteré también de los últimos detalles de la vida de Román. Detalles que yo oía como a través de una niebla. (Me parecía que iba perdiendo la facultad de ver bien. Que los contornos de las cosas se me difuminaban.)[1]

Al parecer, la noche antes de su muerte, Román había llamado a Antonia por teléfono diciendo que acababa de llegar de su viaje—Román había estado aquellos días ausente—y que necesitaba salir a primera hora de la mañana—. «Suba usted a arreglarme un poco las maletas y tráigame toda la ropa limpia que tenga, me voy para mucho tiempo» . . . Estas, según An-

[1] **se me difuminaban** were becoming blurred for me

tonia, habían sido las últimas palabras de Román. La idea de degollarse debió de ser un rapto repentino, una rápida locura que le atacó mientras se afeitaba. Tenía las mejillas manchadas de jabón cuando le descubrió Antonia.

Gloria preguntaba monótonamente por los detalles referentes a Román.

—¿Y las pinturas? ¿No se encontraron las pinturas?

—¿Qué pinturas, Gloria?—yo me inclinaba hacia ella, con un gesto que el cansancio volvía lánguido.

—El cuadro que me pintó Román. El cuadro mío con los lirios morados . . .

—No sé. No sé nada. No puedo enterarme de nada.

Cuando Gloria se puso mejor, me dijo:

—Yo no estaba enamorada de Román. Andrea . . . Ya veo en tu cara, chica, todo lo que piensas. Piensas que yo no aborrecía a Román . . .

La verdad es que yo no pensaba nada. Mi cerebro estaba demasiado embotado.[2] Con las manos de Gloria entre las mías y oyendo su conversación, llegaba a olvidarme de ella.

—Yo fuí quien hizo que Román se matara. Yo le denuncié a la Policía y él se suicidó por eso . . . Aquella mañana tenían que venir a buscarle . . .

Yo no creía nada de lo que Gloria me decía. Era más verosímil figurarse que Román había sido el espectro de un muerto. De un hombre que hubiera muerto muchos años atrás y que ahora se volviera por fin a su infierno . . . Recordando su música, aquella música desesperada que a mí me gustaba tanto oír y que al final me daba la impresión exacta del acabamiento, del deshacerse en la muerte, me sentía emocionada algunas veces.

La abuela venía a mí de cuando en cuando, con los ojos abiertos para susurrarme no sé qué misteriosos consuelos. Iluminada por una fe que no podía decaer, rezaba continuamente, convencida de que en el último instante la gracia divina había tocado el corazón enfermo del hijo.

[2] **embotado dull**

—Me lo ha dicho la Virgen, hija mía. Anoche se me apareció nimbada[3] de gracia celestial y me lo dijo . . .

Me pareció consolador aquel trastorno mental que se traslucía en sus palabras y la acaricié, afirmando.

Juan estuvo fuera de casa mucho tiempo, quizá más de dos días. Debió de acompañar el cadáver de Román al depósito y tal vez más tarde, a su última apartada morada.

Cuando un día o una noche le vi por fin en casa yo creí que ya habíamos pasado los peores momentos. Pero aún nos faltaba oírle llorar. Nunca, por muchos años que viva, me olvidaré de sus gemidos desesperados. Comprendí que Román tenía razón al decir que Juan era suyo. Ahora que él se había muerto, el dolor de Juan era impúdico,[4] enloquecedor, como el de una mujer por su amante, como el de una madre joven por la muerte del primer hijo.

No sé cuántas horas estuve sin dormir, con los ojos abiertos y resecos recogiendo todos los dolores que pululaban,[5] vivos como gusanos, en las entrañas de la casa. Cuando al fin caí en una cama, no sé tampoco cuántas horas estuve durmiendo. Pero dormí como nunca en mi vida. Como si también yo fuera a cerrar los ojos para siempre.

[3] **nimbada** with a halo
[4] **impúdico** unashamed
[5] **pululaban** swarmed

XXIV

Me acuerdo de que yo no llegué a creer verdaderamente en el hecho físico de la muerte de Román hasta mucho tiempo después. Hasta que el verano se fué poniendo dorado y rojizo en septiembre, a mí me pareció que todavía, arriba en su cuarto, Román tenía que estar tumbado, fumando cigarrillos sin parar, o acariciando las orejas de «Trueno».

Un día subí arriba, al cuartito de la buhardilla. Un día en que no pude aguantar el peso de este sentimiento, vi que lo habían despojado todo miserablemente. Habían desaparecido los libros y las bibliotecas. La cama turca, sin colchón, estaba apoyada de pie contra la pared, con las patas al aire. Ni una graciosa chuchería, de aquellas que Román tenía allí, le había sobrevivido. El armario del violín aparecía abierto y vacío. Hacía un calor insufrible allí. La ventanita que daba a la azotea dejaba pasar un chorro de sol de fuego. Se me hizo demasiado extraño no poder escuchar los cristalinos tictac, tictac de los relojes . . .

Entonces supe ya, sin duda, que Román se había muerto y que su cuerpo se estaba deshaciendo y se estaba pudriendo en cualquier lado, bajo aquel sol que castigaba despiadadamente su antigua covacha,[1] tan miserable ahora, desguarnecida[2] de su antigua alma.

Así de esta manera yo empecé a sentir la presencia de la muerte en la casa cuando casi habían pasado dos meses de aquella tragedia.

[1] **covacha** cubbyhole
[2] **desguarnecida** stripped

And. sees Roman's stuff & it. Finally hits he's dead

Al pronto la vida me había parecido completamente igual. Los mismos gritos lo alborotaron todo. Juan le seguía pegando a Gloria. Tal vez ahora había tomado la costumbre de pegarle por cualquier cosa y quizá su brutalidad se había redoblado . . . La diferencia, sin embargo, no era mucha a mis ojos. El calor nos ahogaba a todos y sin embargo la abuela, cada vez más arrugada, temblaba de frío. Pero no había mucha diferencia de esta abuela con la viejecita de antes. Ni siquiera parecía más triste. Yo seguía recibiendo su sonrisa y sus regalos y en las mañanas en que Gloria llamaba al «drapaire» ella seguía rezando a la Virgen de su alcoba.

Me acuerdo de que un día Gloria vendió el piano. La venta fué más lucrativa que las que hacía de costumbre y mis narices notaron pronto que ella se permitía aquel día el lujo de poner carne en la comida.

Yo me estaba vistiendo para salir a la calle cuando oí un gran escándalo en la cocina. Juan tiraba, poseído de cólera, todas las cacerolas de los guisos que hacía un momento habían excitado mi gula y pateaba en el suelo a Gloria que se retorcía.

—¡Miserable! ¡Has vendido el piano de Román! ¡El piano de Román, miserable! ¡Cochina!

La abuela temblaba, como de costumbre, tapando contra ella la carita del niño para que no viera a su padre así.

La boca de Juan echaba espuma y sus ojos eran de esos que sólo se suelen ver en los manicomios. Cuando se cansó de pegar, se llevó las manos al pecho, como una persona que se ahoga y luego le volvió a poseer una furia irracional contra las sillas de pino, la mesa, los cacharros . . . Gloria, medio muerta, se escabulló de allí y todos nos fuimos, dejándole solo con sus gritos. Cuando se calmó—según me contaron—estuvo con la cabeza entre las manos, llorando silenciosamente.

Al día siguiente vino Gloria despacio y cuchicheante a mi cuarto y me habló de traer un médico y de meter en el manicomio a Juan.

—Me parece bien—dije (pero estaba segura de que jamás pasaría esta idea de proyecto).

Ella estaba sentada en el fondo de la habitación. Me miró y me dijo:

—Tú no sabes, Andrea, el miedo que tengo.

Tenía su cara inexpresiva de siempre, pero le asomaban a los ojos lágrimas de terror.

—Yo no me merezco esto, Andrea, porque soy una muchacha muy buena . . .

Se quedó un momento callada y parecía sumida en sus pensamientos. Se acercó al espejo.

—Y bonita . . . ¿Verdad que soy bonita?

Se palpaba el cuerpo, olvidándose de su angustia, con cierta complacencia. Se volvió a mí.

—¿Te ríes?

Suspiró. Volvió a estar asustada inmediatamente . . . —Ninguna mujer sufriría lo que yo sufro, Andrea . . . Desde la muerte de Román, Juan no quiere que yo duerma. Dice que soy una bestia que no hago más que dormir mientras su hermano aúlla de dolor. Esto, dicho así, chica, da risa . . . ¡Pero si te lo dicen a medianoche, en la cama! . . . No, Andrea, no es cosa de risa despertarse medio ahogada, con las manos de un hombre en la garganta. Dice que soy un cerdo, que no hago más que dormir día y noche. ¿Cómo no voy a dormir de día si de noche no puedo? . . . Vuelvo de casa de mi hermana muy tarde y a veces ya lo encuentro esperándome en la calle. Un día me enseñó una navaja grande que, según dijo, llevaba por si tardaba yo media hora más cortarme el cuello . . . Tú piensas que no se atreverá a hacerlo, pero con un loco así, ¡quién sabe! . . . Dice que Román se le aparece todas las noches para aconsejarle que me mate . . . ¿Qué harías tú, Andrea? ¿Tú huirías, no?

No esperó a que yo le respondiera.

—¿Y cómo se puede huir cuando el hombre tiene una navaja y unas piernas para seguirte hasta el fin del mundo? ¡Ay, chica, tú no sabes lo que es tener miedo! . . . Acostarte a las tantas de la madrugada,[3] rendido todo el cuerpo, como yo me acuesto, al lado de un hombre que está loco . . .

. . . Y si siempre fuera malo, chica, yo le podría aborrecer y sería mejor. Pero a veces me acaricia, me pide perdón y se pone a llorar como un niño pequeño . . . Y yo, ¿qué voy a hacer? Me pongo también a llorar y también me entran los remordimientos . . . porque todos tenemos nuestros remordimientos, hasta yo, no creas . . . Y le acaricio también . . . Luego, por la mañana, si le recuerdo estos instantes, me quiere matar . . . ¡Mira!

Rápidamente se quitó la blusa y me enseñó un gran cardenal sanguinolento[4] en la espalda.

Estaba yo contemplando la terrible cicatriz, cuando nos dimos cuenta de que había otra persona en la habitación. Al volverme, vi a la abuela moviendo con enfado su cabecita arrugada.

¡Ah, la cólera de la abuela! La única cólera que yo le recuerdo . . . Ella venía con una carta en la mano que le acababan de * entregar. Y la sacudía en su despecho.

—¡Malas! ¡Malas!—nos dijo—. ¿Qué estáis tramando ahí, pequeñas malvadas? ¡El manicomio! . . . ¡Para un hombre bueno, que viste y que da de comer a su niño y que por las noches le pasea para que su mujer duerma tranquila! . . . ¡Locas! ¡A vosotras, a vosotras dos y a mí nos encerrarían juntas antes de que tocaran un pelo de su cabeza!

Con un gesto vengativo tiró la carta al suelo y se fué moviendo la cabeza, gimoteando[5] y charlando sola.

La carta que estaba allí tirada era para mí. Me la escribía Ena desde Madrid. Iba a cambiar el rumbo de mi vida.

[3] a las . . . madrugada at all hours in the morning
[4] sanguinolento bloody
[5] gimoteando whining

And gets letter from Ena

XXV

Acabé de arreglar mi maleta y de atarla fuertemente con la cuerda, para asegurar las cerraduras rotas. Estaba cansada. Gloria me dijo que la cena estaba ya en la mesa. Me había invitado a cenar con ellos aquella última noche. Por la mañana se había inclinado a mi oído:

—He vendido todas las cornucopias. No sabía que por esos trastos tan viejos y feos dieran tanto dinero, chica . . .

Aquella noche hubo pan en abundancia. Se sirvió pescado blanco. Juan parecía de buen humor. El niño charloteaba en su silla alta y me di cuenta con asombro de que había crecido mucho en aquel año. La lámpara familiar daba sus reflejos en los oscuros cristales del balcón. La abuela dijo:

—¡Picarona! A ver si vuelves pronto a vernos . . .[1]

Gloria puso su pequeña mano sobre la que yo tenía en el mantel.

—Sí, vuelve pronto, Andrea, ya sabes que yo te quiero mucho . . .

Juan intervino.

—No importunéis a Andrea. Hace bien en marcharse. Por fin se le presenta la ocasión de trabajar y de hacer algo . . . Hasta ahora no se puede decir que no haya sido holgazana.

Terminamos de cenar. Yo no sabía qué decirles. Gloria amontonó los platos sucios en el fregadero y después fué a pintarse los labios y a ponerse el abrigo.

[1] **A ver . . . vernos** Come back to see us soon now.

—Bueno, dame un abrazo, chica, por si no te veo . . . Porque tú te marcharás muy temprano, ¿no?

—A las siete.

La abracé, y, cosa extraña, sentí que la quería. Luego la vi marcharse.

Juan estaba en medio del recibidor, mirando, sin decir una palabra, mis manipulaciones con la maleta para dejarla colocada cerca de la puerta de la calle. Quería hacer el menor ruido y molestar lo menos posible al marcharme. Mi tío me puso la mano en el hombro con una torpe amabilidad y me contempló así, separada por la distancia de su brazo.

—Bueno, ¡que te vaya bien,[2] sobrina! Ya verás, cómo, de todas maneras, vivir en una casa extraña no es lo mismo que estar con tu familia, pero conviene que te vayas despabilando.[3] Que aprendas a conocer lo que es la vida . . .

Entré en el cuarto de Angustias por última vez. Hacía calor y la ventana estaba abierta, el conocido reflejo del farol de la calle se extendía sobre los baldosines en tristes riadas[4] amarillentas.

No quise pensar más en lo que me rodeaba y me metí en la cama. La carta de Ena me había abierto, y esta vez de una manera real, los horizontes de la salvación.

«. . . Hay trabajo para ti en el despacho de mi padre, Andrea. Te permitirá vivir independiente y además asistir a las clases de la Universidad. Por el momento vivirás en casa, pero luego podrás escoger a tu gusto tu domicilio, ya que no se trata de secuestrarte. Mamá está muy animada preparando tu habitación. Yo no duermo de alegría.»

Era una carta larguísima en la que me contaba todas sus preocupaciones y esperanzas. Me decía que Jaime también iba a vivir aquel invierno en Madrid. Que había decidido, al fin, terminar la carrera y que luego se casarían.

No me podía dormir. Encontraba idiota sentir otra vez aquella

[2] **que . . . bien** good luck
[3] **pero . . . despabilando** but it's time you were waking up
[4] **riadas** pools

ansiosa expectación que un año antes, en el pueblo, me hacía saltar de la cama cada media hora, temiendo perder el tren de las seis, y no podía evitarla. No tenía ahora las mismas ilusiones, pero aquella partida me emocionaba como una liberación. El padre de Ena, que había venido a Barcelona por unos días, a la mañana siguiente me vendría a recoger para que le acompañara en su viaje de vuelta a Madrid. Haríamos el viaje en su automóvil.

Estaba ya vestida cuando el chófer llamó discretamente a la puerta. La casa entera parecía silenciosa y dormida bajo la luz grisácea que entraba por los balcones. No me atreví a asomarme al cuarto de la abuela. No quería despertarla.

Bajé las escaleras, despacio. Sentía una viva emoción. Recordaba la terrible esperanza, el anhelo de vida con que las había subido por primera vez. Me marchaba ahora sin haber conocido nada de lo que confusamente esperaba: la vida en su plenitud, la alegría, el interés profundo, el amor. De la casa de la calle de Aribau no me llevaba nada. Al menos, así creía yo entonces.

De pie, al lado del largo automóvil negro, me esperaba el padre de Ena. Me tendió las manos en una bienvenida cordial. Se volvió al chófer para recomendarle no sé qué encargos. Luego me dijo:

—Comeremos en Zaragoza, pero antes tendremos un buen desayuno—se sonrió ampliamente—; le gustará el viaje, Andrea. Ya verá usted . . .

El aire de la mañana estimulaba. El suelo aparecía mojado con el rocío de la noche. Antes de entrar en el auto alcé los ojos hacia la casa donde había vivido un año. Los primeros rayos del sol chocaban contra sus ventanas. Unos momentos después, la calle de Aribau y Barcelona entera quedaban detrás de mí.

DISCUSSION GUIDE XIX–XXV

1. Notice the statement of Ena's mother on page 155. She declares: 'Ena sólo me conoce como un símbolo de serenidad, de claridad. . . . Sé que no soportaría que esta imagen que ella ha endiosado estuviera cimentada en un barro de pasiones y desequilibrio.' Is this not exactly the opposite of the way Ena sees her? Would you say then that at the same time that mother and daughter have made an image of each other, each has also created an image *she thinks* the other has of her? Can you explain these images? Does this complexity strike you as real or unreal? Does this happen in life?
2. On page 156, when Andrea is thinking about the visit of Ena's mother to the room of Román, she interjects: '. . . . y no sé por qué Román me daba cierta pena, me pareció un pobre hombre.' This is strange, as this last account of his evil nature should make Andrea turn against him even more. How do you explain her reaction? Do you share it?
3. In the paragraph on page 161 beginning 'Si aquella noche . . .' Andrea indicates that her understanding of life has undergone a change. What is it? How has it been brought about? Do you think she *has* changed?
4. Toward the end of Chapter xx Andrea breaks into Román's room and rescues her friend at the critical moment. It could be said that in her feverish excitement her act has a melodramatic gesture about it. Do you agree? In what does it consist? Does it cause the situation to become unreal?
5. Can you explain the 'dualismo de fuerzas' Ena speaks about on page 171? Lines later she asks Andrea: 'Te asusto? Entonces, ¿cómo quieres ser mi amiga?' What does she mean?
6. Román's suicide is unexpected, violent, macabre. Its effect upon the family is nightmarish. What incidents and details produce these qualities of violence, nightmare, etc.?
7. On page 184 Gloria offers a clear-cut explanation for Román's suicide, yet Andrea does not believe it or chooses to ignore it. How do you explain this? Do you share Andrea's indifference to the cause? Why?
8. The ending of the novel might be described as optimistic. Does this in any way conflict with the general tone of the novel? The story completes a full circle. There is a very obvious parallelism between Chapters i and xxv. Contrast the mood and spirit of both chapters.

GENERAL QUESTIONS FOR CONSIDERATION

1. The author prefaced her novel with a brief quote from a poem by Juan Ramón Jiménez suggesting that it served to inspire something of her story. The poem itself is called *Nada*. Read the quote over carefully. Can you see a relation? Explain it.
2. There is an unmistakable compactness to the story. It takes place during one year almost to the day. We feel that Andrea is in many ways a wiser and more mature girl when she leaves Barcelona than when she arrives. In fact, we could see in the novel a special unity in the character of Andrea: a young girl making a series of discoveries about life. For example, she discovers the meaning of friendship; she even discovers food. Enumerate other of her discoveries. Explain them.
3. Consider the element of time. What role does the past play in the novel? What of the war? How important is it?
4. You are now in a better position to judge the problem posed in question 1 Chap. One: the first person narration with its merits and limitations. (Notice how often the author resorts to 'confessions' of other characters in order to fill the gap of what Andrea does not know or cannot witness.) Notice the first paragraph of Chapter IV. Here you have an example not only of the mode of narration but of the depth with which it is used. Remember that the author arbitrarily chose this way of telling her story. It provided her with a definite point of view or *focus,* a term borrowed from photography. Discuss the similarities between taking a picture and telling a story; between a novel and a movie. Do you recognize any movie-like characteristics in *Nada?* What are they?

Cuestionarios

CUESTIONARIOS I–IX

I

1. ¿A qué hora llegó Andrea a Barcelona?
2. ¿Por qué pesaba tanto el maletón?
3. ¿Qué figura presentaba Andrea al llegar a la estación?
4. ¿Quién la recibió en la casa?
5. ¿Qué otras personas aparecieron para recibirla después?
6. ¿Quiénes eran?
7. ¿Qué hizo Andrea antes de acostarse?
8. ¿Dónde durmió esa noche?

II

1. ¿Qué representaba el retrato que Andrea vió al despertar?
2. ¿Por qué había muebles amontonados en aquel cuarto?
3. ¿En qué forma se parecía el gato a los demás personajes de la casa?
4. ¿Dónde ha estudiado Andrea antes de venir a Barcelona?
5. ¿Qué estudiará ahora?
6. ¿Por qué no quiere Angustias a Gloria?
7. ¿Qué impresión le causó Román a Andrea? ¿Por qué?
8. ¿Quién es responsable de la discusión violenta que se desata?

III

1. ¿Cómo se vestía Angustias para salir a la calle?
2. ¿Cómo juzgaba Gloria a su esposo y cómo comunicaba esto a Andrea?
3. ¿Cómo es la habitación de Gloria?
4. ¿Es Juan un buen pintor?
5. ¿Dónde está la habitación de Román? ¿Cómo es?
6. ¿Qué le ofrecía Román a Andrea?
7. ¿Cuáles son las diferentes habilidades de Román?
8. ¿Qué hacía Gloria en la escalera fuera de la habitación de Román?

IV

1. ¿Cómo es el día en que se desarrolla este capítulo?
2. ¿Cómo eran Román y Juan de niños?
3. ¿Quién trajo a Gloria por primera vez a la casa?
4. ¿Quién era don Jerónimo y qué hacía allí?
5. ¿Cuándo se conocieron Gloria y Juan?
6. ¿Por qué abandonó él después a Gloria?
7. ¿Quién salvó a Román de ser fusilado?
8. ¿Cuándo volvió Gloria a ver a Juan?

V

1. ¿Cuál fué la causa del enfriamiento que sufrió Andrea?
2. ¿Qué apoyo daban los alumnos de la universidad a Andrea?
3. ¿Sobre qué hablaban los alumnos?
4. ¿Quién es Ena? ¿Cómo es?
5. ¿Por qué quería ella conocer a Román?
6. ¿Por qué se escapó Andrea después de clase sin hablar a su amiga?
7. ¿A dónde ha ido Román en sus andanzas?
8. ¿Por qué razón no se decide Andrea a hablarle a Román de Ena?

VI

1. ¿Por qué era un lujo caro para Andrea participar de las costumbres de Ena?
2. ¿Qué regalo le hizo a su amiga?
3. ¿Qué es la Misa del Gallo?
4. ¿De qué acusaba Angustias a Gloria?
5. ¿En qué fundaba Angustias su acusación?
6. ¿Por qué se puso triste la abuelita?
7. ¿Cómo fué la comida de Navidad?
8. ¿Cómo terminó Andrea ese día?

VII

1. ¿Cómo consiguió Andrea dormir en el cuarto de Angustias?
2. ¿Qué hacía Román en el cuarto cuando Andrea le sorprendió?
3. ¿Qué razón dió Andrea para no subir a la habitación de Román?
4. ¿Por qué no tiene amigos Román?
5. ¿Qué representa para Román el dios Xochipilli?
6. ¿Por qué se escapó Andrea del cuarto de su tío?
7. ¿Quién llamó a Andrea por teléfono?

VIII

1. ¿Cómo supo Angustias que Andrea había dormido en su cuarto durante su ausencia?
2. ¿Por qué sentía Andrea ahora una rebeldía especial contra Angustias?
3. ¿Dónde ha estado Angustias los días anteriores?
4. ¿Por qué dice Andrea que el sombrero de Angustias es *el último sombrero de la casa?*
5. ¿Por qué dice Angustias que la abuela ha enloquecido?
6. ¿Dónde vivió Andrea durante la guerra?
7. ¿Cómo recibirá Andrea su pensión ahora?

IX

1. ¿Quiénes fueron a la estación a despedir a Angustias?
2. Según Juan, ¿por qué no se casó Angustias con su viejo pretendiente?
3. ¿Qué hizo Juan cuando el tren se marchaba?

CUESTIONARIOS X–XVIII

X

1. ¿Cómo se sentía Andrea al salir de la casa de Ena? ¿Por qué razón?
2. ¿Qué cambio encontró al regresar a su nuevo cuarto?
3. ¿Bajo qué arreglo económico permanecerá Andrea en la casa?
4. ¿Qué compró con su primer pago?
5. ¿Cuáles son los miembros de la familia de Ena? ¿Cómo son?
6. ¿Por qué parecía la madre de Ena un *pájaro extraño y raquítico?*
7. ¿Por qué no quería Ena salir de Barcelona esa temporada?

XI

1. ¿Cómo supo Juan que Andrea pasaba hambre?
2. ¿Dónde come Andrea ahora?
3. ¿Cómo gastó su paga del mes de marzo?
4. ¿Por qué no pasaban hambre Antonia y el perro como los demás?
5. ¿Qué significaban los gritos que salían del estudio de Juan?

XII

1. ¿Qué idea tiene Ena de los hombres en general?
2. ¿Por qué invita Ena a Andrea a la excursión al campo?
3. ¿Quién es Jorge? ¿A quién se parece?
4. ¿Qué hacían en el campo?
5. ¿Por qué se enfadaba Andrea con su amiga?
6. ¿Por qué compra Andrea cigarrillos ahora?
7. ¿Qué encontró al regresar a casa aquella noche?

XIII

1. ¿Por qué vuelve a ser la vida solitaria para Andrea?
2. ¿Por qué estudia Andrea ahora en la biblioteca de la Universidad?
3. ¿Quién es Pons? ¿Cómo es?
4. ¿Adónde propone llevarla? ¿Quiénes son sus amigos?
5. ¿Por qué quería Iturdiaga batirse con un amigo?
6. ¿Qué clase de pintor es Guíxols?
7. ¿Qué le pareció a Andrea este ambiente de *bohemia?*
8. Cuente usted la anécdota de Iturdiaga y su padre.

XIV

1. ¿Qué le dijo Gloria a Andrea acerca de Ena?
2. ¿Dónde pasaron la tarde las dos amigas?
3. ¿En qué forma defiende Ena a Román?
4. ¿Cuándo empezó Ena a tomarle cariño a Andrea?
5. ¿Por qué ha huído Ena siempre de sus simples y respetables parientes?
6. ¿Por qué ha estado alarmada la madre de Ena?

XV

1. ¿Qué ocurría en su casa cuando Andrea regresó?
2. ¿Por qué no podían conseguir las medicinas?
3. ¿Adónde fué Juan esa noche?
4. ¿Qué pasó cuando volvió?
5. ¿Por qué corrió Andrea en persecución de Juan?
6. ¿Qué dirección llevaba él? ¿A qué barrio llegaron por fin?
7. ¿Qué hizo Andrea después de que Juan desapareció tras de una puerta?
8. ¿Con quiénes se encontró ella al entrar?

XVI

1. ¿Por qué amenaza Román con matar a Trueno?
2. ¿Por qué supone Gloria que Román está enamorado?
3. ¿Qué piensa hacer Andrea después de terminar la carrera?
4. ¿Adónde acompañó Andrea a Jaime aquella tarde?
5. ¿Qué recado le mandó él a Ena?

XVII

1. ¿Qué celebraban los amigos aquella tarde?
2. ¿Qué invitación le hace Pons a Andrea?
3. ¿Qué representa la noche de San Juan?
4. ¿Cómo pudo Andrea presenciar la entrevista entre Román y Gloria en la calle?
5. ¿Qué palabras de la Biblia recuerda Andrea? ¿Por qué?

XVIII

1. ¿Por qué se sentía Andrea como la Cenicienta del cuento?
2. ¿Por qué faltaban algunos muebles en la casa ahora?
3. ¿Qué galantería dijo Román a Andrea?
4. ¿Por qué se sintió angustiada Andrea al ser recibida en casa de Pons?
5. ¿Qué impresión le causó la fiesta al llegar?
6. ¿Qué proyectos para el futuro explicaba Iturdiaga?
7. ¿Por qué permaneció Andrea sola en el baile tanto tiempo?
8. ¿Qué explicación dió Andrea por haber venido a la fiesta?

CUESTIONARIOS XIX–XXV

XIX

1. ¿Por qué le costaba a la madre de Ena hablar de su hija?
2. ¿Por qué se sorprendió Andrea cuando la señora mencionó a Jaime?
3. ¿Por qué le pidió la señora a Andrea que no le contara cosa alguna de la entrevista a Ena?
4. ¿Desde cuándo conocía la madre de Ena a Román?
5. Cuente usted el incidente de la trenza de la madre de Ena.

6. ¿Qué la hizo comprender a ella la maldad de Román?
7. ¿Qué le pide que haga la señora a Andrea?
8. ¿Cómo sabía Andrea que la madre de Ena había hablado a solas con Román?

XX

1. ¿Qué ocasionó esta vez el pleito entre Juan y Gloria?
2. ¿Qué le ocurre al niño como resultado?
3. ¿Qué se hacía en casa de la hermana de Gloria?
4. ¿Cómo sabía Gloria que Ena subiría esa tarde al cuarto de Román?
5. ¿Dónde pasó Andrea la primera parte de la tarde?
6. ¿Desde dónde escuchó Andrea la conversación de Ena y su tío?
7. ¿Por qué llamó a la puerta de Román?
8. ¿Qué creyó al ver que Román llevaba la mano en el bolsillo todo el rato?

XXI

1. ¿Por qué se sorprendió Andrea al ver llorar a su amiga?
2. ¿A qué se refería Ena al hablar de sus *dos regalos del destino?*
3. ¿Por qué le interesaba Román a Ena?
4. ¿Se enamoró Ena de Román?
5. ¿Por qué saltaba Ena sobre la cama turca?
6. ¿Cómo supo ella que su madre había estado enamorada de Román?
7. ¿Qué olvidó Ena en el cuarto de Román la víspera de San Juan?
8. ¿Qué pensaba Ena usar como salvaguardia contra Román?

XXII

1. ¿Adónde se marchó Ena?
2. ¿A quién encontró Andrea en su cuarto al regresar?
3. ¿Quién descubrió la muerte de Román?
4. ¿En qué forma murió?
5. ¿Cuál era la mayor preocupación de la abuelita?
6. ¿Qué encontró Andrea al volver a su piso?

XXIII

1. ¿Cómo supo Andrea los últimos detalles de la vida de Román?
2. ¿Qué planes tenía él la noche antes de su muerte?

3. ¿Qué explicación dió Gloria como causa del suicidio de Román?
4. ¿Cómo reaccionó Juan ante la muerte de su hermano?

XXIV

1. ¿Cuándo se convenció Andrea de la muerte de su tío?
2. ¿Cómo se permitió Gloria el lujo de poner carne en la comida aquel día?
3. ¿Cuál es el temor más grande de Gloria ahora?
4. ¿Qué ocasiona la cólera de la abuelita?

XXV

1. ¿Adónde se marcha Andrea ahora?
2. ¿Por qué se despide Gloria de ella esa noche?
3. ¿Qué le decía Ena a Andrea en su carta?
4. ¿Cómo haría el viaje?
5. ¿Cuánto tiempo permaneció Andrea en la calle de Aribau?

Some Useful Idioms Found in the Text

por el contrario on the contrary (p. 3)
volver a + *inf.* to do something again (p. 4)
dar la vuelta a to go around, turn around (p. 4)
de improviso suddenly (p. 4)
al fin y al cabo after all (p. 5)
darse cuenta de to realize (p. 6)
hacerse cargo de to realize (p. 6)
en cuanto as soon as (p. 6)
tener trazas de to look like (p. 6)
tener que + *inf.* to have to, must (p. 7)
tener miedo to be afraid (p. 8)
al fin finally (p. 8)
tener (unas) ganas de + *inf.* to want to, feel like (p. 10)
tener frío to be cold (p. 11)
tener que ver con to have to do with (p. 12)
sin embargo nevertheless (p. 12)
al parecer apparently (p. 12)
no poder menos de + *inf.* to not be able to help + *ger.* (p. 12)
tener hambre to be hungry (p. 13)
por lo tanto therefore (p. 14)
siempre que as long as, provided (p. 15)
en seguida at once, immediately (p. 16)
mientras tanto meanwhile (p. 17)
aquí tiene(s) here is (p. 17)
hacer caso (de) to pay attention (to) (p. 17)
todos los días every day (p. 18)
por otra parte on the other hand (p. 20)
hacer el favor de + *inf.* please (p. 21)
tener cuidado to be careful (p. 21)
a menudo often (p. 22)
hacer falta to be necessary (p. 22)
tener gracia to be amusing (p. 22)
echar(se) a + *inf.* to begin to (p. 23)

por lo general usually, in general (p. 23)
de prisa rapidly, quickly (p. 24)
ponerse a + *inf.* to begin to (p. 24)
hacer daño to harm (p. 24)
poco a poco little by little (p. 24)
dar la hora to strike the hour (p. 25)
a pesar de in spite of (p. 25)
por lo menos at least (p. 25)
por lo demás furthermore, besides (p. 25)
desde luego of course (p. 26)
de pie standing (p. 27)
de pronto suddenly (p. 28)
echar de menos to miss (p. 30)
sobre todo especially (p. 30)
ya lo creo of course (p. 31)
de cuando en cuando from time to time (p. 37)
dar la razón to agree with (p. 37)
al pronto at first, right off (p. 37)
de ninguna manera by no means (p. 38)
ahora mismo right now (p. 43)
de veras really (p. 44)
dejar de + *inf.* to fail to (p. 46)
como de costumbre as usual (p. 46)
de modo que so that (p. 47)
estar al tanto to be aware of (p. 48)
en cuanto a as for (p. 48)
tener la culpa to be blamed for (p. 48)
valer la pena to be worthwhile (p. 49)
no tener más remedio que + *inf.* to be unable to help + *ger.* (p. 50)
dar un paseo to take a walk (p. 51)
tener vergüenza to be ashamed (p. 54)
tener razón to be right (p. 55)
dar miedo to frighten (p. 55)
dar cuenta de to give an account of (p. 57)
en alta voz (*or* **voz alta**) out loud (p. 63)
dentro de poco shortly, after a while (p. 65)
de hecho in fact (p. 66)
hacer frío to be cold (p. 69)
tener en cuenta to take into account, bear in mind (p. 87)
todo el mundo everybody (p. 91)
estar harto de to be fed up with (p. 92)

en casa at home (p. 93)
hacer calor to be hot (p. 95)
a lo largo de along (p. 96)
de todas maneras any way (p. 100)
en cambio on the otherhand (p. 105)
tener la bondad de + *inf.* please (p. 105)
tener suerte to be lucky (p. 105)
estar por + *inf.* to have a mind to (p. 106)
de repente suddenly (p. 111)
querer decir to mean (p. 111)
a lo lejos in the distance (p. 119)
dar gracias to thank (p. 124)
por (una) casualidad by chance (p. 127)
con mucho gusto gladly (p. 127)
al cabo finally, after all (p. 134)
camino de on the way to (p. 138)
más bien rather (p. 149)
tener . . . años to be . . . years old (p. 151)
haber de + *inf.* to be to, must (p. 151)
a solas alone (p. 156)
ponerse de pie to stand up (p. 165)
a causa de because of (p. 170)
acabar de + *inf.* to have just (p. 189)

Vocabulary

ABBREVIATIONS

aug. augmentative
comp. comparative
dim. diminutive
f. feminine
m. masculine
p. p. past participle
pl. plural
pr. pronoun
pr. n. proper noun
s. *singular*

A

abajo below, downstairs; **de arriba —** up and down, from head to foot; **calle —** down the street
abalanzarse (a) to rush upon
abandonado, -a abandoned, left
abandonar to abandon
el **abandono** slovenliness
abarcar to embrace, take in
abierto, -a *p. p.* of **abrir** open, frank
abigarrado, -a motley
el **abismo** abyss
abobado, -a stupefied
abocar to encounter
abofetear to slap in the face
aborrecer to hate, detest
el **abotagamiento** bloating
abrasador, -a burning
abrazado, -a embracing
abrazar to embrace
abrazarse to embrace (each other)
el **abrazo** embrace, hug
el **abrigo** overcoat, coat
el **abril** April
abrir to open; **sin —** unopened
abrirse to open
abrumado, -a crushed
abrumador, -a oppressive, wearisome
la **absolución** absolution
absoluto, -a absolute, complete; **en —** at all
absorber to absorb, engross
absorbido, -a absorbed
absorto, -a amazed
abstraído, -a absorbed, abstracted
absurdo, -a absurd
el **absurdo** absurdity, nonsense
la **abuela** grandmother
la **abuelita** *dim. of* **abuela** little grandmother, grandma
el **abuelito** *dim. of* **abuelo** little grandfather, grandpa
el **abuelo** grandfather; *pl.* grandparents
la **abulia** listless state
abúlicamente listlessly
abultado, -a pudgy
abultar to enlarge, exaggerate, bulge
la **abundancia** abundance

abundante abundant
aburrido, –a bored, boring
aburrir to bore
aburrirse to be bored
abyecto, –a abject, downcast
el **acabamiento** end, death
acabar to end, come to an end, finish, end up, succeed in; **— de** to have just; **— por** to end up by
acabarse to end
la **academia** academy
el **acantilado** cliff
acariciar to caress, pet
acartonado, –a cardboard-like
acaso perhaps, by chance
acatarrado, –a hoarse
la **acción** action
acechar to spy on
el **acecho** spying; **en —** spying
el **aceite** oil
acentuadamente emphatically
acentuar to accentuate
aceptar to accept
la **acera** sidewalk
acerca (de) about, with
acercarse (a) to approach, come close
aclararse to be cleared up, clarified
acodado, –a leaning (on one's elbows)
acogedor, –a hospitable
la **acogida** reception
acometer to seize
acomodarse to make oneself comfortable, make oneself at home
acompañado, –a (de) accompanied (by)
acompañar to accompany
acompasadamente rhythmically
acongojado, –a distressed
aconsejar to advise
el **acontecimiento** event
acordarse (ue) to remember, recall
acosar to harass, pursue relentlessly
acostarse (ue) to go to bed
acostumbrado, –a accustomed
acostumbrarse (a) to become accustomed
la **actitud** position, attitude
la **actividad** activity
el **acto** action
actualmente at present
el **actuar** performance, action
acudir to answer, get to, come
el **acuerdo** accord
acumulado, –a accumulated
acumular to accumulate
acunar to rock
acusar to accuse
achicar to narrow, make smaller
adelante ahead; **en —** in the future
además besides
adiós goodbye
adivinar to divine, guess, make out
administrar to administer
la **admiración** admiration
admirar to admire
la **adolescencia** adolescence
la **adoración** adoration
adorado, –a adored
adorar to adore
adormecer to lull to sleep
adornado, –a adorned, decorated
adornar to furnish
adquirir to acquire

advertir (ie) to notice, point out, advise, warn, inform
afable affable, pleasant
el afán anxiety, eagerness
afeado, -a made ugly
afear to make ugly
afectar to affect, feign
el afecto affection
la afectuosidad affection
afectuoso, -a affectionate
afeitar to shave; **navaja de —** razor; **sin —** unshaven
afeitarse to shave
la afición inclination; **de —** as a hobby
aficionado, -a (a) fond (of)
afilado, -a sharpened
afinar to tune
la afirmación affirmation
afirmar to affirm, state, agree
afirmativo, -a affirmative
Africa *pr. n.* Africa
las afueras outskirts
agarrar to grasp, seize, clutch
agigantarse to become huge
ágil agile
la agilidad agility
agitado, -a agitated, breathless
agitar to wave
la aglomeración accumulation
aglomerado, -a crowded together
agobiar to overwhelm, weigh down
agolparse to well up
el agosto August
agotador -a exhausting
el agotamiento exhaustion
agraciado, -a gracious
agradable pleasant
agradecer to be grateful for
agradecido, -a grateful
el agrado pleasure
el agravio insult
agregar to add
agresivo, -a aggressive
agridulce bittersweet
agrio, -a sour, bitter, harsh
agrupado, -a clustered
agruparse to be clustered
el agua *f.* water
aguantar to stand, put up with
aguardar to await
el aguardiente brandy
agudo, -a sharp, keen
el agüero omen
el águila *f.* eagle
el aguinaldo present
el agujero hole
ahí out there; **por —** around there
ahogado, -a smothered, oppressed
ahogar to stifle, smother
ahogarse to suffocate
ahora now; **— mismo** right now
ahorrado, -a saved
ahorrar to save
el aire air; **— de familia** family resemblance; **al — libre** in the open air; **tomar el —** to get some fresh air
aislado, -a isolated
aislar to isolate, separate
ajeno, -a someone else's, foreign; **— (a)** unaware (of)
ajustar to settle
el ala *f.* brim
alabar to praise
el alambre wire
alargado, -a lengthened, elongated

la alarma alarm
alarmado, -a alarmed, concerned
el alba *f.* dawn
alboreado, -a brightened
alborotar to rough up, arouse, agitate
el alcance reach, extent, range
la alcantarilla sewer
alcanzado, -a overtaken
alcanzar to get, suffice, overtake, reach; **— para** to be sufficient for; **— a** to succeed in
la alcoba bedroom
la aldea village
alegrarse to be glad
la alegría happiness, joy
alejar to put out
alejarse to go away, depart
alentar to encourage
la aleta nostril
aletear to flutter, wave the arms
la alfombra carpet
el alga *f.* alga
algo something, somewhat, a little
la alianza wedding ring
el aliento breath
la alimentación meals, board
alimentarse (de) to feed (on), eat
el alimento food
alisar to smooth
aliviado, -a relieved
aliviar to relieve, soothe
el alivio relief
el alma *f.* soul, living soul (person), spirit, heart
el almacén store
almacenado, -a hoarded, stored up
almacenar to store up
la almendra almond
el almendro almond tree
la almohada pillow
alocado, -a reckless
alojado, -a lodged
alojarse to be lodged
el alpinismo mountain climbing
alrededor around; **— de** around; **de su (nuestro) —** about him (us); **a mi —** about me
el altercado altercation
altísimo, -a very high, thin
altivo, -a haughty
alto, -a tall, upper; **silla alta** high chair
lo alto top
la altura height
aludir to allude
alumbrado, -a lighted
alumbrar to light the way
alzar to lift, raise
alzarse to rise, increase
allí there; **— mismo** right there
la amabilidad kindness, friendliness
amable amiable, affable, pleasant
la amada beloved, loved one
amado, -a beloved
amanecer dawn; **al —** at daybreak
el amante lover
la amante mistress
amargado, -a embittered
amargo, -a bitter
la amargura bitterness, sorrow
amarillear to turn yellow
amarillento, -a yellowish
amarillo, -a yellow
amarrado, -a tied
la amatista amethyst

el ambiente surroundings, atmosphere, milieu
amenazador, -a threatening(ly)
amenazar to threaten
la América America
la americana jacket, coat (of a suit)
la amiguita *dim. of* **amiga** little friend
la amistad friendship
amistoso, -a friendly
el amo master
amonestar to admonish
amontonar to pile up
el amor love; *pl.* love affair
amoratarse to turn black and blue
amortiguado, -a muffled
amparar to protect
ampliamente broadly
ampuloso, -a pompous, bombastic
analizar to analyze
la anatomía anatomy
la anciana old lady
ancho, -a wide, broad
la andanza trip, wandering
andar to walk, go, be; **¡anda!** come on!, go on!
el andar walking
el andén station platform
la anécdota anecdote
el ángel angel
la angustia anguish
angustiosamente desperately
angustioso, -a painful, difficult, anguished
anhelante eager
el anhelo yearning
la animación animation, liveliness
animadamente animatedly
animado, -a lively, excited
el animalejo old bird
el animalillo *dim. of* **animal** little animal
animar to animate
el ánimo mind, spirit
anoche last night
anodino, -a insignificant, absurd
el ansia *f.* longing
la ansiedad anxiety
ansiosamente eagerly
ansioso, -a (de) anxious (for)
ante before, in the presence of
el antepasado ancestor
anterior previous, before
antes before; **— de** before, rather than; **— que** before, rather than
la antesala antechamber
anticuado, -a old-fashioned
la antigüedad antique
antiguo, -a old, former
antipático disagreeable
la antítesis opposite
antojarse to desire; **antojársele a uno** to fancy
anudar to make
anular to frustrate
anunciar to announce
el anuncio announcement, advertising sign
añadir to add
la añagaza trick
apaciguar to pacify
apache Apache
apagado, -a dark
apagar to put out, turn off
apagarse to go out (light), be turned off
el aparador cupboard, sideboard
el aparato apparatus, display

aparecer to appear
aparentar to pretend
la **apariencia** appearance
apartado, -a (de) withdrawn (from), secluded
apartar (de) to take (from), push aside
apartarse to push aside
aparte apart; **— de** aside from
apasionadamente devotedly
apasionado, -a passionate, impassioned
apasionante vital, intense
el **apellido** surname
apenado, -a grieved
apenas scarcely
apetecer to desire
apetecible tempting
el **apetito** appetite
apetitoso, -a appetizing
apilar to pile up
aplastado, -a caked
aplastar to smash
aplicar to apply; **— al oído** to eavesdrop
apoderarse (de) to take hold (of)
la **apoplejía** apoplexy
aporrado, -a gnarled
aporrear to beat (on)
apostar (ue) to bet
apoyado, -a leaning
apoyar to press, support, lean, rest
el **apoyo** support
apreciar to esteem, appreciate
apremiado, -a pressed, urged on
aprender (a) to learn
apretado, -a squeezed, heavy
apretar (ie) to speed up, clench, press, hold, oppress, clutch
aprobar (ue) to approve
aprovechar to take advantage of
apuntar to note down, jot down
el **apunte** note
aquí here; **por —** here, around here
la **araña** spider
arañar to scratch, aggravate, embitter
el **árbol** tree
el **arco** bow (of violin)
arder to burn; **— en** to be ablaze with
el **ardor** ardor, excitement
ardoroso, -a ardent, vigorous
la **arena** sand
el **argumento** argument
árido, -a barren
el **arma** *f.* gun, arm, weapon
armado, -a equipped
el **armario** cabinet, wardrobe
el **armatoste** contraption
la **armazón** framework
la **armonía** harmony
armonizar to harmonize
el **aroma** aroma
el **arquitecto** architect
el **arrabal** suburb
arracimarse to cluster
arrancar to tear off, snatch away, start, wrest, tear away
arrastrado, -a drawn, carried along
arrastrar to drag, carry away
arrastrarse to crawl, drag
el **arrebato** rage
arreglar to arrange, settle, fix (up), pack, settle up
arrepentido, -a repentant, sorry
arrepentirse (ie) to repent

arriba above, upstairs; **de — abajo** up and down, from head to foot
arrimado, -a (a) leaning (against)
arrimarse (a) to lean (against), get close to
arrinconado, -a put away
arrollado, -a rolled up
la **arruga** wrinkle
arrugado, -a wrinkled, crumpled
arruinarse to be destroyed
el **arte** art
artista artistic
el **artista** artist
artístico, -a artistic
el **asco** loathing
asegurado, -a assured
asegurar to assure, secure, make fast
la **asesina** murderess
el **asesino** murderer
asfaltado, -a paved
el **asfalto** asphalt
asfixiado, -a suffocated
así thus, like that; **— como** the same as
el **asiento** seat
asimismo likewise, just like that
asir to seize
el **asistente** assistant; *pl.* those present
asistir to attend
asomar to appear
asomarse to appear, look out
asombrado, -a astonished
el **asombro** wonder, amazement
asombroso, -a astonishing
el **aspecto** aspect, appearance
áspero, -a rough, coarse
la **aspiración** aspiration
astroso, -a shabby
el **asunto** affair
asustado, -a frightened
asustar to frighten
asustarse to become frightened
atacado, -a attacked
atacar to attack
el **ataque** attack, fit; **darle un — a uno** to have a fit
atar to tie; **—le corto a uno** to clip one's wings
el **atardecer** late afternoon
el **ataúd** coffin
el **atavío** dress
la **atención** attention
atender (ie) to heed, take care of
atentamente attentively
aterrado, -a terrified
aterrador, -a frightful, dreadful
aterrar to frighten
aterrorizado, -a terrified
atestado, -a (de) crowded (with)
la **atmósfera** atmosphere
el **átomo** atom
atontado, -a in a stupor
el **atontamiento** confusion
atontar to stupefy, put in a stupor
atormentado, -a tormented
atormentar to torment, torture
atractivo, -a attractive
el **atractivo** charm
atraer to pull close, draw, attract
atragantarse to choke
atraído, -a attracted
atrapar to catch
atrás back, past; **hacia —** backward
atrasarse to lose time
atravesar to cross, go through

atreverse (a) to dare
atribuir to attribute
el **atributo** attribute
aturdido, -a bewildered, stunned, scatter-brained
aturdir to stun, deafen
el **auditorio** audience
aullar to howl
aumentar to increase
la **aureola** halo
el **auricular** receiver
la **Aurora** *pr. n.* Aurora
la **ausencia** absence
ausentarse to be absent
ausente absent, away
el **auto** car
el **automóvil** automobile
la **autoridad** authority
autoritario, -a authoritative
la **avalancha** avalanche
avanzar to advance, step forward
el **ave** *f.* bird; **pluma de —** quill
avejentarse to grow old
el **Ave María** Hail Mary
la **aventura** adventure
aventurar to venture
avergonzado, -a ashamed
avergonzar (ue) to embarrass
avergonzarse (ue) (de) to be ashamed (of)
la **averiguación** investigation
averiguar to ascertain, find out
ávidamente avidly
la **avidez** greediness; **con —** avidly
avisar to tell, inform, call
el **aviso** notice, warning; **poner sobre —** to alert
ayer yesterday
la **ayuda** help
ayudar to help, assist
el **ayuno** fasting
el **azafrán** saffron
azogado, -a fidgety
azorado, -a upset
azotar to lash
la **azotea** housetop (flat roof)
el **azúcar** sugar
el **azucarero** sugar bowl
azul blue
azulino, -a bluish
azuloso, -a bluish

B

babear to drool, slobber
el **bachillerato** bachelor's degree
el **bailador** dancer
bailar to dance
la **bailarina** ballerina, dancer
el **baile** dance
bajar to go down, come down, lower
bajito in a low voice, quietly
bajo, -a under, below, low; **planta baja** ground floor
balancearse to sway
balbucear to babble
balbucir to stammer
el **balcón** balcony
la **baldosa** tile
el **baldosín** small tile
el **banco** seat, bench
la **bandada** flock
la **bandeja** tray, flat box
el **bandido** bandit
bañado, -a bathed
bañarse to go swimming
la **bañera** bath tub
el **baño** bath, coating; **cuarto de —** bathroom
el **bar** bar

la barandilla railing
barato, -a cheap
la barba beard, chin
bárbaro, -a crude
la barbilla point of the chin
el barboteo mumbling
la barca boat
barcelonés, -a of Barcelona
el barco boat
la barraca booth
barrer to sweep (away)
barrido, -a swept
el barrio district, quarter, neighborhood
el barro clay
la base basis; **a — de** on the basis of
bastante a good deal, enough
bastar to be sufficient, suffice
la basura trash
la bata dressing gown
batirse to duel
beber to drink
la bebida drink
la beca scholarship
el Belén Nativity scene
la belleza beauty
bello, -a beautiful, fine
bendecir to bless
el benjamín youngest son
besar to kiss
el beso kiss
la bestia brute, animal
la bestialidad stupidity, obscenity
el besugo sea bream (fish)
la Biblia Bible
la biblioteca library, bookshelf
el bicho animal, creature
bien right, all right, rightly; **ya está —** that's enough
el bien good
el bienestar well-being
la bienvenida welcome
el bigote whisker, moustache
el bigotillo *dim. of* **bigote** little moustache
el billete ticket, bill
bisbisear to mutter
blanco, -a white
el blanco target
blando, -a tender, soft
blanquinegro, -a black and white
blasfemar to curse
la blusa blouse
la boca mouth
el bocadillo sandwich
la bocacalle street intersection
la bocanada whiff
la bocina horn
el bodegón still life
el bofetón slap, hard blow
la bohemia bohemian life
bohemio, -a bohemian
el bolsillo pocket
el bolso purse
el bombardeo bombardment
la bombilla light bulb
el bombón bonbon
la bondad goodness, kindness; **tener la — de** please
bondadoso, -a kind
bonito, -a pretty, fine, nice
al borde edge
el bordillo gutter
borracho, -a drunk
borrado, -a obscured, erased
borrascoso, -a stormy
borroso, -a faded
el bosque forest
bostezar to yawn
el botarate smart aleck
la botella bottle

el boxeador boxer
la brasa hot coal
el brasero brasier, charcoal burner
la brea pitch
brillante bright, shining, lustrous
brillar to shine
el brillo brightness, glitter, splendor
el brinco leap, jump
brindar to drink a toast
la brisa breeze
la broma joke
bromear to joke
la bronca row
bronco, –a coarse, harsh
brotar to gush, come forth, flow
el brote bud
la bruja witch
la brujería witchcraft, magic
brusco, –a abrupt
la brusquedad rudeness
brutal brutal
la brutalidad brutality
bueno, –a good, well, all right
la bufanda scarf
la buganvilla bougainvillea
la buhardilla garret
la bujía candlepower, watt
el bulto shape, form
el bullicio bustle, uproar
bullicioso, –a bustling, turbulent, boisterous
bullir to boil, stir
la burla jest, mockery
burlado, –a outwitted
burlar to evade
burlarse (de) to make fun of
burlón –a mocking, joking
la busca search
buscar to look for, search, get, hunt

C

cabalgar to ride
el caballete easel
el caballo horse
la cabecera head (of a bed)
la cabecita *dim. of* **cabeza** little head
la cabellera hair
el cabello hair
caber to fit, be contained in; **¿Es que no cabe otra cosa?** Isn't anything else possible?
la cabeza head; **dolor de — head**ache; **metérsele en la — a uno** to get into one's head
la cabezota big head
la cabida room
el cabo stub; **al — de** after; **al fin y al —** after all; **al —** finally
la cabra goat
cabrilleante white-capped
el cacahuete peanut
la cacerola saucepan
el cacharro pot; *pl.* crockery
el cadáver corpse
caer to fall
caerse to fall down
el café coffee, café
la cafetera coffee pot
la caja box
la cajita *dim. of* **caja** little box
el cajón drawer, box
la calamidad calamity
calar to pierce, penetrate
la calavera skeleton
calcar to trace, copy
caldeado, –a sunny, warm
el caldo broth
el calendario calendar

la calidad quality
cálido, -a warm
caliente hot, warm
calmar to calm, soothe
calmarse to calm down
el calor heat, ardor; **hacer —** to be hot
la calumnia slander
callado, -a silent
callar to keep quiet, stop, conceal
callarse to become silent, stop talking
la calle street; **— abajo** down the street
la callejuela side street
la cama bed; **— turca** day bed; **— de matrimonio** double bed
el camarero waiter
cambiado, -a changed, different
cambiante changing
cambiar to change, exchange; **— de** to change
el cambio change; **en —** on the other hand
caminar to walk, go about, walk along
el camino way, road, path; **— de** on the way to; **por el —** along the way
la camisa shirt
el camisón nightshirt, nightgown; **— de dormir** nightshirt
la campanada stroke of a bell
la campanilla bell
campear to stand out
campesino, -a country, peasant
el campo country, field
la cana gray hair
el canalla scoundrel, cur, wretch
el canapé day bed
la canción song
el candil lamp
la canícula dog days
canoso, -a gray
cansado, -a tiring, tired
el cansancio weariness, fatigue
cansar to tire
cansarse to become tired
cantar to sing
la cantidad quantity, number, amount
la cantinela ballad, singsong
el canto song, singing
canturrear to hum
la capa layer
la capacidad capacity
capaz capable
el capirote hood
captar to capture, catch
la cara face; **tener — de** to look like; **hacer — a** to face, resist
el carácter character
la carcajada burst of laughter
la cárcel jail
el cardenal welt
carecer (de) to lack
la carga load
cargado, -a (de) loaded (with), full (of), thick, heavy; **llevar —** to carry around
cargar to weigh down, overwhelm
cargarse (de) to have in abundance, be overloaded with
la cargazón heap, pile
el cargo job, order; **hacerse — de** to realize; **hacer —s** to make charges
la caricia caress
la caridad charity

el cariño affection; **le tenía mucho** — I was very fond of him
cariñoso, -a affectionate
la carita *dim. of* **cara** little face
el carnaval carnival
la carne meat
caro, -a dear, expensive
la carrera race, course
la carretera highway
el carro cart, chariot
la carta letter, card, menu
el cartel poster
la cartera portfolio, brief case, wallet
el cartón cardboard
la casa house, home; **a** — home; **en** — at home
el casa-castillo castle-house
casado, -a married
casarse (**con**) to get married, to marry
la cáscara shell
casi almost
el caso situation, event; **el — es** the fact is; **hacer — de** to pay attention to; **en todo** — in any event
la casona *aug. of* **casa,** big, old house
la castaña chestnut
castaño, -a chestnut-colored, hazel, brown
castigar to punish, chastise
el castigo punishment
Castilla *pr. n.* Castile
el castillo castle
la casualidad chance, coincidence
catalán, -a Catalan
el catalán Catalan
la catarata cataract
la catástrofe catastrophe, disaster
la causa cause, reason; **por tu** — on account of you; **a — de** because of
causar to cause
cauteloso, -a cautious(ly)
la cavilación brooding
la caza chase, hunt
cazar to catch
la cebolla onion
ceder to cede, give, give in, give up, give away
cegado, -a blinded
cegar (**ie**) to blind
la ceja eyebrow
celebrar to hold
célebre famous, special
la celebridad celebrity, fame
celestial heavenly
los celos jealousy
celoso, -a jealous
el cementerio cemetery
el cemento cement
la cena dinner; **a la hora de la** — at dinner time
cenar to eat supper
la Cenicienta *pr. n.* Cinderella
la ceniza ashes
el céntimo penny
el centinela sentinel
central central, center
el centro center
el ceño frown; **fruncir el** — to frown; **fruncido el** — frowning
ceñudo, -a frowning
la cera wax
cerca near, nearby; **— de** about
cercenar to slash
el cerdo hog
el cerebro brain, mind
la cerilla match

cerrado, -a closed, clenched, stupid, inflexible, locked up
la cerradura keyhole, lock
cerrar (ie) to close, turn off
el cerrojo bolt
la certeza certainty
cesar to cease
el césped grass
la cesta basket
el cestillo *dim. of* cesto little basket
cetrino, -a sallow
la cicatriz scar
el cielo sky, heaven
la ciencia science; **a — cierta** for sure
cien one hundred
el cieno mud
cierto, -a true, certain; **lo — es** the fact is; **a ciencia cierta** for sure
el cigarrillo cigarette
cimentado, -a founded, established
el cimiento foundation
cinco five
cincuenta fifty
el cine movie
cínico, -a cynical
el cinismo cynicism
la cintura waist
circular to circulate
el círculo circle
la ciudad city
ciudadano, -a city, city-like
clamoroso, -a clamorous, noisy
la claridad light, clearness, distinctness; **con toda —** very clearly
claro clear, light, evident, bright, of course; **— que sí** of course (I do); (**es**) **— que** of course
el claro gap, space
la clase class, kind; **dar —(s)** to teach
clásico, -a classic
el claustro cloister
la clausura monastic life
clavar to stick in, fix (on), nail shut
el clavel carnation
la clínica clinic
cobarde cowardly
el cobarde coward
cobijado, -a sheltered
cobrar to collect, take on
cocer (ue) to cook
la cocina kitchen
cocinar to cook
la cocinera cook
el coche carriage, car; **— de caballos** horse-drawn carriage
el coche-cama sleeping car, Pullman
el cochero coachman
la cochina pig, swine
cochino, -a nasty, filthy, dirty
el codo elbow
coger to catch, take, seize, grab, get, pick up, hold, grip
cogido, -a clasped, caught; **—as del brazo** arm in arm
el cohete skyrocket
cohibido, -a inhibited
el colchón mattress
la colegiala schoolgirl
el colegio school
la cólera rage
colgado, -a hanging
colgar (ue) to hang
colmar to fill to the brim

colocado, -a placed, stacked
colocar to place
coloreado, -a colored
colosal colossal
el collar necklace
el coma coma
la comedia farce
comedido, -a polite, moderate
el comedor dining room
comentar to comment (on)
el comentario comment
comenzar (ie) to begin
comer to eat; **dar de —** to feed
comerse to eat up
comercial commercial
el comerciante business man
comestible edible
el comestible food; *pl.* groceries
cometer to commit
la comicidad comicalness
cómico, -a comical
la comida meal, dinner, food
el comienzo beginning
la comisura corner, juncture
como but, how, as if; **así —** the same as
¿cómo? what?; **¿— que no?** why not?
la comodidad convenience
compacto, -a compact
la compañera companion; **— de viaje** traveling companion
el compañero companion; **— de clase** classmate
la compañía company, companionship; **hacer —** to keep company
comparar to compare
compartir to share
el compás beat, rhythm
la compasión pity
compasivo, -a compassionate, sympathetic
compenetrarse to have mutual understanding
la compensación compensation
compensado, -a repaid
compensar to make up for
la complacencia satisfaction
complacer to humor
complacerse (en) to take pleasure (in)
completar to complete, finish
completo, -a complete; **por —** completely
la complicación complication
complicado, -a complicated
la complicidad taking sides
componer to compose
la composición composition
comprar to buy
comprender to understand
la comprensión comprehension, understanding
comprensivo, -a understanding
comprimido, -a repressed
compuesto, -a *p. p. of* **componer** composed, made up
comulgar to take communion
común common
la comunicación communication; **puerta de —** connecting door
comunicar (con) to communicate, open into, lead to
la comunión communion
la concavidad hollow
concebir (i) to conceive
concedido, -a granted
la conciencia mind
el concierto arrangement, concert

la conciliación settlement
concluir to conclude
concretar to express concretely, define
concreto, -a specific
el conde count
condensado, -a condensed
la condición quality
conducir to take, lead, drive
la conducta behavior
el conejo rabbit
la conferencia conference; **poner una —** to make a long-distance call
confesarse to go to confession
la confesión confession
el confesonario confessional
la confianza confidence
confiar to trust, confide
la confidencia confidence, secret
conformado, -a shaped
el confort comfort, conveniences
confortable comfortable, comforting
confortador, -a comforting, consoling
confundirse to be confused
confusamente vaguely
la confusión confusion
confuso, -a confused
congestionado, -a (de) congested (with)
la congoja anguish, anxiety
congojoso, -a distressing, anguished
el conjunto group, ensemble, whole; **en —** as a whole
conmovedor, -a pathetic
conmover (ue) to affect, move, touch
conmovido, -a moved
conocer to know, meet, be aware of, recognize
conocido, -a familiar
conque so then
la consecuencia consequence
conseguir to obtain, succeed
el consejo advice; **por — de** on the advice of
consentir (ie) to consent, allow
conservar to keep, preserve
el Conservatorio Conservatory
considerar to consider
la consistencia consistency
consistir (en) to consist (of)
consolador, -a consoling
consolar (ue) to console
consolarse (ue) to console oneself
constar to be verified
constituído, -a sound
constituir to constitute
construir to build
el consuelo consolation, comfort
consultar to consult, ask
la consumición drink
consumido, -a consumed, thin, emaciated
consumir to consume
consumirse to waste away
contable countable; **lo —** what one can tell
el contacto contact
contagiarse (de) to be affected (by)
contar (ue) to count, relate, tell about; **— con** to count on
contemplar to look at, behold
contemplativo, -a contemplative
contener to restrain, control, hold back
contento, -a happy, pleased

la contestación answer, reply
contestar to answer
contiguo, –a adjoining
continuar to continue, remain
continuo, –a continual
el contorno outline
la contorsión contortion
contra against
el contrabando smuggling
contradecirse to contradict oneself
contraído, –a taut, tense
la contrariedad disappointment
contrario, –a opposite; **al —** on the contrary; **por el —** on the contrary
el contraste contrast
contribuir to contribute
convencer to convince
convencerse (de) to be convinced (of)
convencido, –a convinced
el convencionalismo convention
convenido, –a agreed upon
conveniente suitable
convenir (ie) to be advisable
el convento convent
convergir to converge
la conversación conversation
convertirse (ie) (en) to become
la copa glass, top (of tree)
coquetear to flirt
la cordialidad cordiality
la cornucopia wall candlestick
correccional correctional
corregirse (i) to correct oneself
el correo post; **echar al —** to mail
correr to run, pass, go through, go, flow, circulate
corresponder to reciprocate, repay
correspondido, –a liked in turn
corretear to wander
corriente ordinary, regular
la corriente current, flow
corrientemente usually
corroer to gnaw away, prey upon
cortado, –a cut, choppy, proportioned
el cortaplumas penknife
cortar to cut, cut open, cut short
cortarse to cut off
el cortejo host
cortesmente politely
la cortina curtain
corto, –a short; **— de luces** not very bright; **atarle — a uno** clip one's wings
la cosa thing, affair, matter; **gran —** very much; **como si tal —** as if nothing had happened; **otra —** something else
coser to sew
cósmico, –a cosmic
la costa cost, coast; **a — de** at the expense of; **a toda —** at all costs
costar (ue) to cost, **— trabajo** to be difficult
costear to pay the cost of
la costumbre custom; **de —** as usual; usually
la costura serving
el costurero sewing cabinet
cotidiano, –a daily, every day
la covacha cubbyhole
el cráneo skull
crecer to grow, grow up, increase
creer to believe, think; **— que sí** to think so; **ya lo creo** of course
crepitar to crackle
crepuscular twilight

el crepúsculo twilight, dusk
la criada servant
el criado servant
la criatura creature, child
el crío baby
la crisálida cocoon
la crispación twitching
crisparse to twitch
el cristal glass, window, windowpane
cristalino, -a crystalline, metallic
cristiano, -a Christian
Cristo Christ, figure of Christ crucified
criticar to criticize
el crítico critic
crónico, -a chronic
el crucifijo crucifix
crudo, -a crude
la crueldad cruelty
el crujido creaking
crujir to creak, crunch, crackle
la cruz cross, intersection
cruzado, -a crossed
cruzar to cross; **— con** to pass
cruzarse to cross
el cuadrito *dim. of* **cuadro** little picture
el cuadro square, picture, **a —s** checkered
cualquier, -a any
cuando when; **de — en —** from time to time
cuanto whatever; **en —** as soon as; **unos —s** several; **en — a** as for
cuarenta forty
la cuartilla notebook
el cuartito *dim. of* **cuarto** little room
cuarto, -a fourth, quarter
el cuarto room; **— de baño** bathroom
cuatro four
cubierto, -a (de) covered (with)
el cubil den
cubrir to cover
la cucaracha cockroach
cuclillas: en — squatting
la cucharada spoonful; **a —s** by spoonfuls
cuchicheante whispering
cuchichear to whisper
el cuchicheo whispering, whisper
el cuchillo knife
el cuello neck, collar, throat
la cuenca socket
la cuenta count, account, bead; **dar —** to give an account; **darse — de** to become aware of; **hacer —s** to calculate; **tener en —** to take into account, bear in mind; **pedir —s** to ask an account of; **darle — a uno** to make one aware; **por mi —** on my own
el cuento story; **venir a —** to be pertinent
la cuerda rope
la cuerdecita *dim. of* **cuerda** little cord
el cuero leather
el cuerpo body
el cuervo crow
la cuestión matter
cuidado, -a cared for
el cuidado care; **tener —** to be careful; **me tiene sin —** it doesn't interest me
cuidadosamente carefully
cuidar (de) to take care (of)

la culpa fault; **tener la —** to be to blame
el cumplimiento fulfillment
cumplir to fulfill; **— . . . años** to be . . . years old
el cúmulo heap, large quantity
la cuna cradle, crib
el cura priest
curar to treat, dress (a wound)
curiosear to snoop around
la curiosidad curiosity, curio
curioso, -a curious
cursi common, in poor taste
el curso course, academic year
curvarse to curve
custodiado, -a taken care of, watched over
cuyo, -a whose

CH

el chaleco vest
la chalina cravat, scarf
el chantaje blackmail
el charco puddle
la charla chatter, prattle, talk
charlar to talk, chat
charlotear to babble
la checa jail
la chica girl, honey
el chico boy, man, fellow
chico, -a small, tiny
chiflado, -a crazy
chillar to squawk, shriek
el chillido screech
chillón, -a loud, screaming
la chimenea fireplace
chino, -a Chinese
la chiquilla little girl
el chisme gadget
la chispa spark
chocar, to crash, hit
el chófer chauffeur, taxi driver
el chorro spurt, stream; **a —s** in abundance
la chuchería knickknack, trinket
chupado, -a drained

D

la dama lady
la danza dance
danzar to dance
dañar to hurt, injure
el daño injury, harm
dar to give, have, serve, strike, take; **— la vuelta a,** to go around, to turn around; **— un paso** to make a move; **— la hora** to strike the hour; **—le un ataque a uno** to have a fit; **— la razón** to agree with; **—le pena a uno** to feel sorry; **— un paseo** to take a drive, to take a walk; **— saltos** to jump; **— miedo** to frighten; **— golpes** to beat, knock; **— cuenta** to give an account; **— un portazo** to slam the door; **—le a uno la gana** to want, feel like; **— gritos** to shout; **— gracias** to thank; **— clases** to teach; **— la espalda a** to turn one's back on; **—le risa a uno** to make one laugh; **— la llave a la luz** to turn on the light; **—le ganas de** to feel like; **—le cuenta a uno** to make one aware; **— a** to open on; **— de comer** to feed; **—le un**

plantón a uno to keep one waiting; **— vueltas alrededor** to circle around; **—le vergüenza a uno** to make one feel ashamed; **— media vuelta** to turn away
darse: — cuenta de to become aware of, realize, notice; **— la mano** to shake hands
debajo under, below; **— de** underneath; **por — de** under
debido, -a due
débil weak, feeble
debilitado, -a weakened
decadente decadent
decaer to decay, fail
decente decent
la decepción disappointment
decepcionado, -a disappointed
decepcionar to disappoint
decidido, -a determined
decidir to decide
decidirse (a) to decide
decir to say, tell, talk, speak; **— que sí** to give one's consent
el decir speech, language
la declaración declaration
declarar to testify
el declive: en — sloping
decrépito, -a decrepit
el dédalo labyrinth
dedicar to devote
dedicarse (a) to devote oneself (to), make a specialty (of)
el dedo finger
el defecto defect
defender (ie) to defend, protect, guard
defenderse (ie) to defend oneself
la defensa defense
el déficit deficit, shortage
defraudado, -a defrauded, disappointed
defraudar to disappoint
degollar to behead, slaughter
degollarse to cut one's throat
dejar to leave, let, abandon; **— de** to cease, fail
dejarse to let oneself; **—me en ridículo** to make a fool of me
el delantal apron
delante (de) in front of, before, in the presence of
delatar to betray, reveal
el deleite delight
delgado, -a thin, slender
delgaducho, -a lanky
la delicadeza courtesy, delicacy, delicateness
delicado, -a delicate
la delicia satisfaction, delight
delicioso, -a delightful, wonderful
demacrado, -a emaciated
lo demás the rest; **los —** others, other; **por lo —** as for the rest, furthermore
demasiado, -a too, too much
el demonio devil
demostrar (ue) to show
denso, -a dense
la dentadura teeth
dentro inside; **por —** on the inside
denunciar to denounce, report
depender (de) to depend (on)
el deporte sport
el deportista athlete
el depósito morgue
la depresión depression
deprimido, -a depressed

la derecha right hand
derecho, -a right
el derecho right
la deriva: a la — aimlessly
derramar to lavish
derramarse to be shed
derredor: en — de around
derrengado, -a dilapidated
el derrochador squanderer
derrochar to squander
derrumbarse to tumble down
desacostumbrado, -a unaccustomed
desafiante defiant
desafiar to defy
el desafío challenge, defiance
desagradable disagreeable, unpleasant
desahogadamente freely, uncontrollably
desalentado, -a dismayed, discouraged
desalentar (ie) to discourage
el desaliento dejection, discouragement
desamparado, -a abandoned
el desamparo helpless attitude
desaparecer to disappear
desarmonizar to create discord
desapasionadamente dispassionately
el desarreglo disarray
desastrado, -a wretched, ragged
el desastre disaster
desatar to unleash
desatarse to break loose
el desayuno breakfast
desbocado, -a unbridled
desbordado, -a uncontrolled, overflowing
desbordar to overflow
descalzo, -a barefoot
el descampado open country
descansar to rest
el descansillo landing (of stairs)
el descanso rest
la descarga discharge, shock
descargar to unload, ease, strike with violence, burst
descargarse to discharge
descarnado, -a emaciated, lean
el descenso slump
descentrado, -a out of place
descolgar (ue) to take down
desconcertado, -a unrestrained, disconcerted
desconcertante disconcerting
desconcertar (ie) to disconcert
el desconchado chipped place
desconfiado, -a distrustful
la desconfianza distrust
desconocido, -a unknown
el desconsuelo despair, grief
descorchar to uncork
descorrer to draw back
describir to describe
descubierto, -a discovered, bare, uncovered; **al —** uncovered
el descubrimiento discovery
descubrir to discover, penetrate, uncover
descuidado, -a careless, unworried
descuidar not to worry
desde from, after; **— luego,** of course
desdentado, -a toothless
desdibujado, -a badly drawn
desdichado, -a unfortunate
desear to wish
desembocar to end
desempolvar to dust (off)
desenfocado, -a out of focus

el **desengaño** disappointment, disillusionment
desenrollarse to unroll, unwind
desentendido, -a unaware
el **deseo** desire
el **desequilibrio** confusion, lack of balance
la **desesperación** desperation
desesperado, -a desperate, despairing, wild
la **desesperanza** hopelessness
desesperar to exasperate
la **desfachatez** impudence, effrontery
el **desfiladero** mountain pass
desfilar to file by
desganado, -a without appetite
desgarrado, -a shameless
desgastado, -a worn
la **desgracia** misfortune, disaster
desgraciado, -a unhappy, unfortunate
desgreñado, -a disheveled
desguarnecido, -a (de) stripped (of), stripped down
deshacer to come loose, break
deshacerse to disappear, decompose
deshecho, -a unmade
deshilachado, -a frayed
deshilvanado, -a incoherent
desierto, -a lonely
desigual uneven
la **desilusión** disillusionment
desilusionado, -a disillusioned
desilusionar to disillusion
desligado, -a extricated, disentangled
deslizar to slip, slide
deslizarse to glide, slip
deslucido, -a awkward
deslumbrado, -a dazzled, dazed
desmadejado, -a enervated
desmedrado, -a frail, emaciated
desmenuzar to examine closely, to take apart
desnudarse to undress
desnudo, -a nude, undressed
el **desnudo** nude
desolado, -a forlorn
el **desorden** disorder
desorientado, -a confused
despabilado, -a roused
despabilarse to wake up
despacio slowly
despacito (very) softly
el **despacho** office
el **despecho** spite, vexation
despedir (i) to give off, emit, dismiss, to see (a person) off (on a journey)
despedirse (i) to say goodbye, take leave of
despegar to loosen, detach
despeinado, -a unkempt
despejado, -a clear, cloudless
despejarse to clear up
despeluciado, -a mangy
despertar (ie) to waken
despertarse (ie) to awaken
despiadadamente mercilessly
despierto, -a awake
despistado, -a lost
el **desplante** refusal, rejection
despojar to strip
despotricar to rant
despreciable despicable
despreciar to scorn
el **desprecio** scorn
desprender to remove
desprenderse (de) to part (from), leave, give (up)
la **despreocupación** lightheartedness

después: — **de** after
destacar to stand out
destartalado, –a shabby
el **destello** sparkle, flash
destemplado, –a unpleasant
desteñido, –a discolored
destinar to assign, designate
el **destino** destiny, fate
la **destreza** skill, dexterity
destripado, –a with stuffing coming out
destrozar to shatter
destruir to destroy
el **desván** attic
el **desvarío** raving
desvencijado, –a rickety
la **desvergüenza** impudence
la **desviación** twist
desviar to turn away
desviarse to turn
el **detalle** detail
detener to stop, hold back
detenerse to stop
detenido, –a checked, held back
la **determinación: tomar una** — to make a decision
determinado, –a determined, definite, a certain
detrás: — **de** after, behind; **por** — **de** behind
devastado, –a ruined
la **devoción** devotion
devolver (ue) to return, give back, pay back
devorar to devour
el **día** day; **todos los —s** every day; **al — siguiente** the next day; **al otro —** another day; **de —** in the daytime
el **diablo** devil
la **diablura** deviltry
diabólico, –a diabolical
diamantino, –a diamond-like
diario, –a daily
dibujar to draw, make a drawing of, depict
dibujarse to be outlined, appear
el **dibujo** sketch
el **diccionario** dictionary
la **dicha** happiness
dichoso, –a happy
dieciocho eighteen
dieciseis sixteen
diecisiete seventeen
el **diente** tooth; **entre —s,** in an undertone
diez ten
la **diferencia** difference
diferente different, various
difícil difficult
la **dificultad** difficulty
dificultar to make difficult
dificultoso, –a difficult
difuminarse to become blurred
dignarse to deign, condescend
la **dignidad** dignity
digno, –a worthy
dilatarse to expand, spread
diluído, –a dissolved
el **diminutivo** diminutive
el **dinero** money
Dios God, god; **¡por —!** for heaven's sake; **¡— mío!** good heavens!
diplomático, –a diplomatic(ally)
el **dique** dike
la **dirección** direction
directamente directly
dirigido, –a directed
dirigir to direct, address
dirigirse (a) to address, go
el **discípulo** pupil

la discreción discretion
discretamente discreetly
la disculpa excuse
disculparse to excuse oneself
el discurso speech, statement
la discusión discussion, argument
discutir to discuss, argue
diseminado, –a spread, scattered
disfrazado, –a disguised
disfrutar to enjoy oneself; **— de** to enjoy
disgustado, –a disapproving(ly), angry
disgustar to displease
disgustarse to be displeased
el disgusto disappointment, displeasure
disimular to conceal
disiparse to go away
disolverse (ue) to dissolve
el disparate nonsense, foolishness
dispersarse to disperse
disponer (de) to arrange, use
disponerse (a) to get ready
la disposición state
dispuesto, –a (a) disposed, ready
la distancia distance
distante distant
distinguirse (de) to differ
distinto, –a different
distraer to distract
distraído, –a distracted, heedless
distribuir to distribute
divertido, –a amused, amusing, funny
divertirse (ie) to enjoy oneself
divino, –a divine
doblado, –a doubled up
doblar to fold
doble double
doce twelve, **las — y media** twelve-thirty
doler (ue) to distress, hurt, ache
dolido, –a hurt
doliente sorrowful
el dolor pain, grief; **— de cabeza** headache
dolorido, –a hurt, afflicted, aching, doleful
doloroso, –a painful
el domicilio home
dominar to control, stand out
el domingo Sunday
el dominio domain, control
don untranslatable title used before Christian names of men
dorado, –a golden
dormido, –a sleeping, asleep
dormir (ue) to sleep, put to sleep
dormirse to fall asleep
dos two
doscientos, –as two hundred
dotado, –a (de) endowed (with)
la dote dowry
el dualismo dualism
la ducha bath, shower
ducharse to take a shower
la duda doubt
dudar to doubt
el duelo duel
la dueña owner, mistress
dulce sweet
el dulce candy, sweets
dulcemente gently
dulcificado, –a sweetened, softened
dulcificar to sweeten, soften
dulzón, –a sugary, sickeningly sweet
la dulzura sweetness, pleasantness

durante during, for
durar to last
duro, -a hard, crude, harsh, rough
el **duro** Spanish coin worth, at that time, about twenty cents

E

económico, -a economic
echado, -a thrown
echar to throw, give out, emit; **— de menos** to miss; **— a patadas** to kick out; **— una mirada** to cast a glance; **— al correo** to mail; **— a** to begin
echarse to stretch out; **— a** to start; **— hacia atrás** to draw back
la **edad** age
la **edición** edition, publication
el **edificio** building
editar to publish
el **editor** publisher
la **educación** education
educar to teach, bring up
efectivamente really, as a matter of fact
el **efecto** effect; **en —** in fact, as a matter of fact
efectuar to effect, carry out
la **efervescencia** fervor
el **efluvio** rain
la **efusión: con —** effusively
el **ejemplo** example; **por —** for example
elástico, -a supple
la **electricidad** electricity
eléctrico, -a electric
electrizado, -a electrified
la **elegancia** elegance
elegante elegant
el **elemento** element
elocuentemente eloquently
ello it
la **emancipación** emancipation
embarazada pregnant
embargo: sin — nevertheless
embobado, -a amused
embotado, -a dull
la **embriaguez** intoxication
la **emoción** emotion
emocionado, -a stirred, filled with emotion
emocionante moving, thrilling
emocionarse to be moved
empalidecido, -a pale
empalidecerse to grow pale
empapelado, -a papered
empavorecido, -a frightened
el **empedrado** pavement
empezar (ie) (a) to begin
emplear to use
empobrecido, -a impoverished
empolvar to powder
emponzoñar to poison, corrupt
empujado, -a led on
empujar to push, impel
el **empujón** push, shove
empuñar to clutch, grasp
enaltecido, -a exalted
enamorado, -a in love (with)
el **enamorado** sweetheart
el **enamoramiento** love, love-making
enamorarse (de) to fall in love (with)
enarcar to arch
enardecido, -a aflame
encadenar to link together

el encaje lace
encajonado, –a encased, closed in
encantado, –a delighted
encantador, –a charming
encantar to charm, delight
el encanto charm, delight
encararse (con) to face
encargado, –a (de) in charge (of)
encariñarse (con) to become fond (of)
encarnado, –a red
encasquetarse to stick on one's head
encender (ie) to light, light up, burn
encenderse (ie) to light, to be kindled
encendido, –a lighted up
encerrar (ie) to contain, shut up, confine
encerrarse (ie) to shut oneself up
el encierro confinement, religious retreat
encima on top, upon us; **por —** above; **por — de** over
encogerse to shrug, shrink; **— de hombros** to shrug one's shoulders
encogido, –a timid, bashful(ly)
el encogimiento shrug
enconado, –a bitter
encontrar (ue) to find, meet
encontrarse (ue) to find oneself, to be, feel, meet
enchufar to plug in
enderezarse to straighten up
endiablado, –a ugly
endiosado, –a godlike
endiosar to deify
el enemigo enemy
enemistar to make enemies
enérgicamente energetically
el enero January
el enervamiento fatigue
enfadado, –a angry
enfadarse to get angry
el enfado: con — angrily
enfermar to get sick
la enfermera nurse
enfermizo, –a sickly
enfermo, –a ill, sick
enfilar to go down
enfocar to focus
enfrente opposite; **— de** opposite
el enfriamiento cold
enfriarse to grow cold
enfundado, –a encased, overstuffed
enfurruñado, –a sulky
enganchar to hook, hitch
engancharse to be caught
engrasado, –a oiled
engrasar to oil
enjugar to dry
enlazado, –a (a) linked (to)
enlazar to clasp
enlodado, –a muddy
enloquecedor, –a maddening
enloquecer to go crazy
enloquecido, –a crazy
enmohecido, –a musty
ennegrecido, –a blackened
enorme enormous, tremendous, great
enredar to interfere, catch, entangle, involve
el enredo falsehood, plot
enrejado, –a with a grating
el enrejado grating, grillwork
enrojecido, –a flushed, reddened
enronquecido, –a hoarse, harsh

enroscado, –a curled up
ensanchar to expand
ensangrentado, –a covered with blood
enseñar to show, teach
ensombrecer to make somber
ensombrecido, –a shaded
ensordecer to deafen
el **ensueño** dream
entender (ie) to understand
entenderse (ie) to understand one another; — **con** to come to an understanding with
enterarse to find out, become aware
enternecido, –a moved, softened
entero, –a entire(ly), complete(ly), all
el **entierro** burial
entornar to roll
la **entrada: puerta de —** street door
las **entrañas** bowels
entrar (**en**) to enter, go in, come over, to be taken with; — **a** to begin to
entre between, among, in
entreabierto, –a half-open, slightly spread
entrecano, –a graying
entregar to deliver, hand over
entretener to amuse, entertain
entretenerse to amuse oneself, to pass the time
entumecido, –a numbed
entusiasmado, –a enthusiastic, excited
el **entusiasmo** enthusiasm
envenenado, –a bitter
el **envés** back
enviar to send
la **envidia** envy
envidiar to envy
envolver (**ue**) to envelop, involve
envolverse (**ue**) to wrap oneself, be enveloped
envuelto, –a wrapped, enveloped
epiléptico, –a epileptic
el **episodio** episode
la **época** period, time
el **equilibrio** balance
el **equipaje** baggage
la **equivocación** mistake
equivocado, –a mistaken
equivocarse: — de to make a mistake in
erguirse (**i**) to straighten up
erizarse to bristle, crawl
esbelto, –a slender
esbozar to sketch, outline
escabullirse to slip away
la **escalera** stairway; **—s abajo** down the stairs
el **escalofrío** chill
el **escalón** step
escandalizar to shock
el **escándalo** commotion, hubbub
la **escapada** escapade
escapar to escape
escaparse to escape, run away
el **escaparate** show window
la **escapatoria** escape, flight
escarnecer to ridicule
la **escasez** scarcity, shortage
escaso, –a scarce
la **escena** scene
escoger to choose
esconder to hide, conceal
esconderse to hide (oneself)
escondido, –a hidden, secret(ly); **a escondidas** secretly
escrito, –a written

el **escritor** writer
el **escritorio** desk
el **escrúpulo** scruple
escrutar to scrutinize
escuchar to listen (to), hear
el **escudo** coat-of-arms, shield
escupir to spit
esforzarse: — en to strive to
el **esfuerzo** effort, exertion
esfumarse to disappear
el **esmero** great care
eso: — de that business of; **por —** for that reason
el **espacio** space
la **espalda** back, shoulders; **a mi(s) —(s)** behind me; **de —s** with her back turned, at his back, backwards; **dar la — a** to turn one's back on; **a su —** behind her back
espantadizo, -a shy
espantado, -a frightened
espantar to frighten
espantarse to be frightened
espantoso, -a terrible, frightful
España *pr. n.* Spain
el **español** Spaniard
esparcir to spread, scatter
el **espasmo** spasm
especial special
la **especie** kind, sort
el **espectáculo** spectacle, sight
la **espectadora** spectator
el **espectro** spectre, phantom
el **espejo** mirror
espeluznado, -a horrified
espeluznante hair-raising
la **espera** waiting, expectancy
la **esperanza** hope, expectation
esperanzado, -a hopeful
esperar to hope, expect, wait for
espeso, -a thick, heavy, dense
el **espía** spy
espiar to spy on
el **espionaje** spying
el **espinazo** backbone
el **espíritu** spirit
espiritual spiritual
espiritualizado, -a spiritualized
espléndido, -a splendid, magnificent
el **esplendor** splendor
esplendoroso, -a resplendent
esponjarse to puff up
la **esposa** wife
la **espuma** foam, froth
la **esquina** corner
el **establecimiento** place of business
la **estación** station
el **estado** state
estallar to explode
la **estampa** print, snapshot, image
estampado, -a cotton print
estancado, -a stagnant
estar: — para to be about to; **— por** to have a mind to
la **estela** trail
la **estera** mat
el **estilo** way; **al — de** in the style of; **por el —** of the kind
la **estimación** esteem
estimar to value, esteem
estimular to be stimulating
estirar to stretch
estirarse to stretch
el **estómago** stomach
estorbar to bother
estrangular to strangle
estrechar to press, squeeze, shake
estrecho, -a narrow, thin

la estrella star
estrellarse to be shattered, crash
estremecedor, -a shuddering
estremecer to shake
estremecerse to shake, shudder
el estremecimiento shudder, scraping
estrenar to use for the first time
el estrépito noise; **con —** noisily
estridente strident
estropeado, -a worn
estropear to spoil, damage
la estructura structure
el estudiante student
estudiar to study
el estudio studio
estupendo, -a stupendous, wonderful
la estupidez stupidity
estúpido, -a stupid
el estupor stupor
eterno, -a eternal, everlasting
Europa *pr. n.* Europe
evacuado, -a evacuated
evidente evident
evitar to avoid
evocar to evoke
la evolución maneuver
exactamente exactly
exagerar to exaggerate
la exaltación exaltation, excitement
exaltado, -a excited
el examen examination
examinar to examine
exasperado, -a exasperated
la excelencia excellence
excelente excellent
excéntrico, -a eccentric
la excepción: a — de except for
excepcional exceptional
la excitación excitement
excitado, -a excited(ly)
excitante exciting
excitar to excite, irritate, arouse
excitarse to become excited
exclamar to exclaim
excluir to exclude
exclusivamente exclusively
la excursión excursion
la existencia existence
existir to exist
el éxito success
expandirse to become expansive
expansionarse to expand
expansivo, -a sociable
la expectación expectation
experimentar to experience, feel
el experimento test, experiment
la explicación lecture
explicar to explain
la explosión explosion
exponer to risk
la exposición showing
expresamente expressly
expresar to express
la expresión expression
expresivo, -a expressive
el expreso express
expuesto, -a exposed
extático, -a ecstatic
extender (ie) to spread out
extenderse (ie) to extend
extendido, -a extended, spread
externo, -a external, outward
extrañado, -a surprised
extrañar to surprise
extraño, -a strange, foreign
el extraño stranger
extraordinario, -a extraordinary, unusual
el extremo end; **en —** extremely
la exuberancia exuberance

F

la fábrica factory
la fábula fable
la facción feature
fácil easy
facilitar to facilitate
la facultad faculty, power
la facha appearance
el fajo bundle
la falda skirt, lap
falso, -a false; **en —** falsely
la falta lack, absence; **hacer —** to be necessary; **hacerle — a uno** to need
faltar to lack, be lacking, fail, be left
falto, -a (de) lacking (in)
fallar to fail
la fama fame
la familia family
familiar familiar
el familiar relative
famoso, -a famous
fantasear to daydream
la fantasía imagination, fantasy
el fantasma ghost; **de —s** ghostly
fantasmal ghostlike
fantástico, -a fantastic, fanciful
la farmacia pharmacy
fascinado, -a fascinated
fascinador, -a fascinating
fascinante fascinating
el fastidio nuisance, bother
fatal fatal
el favor favor; **por —** please; *see* **hacer**
favorecer to help
favorecido, -a favored
la fe faith
la fealdad ugliness
el febrero February
febril feverish
la fecha date
la felicidad happiness
la felicitación felicitation
felicitar to congratulate
el felino feline
feliz happy
el felpudo doormat
feo, -a ugly, improper
la feria fair, carnival
• **fermentar** to ferment
el ferrocarril railroad, train
fétido, -a foul
fiar to trust
la fibra fiber, grain
la fidelidad fidelity
la fiebre fever
el fieltro felt, felt hat
la fiera wild animal; **hecho una —** furious
la fiesta party
la figura figure
figurarse to imagine
fijarse to notice
fijo, -a fixed
la fila row
filtrarse to filter through
el fin end; **por —** at last; **al — y al cabo** after all; **al —** finally; **en —** in short
el final end; **al —** finally
la finalidad purpose
finalizar to end
fino, -a delicate, perfect, thin, fine
la firma signature
firmar to sign
firme firm, strong
fisgar to pry, snoop
físico, -a physical

la fisonomía face
fláccido, -a limber, soft
flaco, -a thin
el flan custard
flaquísimo, -a extremely thin
la flor flower
florecer to bloom
florecido, -a flowering
la florista florist
flotar to float
la fonda inn
el fondo background, bottom, back, rear, store; **en el —** at heart, fundamentally
forjar to build; **no te forjes novelas** don't have any illusions
la forma form, shape; *pl.,* figure; **de otra —** in another way
formado, -a educated
formar to form
formarse to be formed, develop
la fortaleza fortress
la fortuna fortune
forzado, -a forced
forzar to force
fosforecer to shine
la fotografía photograph
el fox fox-trot
fracasado, -a defeated
fragante fragrant
el fragor din, uproar
francamente freely
Francia *pr. n.* France
franco, -a frank
franquear to open
la frase sentence
la frecuencia frequency; **con —** frequently
frecuente frequent
el fregadero kitchen sink
fregar (ie) to scour
el frente: — a in front of, facing; **— a —** face to face
la frente forehead, face, brow
fresco, -a fresh
la frescura freshness, coolness
la frialdad coldness; **con —** coldly
frío, -a cold
el frío cold; **tener —** to be cold
frotar to strike
frotarse to rub
la fruición enjoyment, evil satisfaction
fruncido, -a: — el ceño frowning
fruncir: — el ceño to frown
la fruslería trifle, trinket
la fruta fruit
el fuego fire; **de —** fiery
la fuente fountain
fuera (de) away (from), out (of); **— de sí** beside himself; **de —** outside
fuerte loud, strong, heavily
fuertemente securely
la fuerza force, strength; **a la —** by force, forcibly; **a — de** by dint of; **con —** violently
fugado, -a escaping
fugazmente fleetingly
fúlgido, -a resplendent
fumar to smoke
funcionar to function
fundido, -a: —s en uno become one
funerario, -a grave-like
el funicular funicular
la furia fury
furioso, -a furious(ly)
fusilar to shoot
el futuro future

G

la galería balcony, porch
gallear to strut, act importantly
la gallina hen, chicken
el gallo rooster; **— de pelea** gamecock; **misa del —** Christmas-eve Mass
la gana desire; **tener —s de** to feel like; **darle a uno la —** to want, feel like
ganado, -a won over
ganar to earn, win, gain
ganchudo, -a claw-like
la garantía guarantee
la garganta throat
la garra claw
el gasógeno cheap gasoline substitute
gastado, -a worn-out
gastar to spend
el gasto cost, expense; **hacer —** to spend
el gatito *dim. of* **gato** kitten
el gato cat
gélido, -a frigid
gemir (i) to groan, wail
la generación generation
general: por lo — generally
el género kind, way
generosamente generously
la genialidad genius
el genio disposition
la gente people
el gesto expression, gesture, movement
gimotear to whine
girar to roll, turn, revolve
el globo globe, earth
la gracia grace, trick; **tener —** to be amusing
el goce enjoyment, pleasure
la golfilla little ragamuffin
el golfo ragamuffin
la golosina tidbit
el golpe blow, slam; **dar —s** to beat
golpear to strike, hit, beat, bang
el golpecito *dim. of* **golpe** pat
la goma rubber
gordo, -a fat
la gota drop
gozar to enjoy
gozarse to enjoy oneself
la gracia grace, charm
gracias thanks; **dar —** to thank
grácil slender
gracioso, -a charming, amusing, funny, graceful, attractive
el gramófono phonograph
la grandeza greatness
grandioso, -a great, splendid
grato, -a pleasant
gratuito, -a free
grave grave
la gravedad gravity
gravitar to gravitate
la greña tangled mop (of hair)
griego, -a Greek
el grifo faucet
gris gray
grisáceo, -a grayish
gritar to shout
el griterío shouting, uproar
el grito shout, cry; **dar —s** to shout
la grosería coarse remark
el grosero discourteous person
grotesco, -a grotesque
grueso, -a thick, fat, stout
gruñir to growl
el grupo group
el guante glove

guapo, –a handsome, pretty
guardado, –a guarded, protected
el **guardapolvo** housecoat
guardar to keep, guard, put away, save, hold
el **guardia** policeman; **en —** on guard
la **guardia: hacer la —** to keep watch
la **guardilla** attic
la **guerra** war
guerrero, –a warlike
guiñar to wink
el **guiso** food
la **gula** hunger, gluttony
el **gusano** worm
gustar to please, like
el **gusto** taste, liking, pleasure; **a —** at ease, willingly; **con mucho —** gladly

H

haber to be; **— de** + *inf*; to be to, must
la **habilidad** ability
la **habitación** room
el **hábito** habit
habitual habitual
habitualmente usually
hacer to make, do, give; **— caso de** to pay attention to; **— la pregunta** to ask the question; **— el favor de** to do the favor of, please; **— daño** to harm; **— falta** to be necessary, need; **— música** to play; **— compañía** to keep company; **hecho una fiera** furious; **—le falta a uno** to need; **— frío** to be cold; **— de** to act as; **— cuentas** to calculate; **— calor** to be hot; **— un tiempo maravilloso** to be marvelous weather; **— señas** to motion; **hace tiempo** long ago; **— solitarios** to play solitaire; **— la guardia** to keep watch; **— juego con** to match, go with; **— pucheros** to screw up one's face (in crying); **— cara a** to face, to resist; **— una mañana maravillosa** to be a wonderful morning; **hace un momento** a moment ago; **hace unos días** a few days ago; **— gasto** to spend; **hacía muy poco** a very short time ago; **— cargos** to make changes; **— bien** to be right; **hace muchos años que conozco** I have known for a long time
hacerse to pretend, become; **— cargo de** to realize; **hacérsele a uno** to strike or impress one as
hacia toward; **— atrás** backward
el **halago** flattery
el **halo** halo
el **hambre** *f.* hunger; **tener —** to be hungry; **pasar —** to go hungry
hartarse (de) to be fed up (with), to get one's fill
harto, –a full, 'fed up'
hasta until, even
el **haz** beam
el **hazmerreír** laughingstock
la **hebra** (tobacco) thread

hechizado, -a charmed, fascinated
hechizar to bewitch, charm
el **hechizo** spell
hecho, -a *p. p. of* **hacer** made; **bien —** well-developed
el **hecho** act, event, fact; **de —** in fact, actually
el **hedor** stench
helado, -a cold, frozen
el **helado** ice cream
heredado, -a inherited
heredar to inherit
herido, -a wounded, hurt, cut
herir (ie) to wound, hurt
el **hermano** brother; *pl.* brothers and sisters
el **héroe** hero
la **heroína** heroine
hervir (ie) to boil, seethe
hierático, -a pious(ly)
el **hierro** iron, grating
la **hija** daughter, my dear; **— mía** my dear
la **hijita** *dim. of* **hija** my dear
el **hijito** *dim. of* **hijo** sonny
el **hijo** son; *pl.* children; **— mío** my boy
hilar to spin
la **hilera** line, row
el **hilillo** *dim. of* **hilo** little stream
el **hilo** thread, thin stream, linen
hinchado, -a swollen, warped
hinchar to exaggerate
hincharse to swell up, swell out
hipar to hiccough
hipnotizado, -a hypnotized
hipnotizar to hypnotize
hipócrita hypocritical
la **hipótesis** hypothesis
hirviente boiling, seething
histérico, -a hysterical(ly)
la **historia** story, tale
el **hociquillo** little nose
el **hogar** home
la **hoguera** bonfire
la **hoja** leaf; **— de lata** tin
la **hojita** *dim. of* **hoja** little leaf
holgazán, -a lazy
el **hollín** soot
el **hombro** shoulder
hondo, -a deep
honradamente honestly
honroso, -a honorable
la **hora** hour, time; **a toda —** at all hours; **a estas —s** at this hour; **a la — de la cena** dinner time; **a la — del sol** in the afternoon; **a última —** at the last moment; **a aquellas —s** at that time
el **horizonte** horizon
hormigueante swarming
la **horquilla** hairpin
horrorizarse to be horrified
hosco, -a gloomy, proud(ly), sullen(ly)
hostigado, -a lashed, scourged
la **hostilidad** hostility
hoy today; **— día** nowadays
el **hueco** opening
la **huella** mark, trace, track
la **huérfana** orphan
la **huerfanita** *dim. of* **huérfana** little orphan girl
el **hueso** bone
huesudo, -a bony
la **huída** flight, escape
huir to flee, avoid
humano, -a human
la **humedad** dampness, moisture
humedecerse to become wet, become moist

humedecido, -a moist, wet
húmedo, -a damp, humid
humilde humble
la **humillación** humiliation
humillar to humiliate
el **humo** smoke
hundido, -a submerged, sunken
hundirse to sink, collapse
el **humor** temper, disposition, humor; **de mal —** in a bad humor
husmear to sniff about

I

idear to plan, contrive
el **idioma** language
idiota idiotic
el **idiota** idiot
la **idiotez** stupidity
el **idolillo** little idol
la **iglesia** church
la **ignorancia** ignorance
igual the same, like, uniform, just alike; **— que** the same as
igualmente equally
iluminado, -a lighted, illuminated, colored
iluminarse to be lighted (up)
la **ilusión** illusion
ilusionado, -a filled with illusions
la **imagen** image, picture
la **imaginación** imagination
imaginar to imagine, think of
imaginarse to imagine
la **imbécil** imbecile, idiot
imitar to imitate
imitarse to be imitated
la **impaciencia** impatience
impaciente impatient(ly)
impedir (i) to prevent
impelido, -a impelled, driven
impenetrable impenetrable
impensadamente unexpectedly
impermeable impervious
el **impermeable** raincoat
la **impertinencia** impertinence
el **ímpetu** impetuosity
impetuoso, -a impetuous(ly), impulsive
imponente imposing
imponer to impose
la **importancia** importance
importante important
importar to matter, concern
importunar to press, pester
imposible impossible
impregnado (de) impregnated (with)
imprescindible essential
la **impresión** impression
impresionar to impress
improvisadamente spontaneously
improviso: de — suddenly
impúdico, -a unashamed
impulsar to impel, drive
impulsivo, -a impulsive(ly)
el **impulso** impulse; **a —s de** blown by
inaccesible inaccessible
inagotable inexhaustible
inaguantable unbearable
inalterable unchanging
inasequible unobtainable
incapaz unable, incapable
incendiar to set on fire
el **incidente** incident
el **incienso** incense
inclinado, -a bent over
inclinarse to bend down, lean, turn
incluso besides, even

el incógnito anonymity
la incoherencia incoherence
incómodo, -a uncomfortable
incompleto, -a incomplete
incomprensible incomprehensible
la incomprensión misunderstanding
inconcreto, -a intangible
incongruente incongruous
la inconsciencia lack of preoccupation
inconsciente carefree
incontenible irrepressible
incontestado, -a unanswered
incorporarse to sit up
increíble unbelievable
inculcar to teach
indecente indecent, foul
indeciso, -a undecided, hesitant
indecoroso -a improper
indefinible indefinable
indefinidamente indefinitely
indefinido, -a undefined
la independencia independence
independiente independent(ly)
indeseable undesirable
el indeseable undesirable person
indicar to indicate, suggest
el índice index finger
la indiferencia indifference
indiferente indifferent
la indignación indignation
indignado, -a indignant
indiscutible unquestionable
la individualidad individuality
indubablemente undoubtedly
la industria industry
inesperado, -a unexpected
inexplicable inexplicable
inexpresivo, -a expressionless
la infancia childhood
infantil childish, childlike, childhood
la infección infection
infeliz unfortunate, wretched, unhappy
la infeliz poor soul
el infierno hell, inferno
infiltrarse to slip in
infinito, -a infinite
inflamado, -a inflamed
la influencia influence
influir (en) to have influence (on), affect
informado, -a informed
informador, -a informative
informar to inform, tell
informe shapeless
las ínfulas airs
el ingeniero engineer
ingenuo, -a naïve
la ingratitud ingratitude
ingrato, -a ungrateful
ingresar to enter, become a member
el ingreso entrance examination; **hacer el —** to pass the entrance examination
iniciado, -a begun
iniciar to initiate, begin
la iniciativa initiative
inicuo, -a wicked
inimaginable unimaginable
injustamente unjustly
inmediatamente immediately
inmenso, -a immense
inmóvil motionless
inmutable unchangeable
innoble ignoble
inocente innocent
inopinadamente unexpectedly
inquietar to worry, trouble
inquieto, -a restless(ly)
la inquietud restlessness, anxiety
el inquilino tenant

insensible in a stupor
insensiblemente unconsciously
insinuar to insinuate
insistente persistent(ly)
insistir to insist
el **insomnio: noche de —** sleepless night
insoportable unbearable
insospechado, –a unexpected
la **inspiración** inspiration
inspirar to inspire, cause
instalar to install
el **instante** instant, moment; **por —s** steadily
instar to urge
instintivo, –a instinctive
el **instinto** instinct
insubstancial shallow
insufrible insufferable
insulso, –a dull
insultar to insult, call names
el **insulto** insult
la **inteligencia** intelligence, understanding
inteligente intelligent
la **intemperie** bad weather; **a la —** in the open air
intempestivo, –a inopportune, ill-timed
la **intención** intention
intenso, –a intense
intentar to try
el **intento** purpose
intercalado, –a intermingled
interceptado, –a blocked, cut off
el **interés** interest; *pl.* affairs
interesado, –a interested
interesante interesting
interesar to interest
interesarse to be interested
interior inner; **ropa —** underclothes
interiormente inwardly
interpretar to interpret
interrumpir to interrupt
la **intervención** intervention
intervenir to intervene, **break in**
la **intimidad** intimacy
íntimo, –a intimate
intoxicado, –a intoxicated
intransigente intransigent
intrigado, –a intrigued
introducirse to get in, interfere
la **intromisión** meddling
inútil useless
inusitado, –a unusual
invadir to invade
la **invención** invention
inventar to invent, make up
inverosímil unlikely, improbable
el **invierno** winter
la **invitación** invitation
el **invitado** guest
invitar to invite
involuntario, –a involuntary
inyectado, –a bloodshot
ir to go, be; **¡ya va!** coming!; **vaya un, –a . . .** what a . . . ; **¡vamos!** come on! let's go! come now! well; **¡Vaya con la nietecita!** So this is the little granddaughter!; **¡que te vaya bien!** may you get along well!; **— de tertulia** to get together (socially)
irisar to color
la **ironía** irony
irónico, –a ironical
irracional irrational
irradiante (de) radiant (with)

irradiar to radiate
irreal unreal
irreconocible unrecognizable
irremediablemente helplessly
irresistible irresistible
la **irritación** irritation
irritado, –a angry, irritated
irritante irritating
irse to go on, leave
izquierdo, –a left

J

el **jabón** soap
jadear to pant
el **jamón** ham
el **jardín** garden
el **jarro** pitcher
el **jarrón** vase, urn
la **jaula** cage
¡je, je! heh! heh!
el **jefe** chief, boss, head
el **jersey** sweater
Jesús *pr. n.* **¡—!** heavens!
la **jovencilla** young girl
jovencito, –a *dim. of* **joven** very young
el **jovenzuelo** young fellow
jovial jovial
la **joya** jewel
el **juego** game; **hacer — con** to match, go with
la **juerga** spree
jugar (ue) to play, gamble; **— el todo por el todo** to stake everything
la **jugarreta** nasty trick
el **jugo** juice
el **juicio** judgment
junto, –a *pl.* together; **— a** near, close to
jurar to swear
juvenil youthful
la **juventud** youth, young people
juzgar to consider, judge

L

el **labio** lip
lacio, –a languid
el **lado** side, place; **al — de** beside; **a todos —s** everywhere; **por todos —s** all around
el **ladrillo** brick
el **ladrón** thief
la **lágrima** tear
lamentable deplorable
lamer to lick
la **lámpara** lamp, light
la **lamparita** *dim. of* **lámpara** little lamp
la **lana** wool
la **languidez** languor
lánguido, –a languid
lanzar to hurl, utter, throw
lanzarse to rush
el **lápiz** pencil
largo, –a long; **a lo — de** along
larguísimo, –a very long
lastimoso, –a pitiful
la **lata** can; **hoja de —** tin
lateral side
el **latido** beat, throb
el **latín** Latin
latir to beat
el **lavabo** washstand
el **lavadero** laundry
lavar to wash
lavarse to wash
el **lazo** tie, bond
la **lectura** reading
la **leche** milk

la lechería milk bar
leer to read
la legua league (*about three miles*)
lejano, -a distant
la lejía lye
lejos far; **desde —** from a distance; **a lo —** in the distance; **de —** from a distance
la lengua tongue; **sacar la —** to stick out the tongue
el lente eyeglass
lento, -a slow
la letra *pl.* letters, humanities
levantado, -a up (out of bed)
levantar to raise, lift
levantarse to get up, rise, arise
la ley law
la leyenda legend
la liberación liberation
la libertad liberty, freedom
libertar to free, liberate
librarse (de) to get rid (of), free oneself (of)
libre free, open, empty
la librería bookshelf
el licor liquor, cordial
el lienzo canvas
ligar to bind
la ligereza lightness, speed
ligero, -a slight, light
la lila lilac
limado, -a dulled
limitado, -a limited
limitarse to confine oneself to
el límite limit
limpiar to clean
limpiarse to wipe
limpio, -a clean, free, clear
lindo, -a pretty
la línea line
la linterna: — eléctrica flashlight
el lirio lily
liso, -a smooth, plain
el listín: — de teléfonos telephone book
literario, -a literary
lo *m. and n. obj. pr.* it, him, how
la loca crazy woman
el local place, premises
loco, -a crazy, mad; **volverse —** to go crazy
el loco lunatic
la locura madness, folly
lograr to succeed (in), achieve
el lomo back (of an animal); **a —s de** on the back of
Londres *pr. n.* London
lo que what, that which, that
el loro parrot
la lucecita *dim. of* **luz** little light
lucir to shine
lucrativo, -a lucrative, profitable
la lucha struggle, fight
luchar: — por to struggle to
luego later; **desde —** of course
el lugar place
lúgubre gloomy, doleful
el lujo luxury
la lumbre fire
luminoso, -a luminous, bright
la luna glass plate
el luto mourning
la luz light; **a la — de** in the light of; **corta de luces** not very bright

LL

la llama flame
la llamada ring, knock

el llamador knocker
llamar to knock; **— a** to ring; **— la atención** to attract attention
la llamarada flash
el llanto weeping, crying, tears
llamarse to be named
la llave key; **dar la — a la luz** to turn on the light
la llavecita *dim. of* **llave** little key
el llavero keyring
la llegada arrival
llegar to reach, arrive, get, come; **—se a** to succeed in, come along; **— a** to become, amount to
llenar to fill
llenarse to be filled
lleno, –a full, filled
llevado, –a carried, led
llevar to bring, lead, have, spend, wear, carry, keep; **— cargado** to carry around
llevarse to attract, raise, take away, get
llorar to cry
lloroso, –a tearful
llover (ue) to rain
la lluvia rain

M

macabro, –a macabre
macilento, –a wan
la madeja thread
la madera timber, wood
la madreselva honeysuckle
Madrid *pr. n.* Madrid (*capital city of Spain*)
la madriguera den
la madrina godmother
la madrugada early morning; **de —** in the very early morning
maduro, –a mature
el maestro master
la magia magic
mágico, –a magic, exotic
el magnetismo magnetism
la magnificencia magnificence
magnífico, –a fine, magnificent
la magnitud magnitude
el mago magician
la majadería foolishness
la maldad wickedness, evil
maldecir (de) to curse
maldito, –a wretch, accursed, wretched
el malestar discomfort
la maleta suitcase
el maletón big suitcase
la malicia malice, mischievousness
malicioso, –a mischievous
maligno, –a perverse, evil
malintencionado, –a malicious
maloliente foul-smelling
maltratar to mistreat
la malvada villain, wretch
el malvado villain
la mamá mother
la manada flock
la mancha spot, sketch
manchado, –a spotted, stained
mandar to send, order
manejar to manage, control
el manejo management, maneuver
la manera way, fashion; **de ninguna —** by (any) no means; **de todas —s** anyway; **de — que** so that; **a su —** in his own way
la manía mania

el **manicomio** insane asylum
manifestar to show
la **manipulación** manipulation, struggling
manipular to fiddle with
la **mano** hand; **tener entre —s** to have on hand
el **manojo** bunch
la **manta** blanket
el **mantel** tablecloth
mantener to support
el **manto** shawl
la **manutención** maintenance
mañana tomorrow; **pasado —** day after tomorrow
la **mañana** morning; **muy de —** very early in the morning; **por la(s) —(s)** in the morning(s)
maquiavélico, -a Machiavelian
maquinal mechanical
el (la) **mar** sea
la **maravilla** wonder
maravillarse (de) to marvel (at)
maravilloso, -a marvelous, wonderful
la **marca** mark
marcado, -a marked
marcarse to stand out
el **marco** frame
la **marcha** course, departure, pace, walking course; **poner en —** to start
marchar to leave
marcharse to go, leave
marear to bother, make dizzy
el **marido** husband
la **marina** seascape
marino, -a sea
el **mármol** marble
la **marquesa** marchioness
marrón maroon
martillear to hammer
la **mártir** martyr
martirizar to torture
el **marzo** March
más more, other; **— bien** rather
la **masa** mass
la **máscara** mask
matar to kill; **— a palos** to thrash soundly
matarse to kill oneself
el **materialismo** materialism
materialmente materially
la **matrícula** *pl.* registration fees
el **matrimonio** marriage, married couple; **cama de —** double bed
el **mayo** May
mayor *comp. of* **grande** older; **los —es** elders
la **mayoría** majority, most
el **mechón** mop (of hair)
la **medalla** medal
medianamente fairly
la **medianoche** midnight
la **medicina** medicine
el **médico** doctor
la **medida: en la — que** as much as
medio, -a half; **media tarde** mid-afternoon; **a medias** partly, half-finished
el **medio: en — de** in the midst of; **por — de** through
el **mediodía** noon
mediterráneo, -a Mediterranean
el **Mediterráneo** Mediterranean Sea
la **mejilla** cheek
la **melancolía** melancholy
melancólico, -a melancholy
la **memoria** memory
el **mendigo** beggar

menor *comp. of* **pequeño** *and* **poco** slightest
menos *comp. of* **poco** least; **no poder — de** can't help; **por lo —** at least; **lo —** at least; **al —** at least
el mensaje message
la mensualidad monthly sum, monthly allotment
mentir (ie) to lie
la mentira lie
menudo, -a little, tiny; **a —** often
el mercado market
la merced mercy
merecer to merit, deserve
merecerse to deserve
merendar to lunch
el merendero lunchroom
el mérito merit
el mes month
la mesa table
la mesilla: — de noche night stand
la mesita *dim. of* **mesa** little table
meter to put (into)
meterse (en) to meddle in, get into, go; **—le en la cabeza** to get in one's head; **— con** to pick a quarrel with
metido, -a (en) stuck (into), engaged, inside
metódico, -a methodical
el método method
la mezcla mixture
mezclar to mix, mingle
mezclarse to take part, mingle
la mezquindad wretchedness, poverty
mezquino, -a mean, petty, niggardly
el miedo fear; **tener —** to be afraid; **dar —** to make afraid
la miel honey
mientras while; **— tanto** meanwhile
la miga crumb
el mil thousand, all kinds of
el milagro miracle
el miliciano militiaman
el militar soldier
el millón million
la millonaria millionaire
mimado, -a spoiled
la mimosa mimosa (plant)
mimoso, -a fond
el mínimo minimum
minúsculo, -a tiny
el minuto minute
la mirada gaze, look, glance; **echar una —** to cast a glance
la misa mass; **— del gallo** Christmas-eve mass
miserable wretched, miserable
la miserable wretch
la miseria misery, poverty; *pl.* petty things
la misión mission
mismo, -a same, self, own, very; **ahora —** right now
el misterio mystery
misterioso mysterious
místico, -a mystic
la mitad half, middle
el mito myth
el moco: sonar los —s to blow the nose
la moda: a la — de in the style of
el modelo model
moderno, -a modern
el modo manner, way; **de — que** so that; **de tal — (que)** in such a way (that)
modoso, -a well-behaved

mohoso, –a moldy, mildewed
mojado, –a wet
mojar to wet, moisten
mojarse to get wet
moldear to mold
molestar to annoy, inconvenience
molestarse to bother, trouble
molesto, –a annoyed, annoying
el **momento** moment; **de un — a otro** at any moment
la **momia** mummy
el **monasterio** monastery
la **moneda** coin, money
la **monja** nun
mono, –a cute
el **monólogo** monologue
monótono, –a monotonous
el **monstruo** monster
monstruoso, –a monstrous
la **montaña** mountain, mountains; **— abajo** down the mountain
el **montón** pile
la **morada** resting place
morado, –a purple
morder (ue) to bite
mordido, –a nibbled, gnawed
mordisqueado, –a nibbled, gnawed
moreno, –a dark
moribundo, –a moribund
morir (ue) to die
morirse (ue) to die
mortificado, –a embarrassed
moruno, –a Moorish
el **mosaico** tile
la **mosca** fly
el **moscardón** hornet
el **mostrador** counter
mostrar (ue) to appear, show (oneself)
motivar to motivate
el **motivo** motive, reason
el **motor** motor
mover (ue) to move
moverse (ue) to move
movido, –a active, bustling
el **movimiento** movement
mucho, –a much; **por — que no** matter how (long)
la **mudanza** moving
el **mueble** *pl.* furniture
la **mueca** grimace, face
el **muelle** spring
la **muerte** death
muerto, –a dead
el **muerto** dead man
la **mujer** woman, wife, my dear
la **muestra** sign, indication
la **mujerzuela** loose woman
la **multitud** multitude, crowd, host
el **mundo** world; **todo el —** everyone
la **munificencia** munificence
el **muñeco** doll, figure
el **murmullo** murmur
murmurar to mutter, murmur
el **muro** wall
la **musa** Muse
el **músculo** muscle
la **música** music; **hacer —** to play
el **músico** musician
el **muslo** thigh
muy very, very much (a)

N

el **nácar** mother-of-pearl
nacer to be born
el **nacimiento** birth
el **nacional** Nationalist
nada nothing, not at all; **para —** at all
nadar to swim

la naderia trifle
la naftalina naphthalene
la nariz nose, nostril; **en mis (las) narices** in my (the) face
la naturaleza nature
naturalmente of course
la náusea nausea
la navaja razor, folding knife; **— de afeitar** razor
navegar to sail, move about
la Navidad Christmas
la neblina mist, fog
la necedad foolishness, stupidity
necesario, -a necessary
la necesidad necessity, need
necesitar to need
el necio fool
negar (ie) to deny
negarse (ie) (a) to refuse
la negativa refusal
negativo, -a negative
el negocio business, bargain, affair; *pl.* business matters
negro, -a black
la negrura black, darkness
negruzco, -a blackish
la nena dear
el nene baby
la nenita *dim. of* **nena** dear
el nervio nerve
la nerviosidad nervousness
nervioso, -a nervous(ly)
el nervosismo nervousness
ni neither, nor, not even
la niebla mist
la nieta granddaughter
la nietecita *dim. of* **nieta** little granddaughter
la nieve snow
nimbado, -a (encircled) with a halo
nimbar to encircle with a halo
la nimiedad annoyance
nimio, -a small, inconsequential
el niño child, boy; **de —** childlike
la noche night, evening; **por la(s) —(s)** in the evening(s), at night; **todas las —s** every night; **mesilla de —** night stand; **de —** at night
la nochebuena Christmas eve
el nombre name
el norte north
nosotros, -as we, us
nostálgico, -a nostalgic
la nota note
notable remarkable
notar to notice
la noticia *pl.* news, information
la novedad novelty, change
la novela novel
la novia sweetheart
el novio sweetheart
el nubarrón storm cloud
la nube cloud; **sin —s** cloudless
nublado, -a cloudy
la nuca nape of the neck
el nudo knot
nuestro, -a our
nuevo, -a new; **de —** again
el número number
numeroso, -a numerous

O

obedecer to obey
la obediencia obedience
obediente obedient(ly)
el objeto object
la obligación obligation, duty
obligar to oblige, force
la obra work
obscurecer to grow dark

la obscuridad darkness
obsequioso, –a obliging
observar to observe, notice, watch
la obsesión obsession
obsesionado, –a obsessed
obsesionar to obsess
la ocasión occasion, opportunity; **en —es** at times
el octubre October
ocultamente secretly
ocultar to hide, conceal
oculto, –a hidden, secret
la ocupación occupation
ocupado, –a busy, taken up
ocuparse (de) to look after, be busy (doing something)
la ocurrencia incident
ocurrir to occur, happen; **—sele a uno** to occur to one, think of
ocho eight; **— días** a week
odiar to hate
el odio hatred
ofenderse to be offended
ofendido, –a offended
la ofensa offense
ofensivo, –a offensive
oficial official
la oficialidad body of officers
la oficina office
el oficio office, function
ofrecer to offer (up), give
el ofrecimiento offering, offer
la ofrenda offering
la oída: de —s by hearsay
el oído ear
oír to hear, listen to; **— hablar de** to hear of
el ojillo *dim. of* **ojo** small eye
el ojuelo *dim. of* **ojo** little eye
la ola wave
la oleada big wave
el oleaje surge, swell
oler (ue) to smell; **— a** to smell like
olfatear to sniff, scent, smell
el olor smell; **— a** smell of
olvidado, –a forgotten
olvidar to forget
olvidarse (de) to forget
ondular to heave
opaco, –a dark
la operación operation
opinar to think
la opinión opinion
oponerse (a) to be opposed (to)
la oportunidad opportunity, chance
oportuno, –a opportune
la opresión oppression
opresivo, –a oppressive
oprimido, –a dispirited, weighed down
oprimir to press
optimista optimistic
opuesto, –a opposite
el orden order, arrangement
la orden religious order
ordenado, –a methodical
ordenar to arrange
ordinario, –a common
la oreja ear
la orfandad orphanhood
el orgullo pride
orgulloso, –a proud
oriental oriental
orientarse to get one's bearings
el origen origin
original queer
la orilla shore
el oro gold
la oscuridad darkness
oscuro, –a obscure, dark; **a oscuras** in the dark
ostentoso, –a ostentatious

el otoño fall
ovalado, -a oval
la oveja sheep

P

la paciencia patience
el pacto agreement
padecer to suffer
el padre father; *pl.* parents
el padrino second (in a duel)
la paga payment
pagar to pay, repay
el pájaro bird
la palabra word
la palabrota coarse expression, oath
el palacio palace
la palanca springboard
pálido, -a pale
la paliza beating
la palma palm
la palmada clap, clapping
la palmadita *dim. of* **palmada** (little) pat
el palo: matar a —s to thrash soundly
palpable palpable
palpar to feel (of)
la palpitación palpitation, throbbing
palpitar to beat
el pan bread, loaf of bread
la panadería bakery
la pandilla group, gang
el panecillo roll
el panorama panorama
el pantalón pants, trousers
la pantalla screen
panzudo, -a bulky
el paño cloth
el pañuelo handkerchief
el papá papa
la paparrucha: esas —s de Dios that poppycock
el papel role; **— de seda** tissue paper
la papilla mush
el paquete package
el par: de — en — completely, wide open
parado, -a stopped, stopping, standing, fixed
el paraguas umbrella
el paraíso paradise
la parálisis paralysis
paralizado, -a paralyzed
parar to stop
pararse to stop
pardo, -a brown
pardusco, -a grayish
parecer to appear, resemble; **al —** seemingly; **—se a** to resemble; **¿Qué te parece?** What do you think (of that)?
parecido, -a like
el parecido resemblance
la pared wall
la pareja pair, couple
el pariente relative
parpadear to blink
el párpado eyelid
el parque park
la parte part; **por todas —s** everywhere; **por otra —** on the other hand; **de mi —** for me; **de su —** on her part
participar (de) to share
particular particular, private, special
la particularidad peculiarity, detail
particularmente especially
la partida departure
partir to split, divide, start

la pasa raisin
la pasada: mala — mean trick
pasado, -a past
el pasado past
pasar to bear, undergo, pass, slip, come in, spend, happen, go on; **¿Qué te pasaba?** What was the matter with you?; **— a ser** to become; **—lo bien** to have a good time; **— a** to go to, change to; **— de** to go beyond; **— hambre** to go hungry
pasarse to get through, go over to
pasear to walk
el paseo walk, drive; **dar un —** to take a walk; **de —** out walking
el pasillo hall, corridor
la pasión passion, love, infatuation
pasivo, -a passive
pasmoso, -a awesome
el paso step; **dar un —** to make a move
el pastelillo *dim. of* **pastel** tart, cake
la pastelería pastry shop
el pastor shepherd
pastoso, -a sickly, mellow
la pata paw, leg; **a cuatro —s** on all fours
la patada kick; **echar a —s** to kick out
la pataleta fit, convulsion
patear to trample on, kick
el patio courtyard
patriarcal patriarchal
la pausa pause
el pavimento pavement
el pavo turkey
la paz peace
la peca freckle
el pecado sin
el pecho breast, chest
el pedazo piece
el pedestal pedestal
pedir (i) to ask, ask for; **— cuentas** to ask an account of
pegajoso, -a sticky
pegar to beat, stick, hit, give (a (blow); **pegársela a uno** to fool one
pegarse to fight; **— con** to come to blows with
peinarse to comb one's hair
pelado, -a gnawed clean
el peldaño step (of stairs)
la pelea: gallo de — gamecock
pelearse to fight
la película moving picture
el peligro danger
peligroso, -a dangerous
el pelo hair
la pena grief, sorrow; **darle — a uno** to feel sorry; **valer la —** to be worthwhile
pendiente (de) hanging (on), dependent
el pendiente earring
penetrante penetrating
penetrar to penetrate
penoso, -a unpleasant, hard
el pensamiento thought
pensar (ie) to think; **— en** to consider, think about
pensativo, -a thoughtful
la pensión pension, allowance
la penumbra semi-darkness
la penuria poverty
pequeñito, -a *dim. of* **pequeño** tiny, very small
percibir to hear, detect

la percha clothes rack
perder (ie) to lose, miss; **— de vista** to lose sight of
perderse (ie) to be lost, get lost
la perdida dissolute woman
la pérdida loss
perdido, -a lost, wild
el perdón pardon, forgiveness
perdonar to pardon, forgive
la peregrinación pilgrimage
la pereza laziness; **con —** lazily
perfectamente perfectly, exactly, perfectly well
perfecto, -a perfect
el perfil outline
la perfumería perfume shop
el período period, stage
permanecer to remain
la permanencia being, stay
el permiso permission
permitir to permit
permitirse to permit oneself
perpetuo, -a perpetual
perplejo, -a perplexed
el perro dog
la persecución pursuit
perseguido, -a persecuted, pursued
perseguir (i) to pursue
la persiana shutter
la persona person; *pl.* people
el personaje character, person
la personalidad personality
la perspectiva prospect
pertenecer to belong
perverso, -a perverse, wicked
la pesadilla nightmare
pesado, -a heavy, sultry, annoying
pesar to weigh
el pesar: a — de in spite of
el pescado fish
la peseta peseta; *monetary unit of Spain*
el peso weight, burden
la pestaña eyelash
la petición plea
la picardía rascality
pícaro, -a mischievous
el pícaro rascal
la picarona great rascal
el pico top
picotear to peck
pictórico, -a pictorial
el pie foot; **de —** standing
la piedra stone
la piel skin
la pierna leg
la piernecita *dim. of* **pierna** little leg
el pijama pajamas
la pila pile, heap
pillar to catch
el pimentón red pepper, paprika
el pincel brush
la pincelada brushstroke
el pino pine tree, pine
pintado, -a painted
pintar to paint
pintarse to use cosmetics
el pintor painter
pintoresco, -a picturesque
la pintura paint, painting
la pipa pipe
el Pirineo *pr. n.* Pyrenees
pisar to step, step on
el piso apartment, flat, floor
la pistola revolver
el pitido whistling
la placa plaque, plate
el placer pleasure

la placidez placidity
planchado, -a ironed
planchar to iron
el plano plane, plan
la planta plant; **— baja** ground floor
plantar to place, plant
el plantón: darle un — a uno to keep one waiting
la plata silver
el plátano plane tree
plateado, -a silvery
el plato dish
la playa beach
la plaza square
el plazo: a —s on credit
la plenitud fullness
pleno, -a full; **en — +** *noun* in the middle of; **plena canícula** in midsummer
el pliego sheet, page
el pliegue fold, recess
la pluma feather; **— de ave** quill
la pobre the poor thing
la pobrecilla *dim. of* **pobre** poor thing
la pobrecita *dim. of* **pobre** poor little thing
el pobrecito *dim. of* **pobre** poor little thing
la pobreza poverty, poorness
la pocilga pigpen
poco little; *pl.* few; **— a —** little by little
poder to be able, can; **no — menos de** can't help; **no — con** to be unable to stand; **— más** to be stronger
podrido, -a rotten
la poesía poem
la policía police
la polvareda cloud of dust
el polvo dust, powder
polvoriento, -a dusty
el pollo chicken
el pómulo cheek bone
poner to put on, set; **— en marcha** to start; **— de relieve** to emphasize; **— una conferencia** to make a long-distance call; **— sobre aviso** to alert
ponerse to get, put on, become, turn; **— a** to begin; **— de pie** to stand up
el poquitín a little bit
poquito, -a *dim. of* **poco** little bit
por through, by, for, because of; **— si** in case
la porcelana porcelain
la porquería filth, nasty trick, worthless thing
el portal gate
el portalón gate
portarse to behave
el portazo: dar un — to slam the door
portentoso, -a marvelous, prodigious
la portera concierge
la portería caretaker's room
el porvenir future
poseer to possess, seize
poseído, -a possessed
la posibilidad possibility
el poso dregs, remains
la postal postcard
postizo, -a false
la postura position
la potencia power, strength
el practicante intern, nurse
preceder to precede

precioso, -a charming
precipitarse to rush, throw oneself headlong
precisamente exactly, just, just now
preciso, -a necessary
la **predestinación** predestination
predominar to predominate, stand out
la **preferencia** preference
preferente prominent
la **preferida** favorite
preferir (ie) to prefer
la **pregunta** question
preguntar to ask, inquire
preludiar to prelude
premiar to reward
la **prenda** article of clothing
la **preocupación** concern, worries
preocupado, -a worried, preoccupied
preocuparse (de) to be worried, pay attention (to)
la **preparación** preparation
preparado, -a prepared, ready
preparar to prepare
la **presa** victim
prescindir (de) to do (without), to except
la **presencia** presence
presenciar to witness
presentar to present, introduce
presentarse to turn up
el **presentimiento** presentment
presidir to preside over
prestar to lend
el **presupuesto** budget
pretender to try
el **pretendiente** suitor
el **pretexto** pretext
prevalecer to prevail
la **prevención** caution, precaution
la **previsión** foresightedness, precaution
la **prima** cousin
la **primavera** spring
primaveral spring
el **primito** *dim. of* **primo** little cousin
el **primo** cousin
la **princesa** princess
principalmente chiefly
el **príncipe** prince
el **principio** beginning; **al —** at first
la **prisa** hurry; **de —** quickly
la **prisión** prison
probable probable
probar (ue) to taste
el **problema** problem
proceder to behave
el **procedimiento** method
procurar to try
producir to produce, cause, bring about
profano, -a secular, worldly
el **profesor** professor
la **profesora** teacher
profundo, -a profound, deep
prohibido, -a forbidden
prohibir to forbid
la **prole** offspring, children
la **prolongación** extension
prometer to promise
pronto ready, quickly; **de —** suddenly; **al —** at first, right off
pronunciado, -a pronounced
la **propiedad** property
propio, -a own
proponer to propose
proporcionado, -a well-built
proporcionar to supply, provide
el **propósito: a —** suitably
proseguir (i) to continue

el (la) **protagonista** protagonist
protector, -a protective
proteger to protect
protegido, -a protected
proveer to provide, furnish
provenir (de) to be due
proverbial proverbial
la **Providencia** Providence
providencial providential
provinciano, -a provincial
la **provisión** provisions
provisional temporary
provocar to provoke
provocativo, -a provocative(ly)
el **proyecto** project, plan
la **prudencia** prudence
la **prueba** proof
la **psicología** psychology
públicamente publicly
el **puchero** pout, **hacer —s** to screw up one's face (in crying)
pudibundo, -a modest
pudrirse to rot
la **pueblerina** small-town girl
el **pueblo** village, town
el **puente** bridge
pueril childish, childlike
la **puerta** door, doorway; **— de entrada** street door
el **puerto** port
pues then, well, but
puesto, -a fixed
el **puesto** booth, stand
el **pulmón** lung
la **pulmonía** pneumonia
pulsar to touch lightly, **— el arco** to test the bow (of a violin)
pulular to swarm
la **punta** point, tip, corner, end, spot
la **puntería** aim
la **puntilla** *dim. of* **punta: de —s** on tiptoe
el **punto** point, dot; **a — de** about to
punzante sharp, prickly
el **puñetazo** blow with the fist
el **puño** fist, handle
la **pureza** purity
puro, -a pure

Q

¡qué! what a, how
quebrar (ie) to break
quedar to be, remain, be left; **— bien** to come out all right
quedarse to remain, be; **— con** to keep
quemado, -a burned
quemar to burn
querer to wish; **¿quieres?** will you?; **— decir** to mean; **¿querrás?** will you?
querido, -a beloved
la **querida** lover, mistress
querido, -a my dear
quieto, -a quiet, still, calm
el **quimono** kimono
quince fifteen; **— días** two weeks
quitar to take, take away, remove
quitarse to take off
quizá perhaps

R

la **rabia** rage
el **rabillo** *dim. of* **rabo: con el — del ojo** out of the corner of his eye
rabioso, -a mad, furious
el **rabo** tail

el racimo bunch, cluster
la ración ration
el racionamiento rationing, ration
radiante beaming, radiant
la ráfaga gust, gust of wind
la raíz root, origin
rajarse to crack
la ralea breed, crew
la rama branch
el ramo bouquet
el rapapolvo bawling out
rápido, -a quick(ly)
el rapto notion
raquítico, -a scrawny
la rareza strange thing
raro, -a strange, rare
rascar to scratch
rasgado, -a torn
raspar to scratch
el rastro trail, trace
la rata rat
la ratita *dim. of* **rata** little rat
el rato time, while, short while, moment
el ratón mouse
el ratoncillo *dim. of* **ratón** little mouse
la raya streak, strip, line
el rayo ray
la razón reason; **dar la —** to agree with; **tener —** to be right
razonar to reason, reason out
la reacción reaction
reaccionar to warm up
real real
la realidad reality
realizar to carry out, do, fulfil
reanudar to renew, resume
el rebaño flock
rebelde rebellious
la rebeldía rebelliousness, rebellion
reblandecer to soothe
reblandecido, -a softened, soft
rebotar to hit, strike
rebrillar to be reflected
recargado, -a heavily ornamented
el recibidor anteroom
recibir to receive
el recibo receipt
reciente recent
el recinto area, enclosure
recitar to recite
reclamar to reclaim, claim, demand
recobrar to recover
recobrado, -a recovered
recobrarse to recover
recoger to catch, get, gather
recomendable commendable
recomendar to give
reconcentrado, -a concentrated intense
reconcentrarse to concentrate
reconciliarse to become reconciled, make up
reconocer to recognize, admit
recordar (ue) to remember, recall, remind
recorrer to go over
el recorrido trip, expedition
recortado, -a outlined
recoser to mend
recostado, -a leaning back
recostar (ue) to lean
recostarse (ue) to lean back
recto, -a straight, upright
recubierto, -a re-covered
el recuento inventory
el recuerdo memory, recollection
recuperado, -a recovered
el recurso means
rechazar to repel, reject, refuse
el recinto area
la red network

redoblarse to be increased
redondo, -a round
referente referring
referirse (ie) (a) to refer (to)
refilón: de — obliquely
el **refinamiento** refinement
reflejarse to be reflected
reflexionar to reflect, think
refugiarse to take shelter
el **refugio** shelter, refuge
regalar to give, make a gift of
el **regalito** *dim. of* **regalo** little gift
el **regalo** present, gift
el **regazo** lap
registrar to search
regresar to return
el **regreso** return
el **reguero** streak, strip, trail
regularmente steadily
rehuir to avoid
el **reino** kingdom, domain
reír (i) to laugh
reírse (i) (de) to laugh (at)
rejuvenecido, -a rejuvenated
la **relación** relation, association
relacionado, -a (con) related (to)
relacionarse to get acquainted
relajado, -a relaxed
el **relámpago** flash of lightning
relativo, -a relative
el **relieve: poner de —** to emphasize
religioso, -a religious
el **reloj** clock
reluciente sleek
relucir to shine
el **remanso** backwater
remediar to help
el **remedio** remedy; **no tener más — que** to be unable to help, to be unable to do anything but; **no habría más — que** there would be nothing to be done but
la **reminiscencia** reminiscence
el **remordimiento** remorse
remover to stir
el **renacer** rebirth
el **rencor** rancor, resentment, grudge
rencorosillo, -a *dim. of* **rencoroso** spiteful
rendido, -a exhausted
renovar to replace
reñir (i) to quarrel
reojo: de — out of the corner of one's eye
reparar (en) to notice
repasar to re-examine, restudy
repeler to repel
repente: de — suddenly
repentino, -a sudden
repercutir to reverberate
repetir (i) to repeat
repleto, -a very full
reportar to bring, get
reposar to rest
representar to represent
la **reprobación** reproval
reprochar to reproach
reproducir to reproduce
reptar to crawl, slither
republicano, -a republican
la **repugnancia** repugnance
repugnante repugnant
la **reputación** reputation
requisado, -a requisitioned
resaltar to stand out, be evident
resbalar to slip, slide, flow
reseco, -a completely dry
resentido, -a resentful

la **reserva** reservation, reserve
reservado, –a reserved
reservar to reserve
la **resignación** resignation
resignado, –a resigned
la **resistencia** resistance
resistir to resist
resonar (ue) to resound, echo
respaldar to back up, support
el **respaldo** back
respecto: — a in regard to
respetable respectable
respetar to respect
la **respiración** breathing
respirar to breathe
resplandecer to shine
el **resplandor** glow
responder to reply
la **respuesta** response, reply
restar to remain
restaurado, –a restored
el **restaurante** restaurant
el **resto** rest, remainder, leftover
restregar (ie) to rub
resucitar to come back (to life)
resuelto, –a determined
el **resultado** result
resultar to result, turn out, seem, to be, become
el **retablo** altarpiece
la **reticencia** reticence, half-truth
reticente reticent
retirar to withdraw
retirarse (de) to withdraw, go away (from)
retorcerse to twist, writhe
el **retraso** delay
el **retrato** portrait
retroceder to back away
reunido, –a gathered together
la **reunión** reunion, gathering
reunir to gather together
reunirse to gather, meet
la **reválida** examination for a degree
reventar (ie) to burst
reverdecer to bring to life again
la **reverencia** curtsy
el **revés: al —** on the contrary
revestido, –a (de) invested (with)
revestir (i) to put on, take on
revolver (ue) to disturb, mess up, turn upside down
revolverse (ue) to toss and turn
revuelto, –a in disorder, tumultuous, stirred up, streaked
rezar to pray
rezumante oozing
rezumar to ooze, exude
la **riada** flood
rico, –a rich
ridículo, –a ridiculous; **dejarme en —** to make a fool of me
la **rienda** rein; **— suelta** free rein
rígido, –a rigid, stiff
el **rímel** mascara
el **rincón** corner
la **riña** fight, scuffle, quarrel
el **río** river
la **riqueza** riches, wealth
riquísimo, –a very rich
la **risa** laugh, laughter; **darle — a uno** to make one laugh
risible laughable
risueño, –a smiling
el **ritmo** rhythm
ritual ritualistic
rizado, –a curly
rizoso, –a curly
robado, –a stolen

robar to rob, steal
robarse to steal
la **roca** rock, cliff
el **roce** rubbing
rociar to sprinkle
el **rocío** dew
rodeado, –a (de) surrounded (by)
rodear to surround
el **rodeo** roundabout course
la **rodilla** knee; **de —s** on one's knees
rogar (ue) to beg
roído, –a harassed
rojizo, –a reddish
rojo, –a red
el **rojo** Red
romano, –a Roman
el **romanticismo** romanticism
romántico, –a romantic
romper to break, tear up, burst, tear open
romperse to break
ronco, –a hoarse
rondar to haunt, hang around, hover about
roñoso, –a filthy
la **ropa** clothes; **— interior** underclothes
la **rosa** rose
el **rosario** rosary
el **rostro** face
roto, –a broken, torn
rotundamente categorically
rozar to brush, touch
rubio, –a blond
ruborizado, –a blushing
ruborizarse to blush
rudimentario, –a rudimentary
la **rueda** wheel
rugir to roar
el **rugir** roar
el **ruido** noise, sound
ruidosamente noisily
ruin despicable, puny, niggardly
ruinoso, –a seedy, run-down
el **rumbo** course
rumiar to muse, meditate
el **rumor** sound, noise
el **rumoreo** rustling
la **ruptura** break

S

la **sábana** sheet
saber to know, find out, be able; **que yo sepa** as far as I know
el **sabor** taste
sabroso, –a delicious
sacar to take out, bring out; **— la lengua** to stick out the tongue
la **saciedad** satiety, fill
el **saco** bag
el **sacrificio** sacrifice
la **sacudida** jerk, shake
sacudido, –a shaken
sacudir to shake
sacudirse to shake off
el **sadismo** sadism
la **sala** hall, room, parlor
salado, –a salty
la **salida** exit, way out, coming out
salir to come out, get out
la **saliva**: **tragar —** to gulp, swallow
el **salón** living room
el **saloncito** *dim. of* **salón** little drawing room
saltar to jump, burst out, fly, rebound

el salto jump, leap; **dar —s** to jump; **de un —** at one jump, in a flash
saludar to greet
el saludo greeting
la salvación salvation, deliverance
la salvaguardia safeguard
salvaje wild
salvar to save, overcome
salvo, -a: a — de safe from
San Antonio *pr. n.* St. Anthony
la sangre blood
sanguinolento, -a bloody
San Jorge *pr. n.* St. George
San José *pr. n.* St. Joseph
San Juan *pr. n.* St. John
sano, -a sound, healthy
San Pedro *pr. n.* St. Peter
San Sebastián *pr. n. resort city on north coast of Spain*
la santa saint; **de —** saintly
el santiamén jiffy
la santidad saintliness
santiguarse to cross oneself
el santo saint; **Santo** birthday
el sarampión measles
el sastre tailor
la satisfacción satisfaction, pleasure
satisfacer to satisfy
satisfecho, -a satisfied
secar to dry
secarse to dry
seco, -a dry, sharp, dried, dried up
secreto, -a secret
el secreto secret
secuestrar to kidnap
la sed thirst
la seda silk; **papel de —** tissue paper
sediento, -a thirsty, dry
sedoso, -a silky
seductor, -a attractive, fascinating
seguida: en — at once
seguido, -a (de) followed (by)
seguir (i) to follow, go on, continue
según as, according to
el segundo second; **a —s** at brief intervals
la seguridad assurance, certainty, security
seguro, -a sure
seis six; **las —** six o'clock
la semana week
sembrado, -a (de) sown (with), furrowed
semejante (a) similar, like, of that kind
la semejanza similarity, resemblance
sencillo, -a simple, plain
el senderillo little path
la sensación sensation, feeling
la sensibilidad sensitiveness, sensitivity
sensual, sensuous
sentado, -a seated, sitting
sentar (ie): — bien to agree
sentarse (ie) to sit down, sit up
el sentido sense, direction, meaning
el sentimentalismo sentimentality
el sentimiento sentiment, feeling
sentir (ie) to feel, regret, be sorry, hear
la seña: hacer —s to motion
la señal sign, mark
señalar to point, point out
el señor gentleman, sir, Mr., master, Lord
señorial majestic
el señorito *dim. of* **señor** master

el señorón fine gentleman (*ironical*)
separado, -a separated
separar to separate
separarse: — **de** to leave, be separated from
el septiembre September
ser to be; **sea por lo que sea** be that as it may; **a no — que** unless
el ser being
la serenidad serenity
serio, -a serious(ly); **en —** in earnest
la serpiente snake
servir (i) to serve, wait on, be good; — **de** to serve as, be good for, be of use; — **de nada** not to be of any use
si if, whether; — **bien** although
sí yes; — **que** certainly, I should say, of course
sí *pr.* himself, themselves
siempre always; — **que** provided; **de** — usual, as always
la sien temple
la siesta nap
siete seven; **las** — seven o'clock
el siglo century
el significado meaning
significar to mean
el signo sign
siguiente following, next
el silbido whistle
el silencio silence
silencioso, -a silent
la silueta figure
la silla chair; — **alta** highchair
el sillón easy chair
el símbolo symbol
la simpatía liking, friendliness, affection
simpático, -a likable, charming
simpatizar (con) to be congenial
simple ordinary
sincero, -a sincere
singular singular, remarkable
siniestro, -a sinister
sinuoso, -a sinuous, serpentine
la sinvergüenza shameless hag
el sinvergüenza rascal, worthless fellow
siquiera even; **ni** — **not even**
el sitio place
la situación situation
la soberbia pride
soberbio, -a fiery
sobrante left over
sobrar to be left over
sobre above; — **todo especially**
sobresaltarse to be startled
sobrevivir to survive
la sobrina niece
la sociedad society
soez base, vile
sofocado, -a stifled
sofocante suffocating
la soga rope, strand
el sol sun, sunlight; **al** — **in the sun**
solamente only
el solar vacant lot
solas: a — alone
el soldado soldier
la soledad solitude, loneliness
solemne solemn
soler (ue) to be accustomed
solicitar to demand
la solicitud concern
la solidez solidity
sólido, -a solid
solitario, -a solitary, lonely
el solitario solitaire
soltar (ue) to let go
sollozar to sob

la sombra shadow
sombreado, -a shaded
el sombrero hat
sombrío, -a somber
sonar (ue) to sound, ring; **— los mocos** to blow the nose
el sonido sound
sonreír (i) to smile
sonriente smiling(ly)
la sonrisa smile
sonrojar to make one blush
sonrojarse to blush
sonrosado, -a rosy
soñador, -a dreamy
soñar (ue) to dream, dream up; **— con** to dream of
la sopa soup
el soplo breath, puff, moment
soportar to stand
sorber to absorb, soak up
sordo, -a dull
la sorna cunning
sorprendente surprising
sorprenderse to be surprised
sorprendido, -a surprised
la sorpresa surprise
el soslayo: de — obliquely, askance
la sospecha suspicion
sospechar to suspect
sospechoso, -a suspicious
sostener to hold
suave gentle, smooth, mild, soft
suavemente gently
la suavidad: con — gently
suavizar to soften
la subconsciencia subconscious
subir to go up, come up, get on, mount, rise, take up, get into
subirse to go up, mount
súbito, -a sudden
sublime sublime
subyugado, -a subdued
suceder (a) to happen, follow
sucederse to follow one another
la sucesión succession
el suceso happening, event
la suciedad filth
sucio, -a dirty
el sudor perspiration
sudoroso, -a sweaty
el suegro father-in-law
la suela sole
el sueldo salary
el suelo floor, ground
suelto, -a loose, freely; **rienda suelta** free rein
el sueño dream, sleep
la suerte luck; **tener —** to be lucky
suficiente sufficient, enough
el sufrimiento suffering
sufrir to suffer, endure
sugerir (ie) to suggest
suicidarse to commit suicide
sujetar to subdue, hold, catch, grasp
sujetarse to fasten
sujeto, -a restrained; **— a** under
sumergido, -a submerged
sumido, -a absorbed, sunk
la superficie surface
la superioridad superiority
la súplica pleading
suplicar to beg, plead with
suponer to suppose
la suposición supposition
supremo, -a supreme
surgir to appear
susceptible susceptible
suspender to flunk
suspirar to sigh
el suspiro sigh
el sustento food, maintenance
sustituído, -a substituted

el susto fright, scare
susurrar to whisper
el susurro whisper
sutil cunning
suyo, -a its, his, hers, your, their

T

la tabla panel
el taburete stool
el tacto skill, tact
tal such; **— vez** perhaps; **con — de que** provided that; **— como** just as
el talento talent
el tamaño size
tambalearse to reel, stagger
tampoco either, neither
tan so, very, as much
tantear to grope
tanto, -a so much; **mientras —** meanwhile; **por lo —** therefore; **estar al — de** to be informed about; **a las tantas** at all hours
tapar to cover, obstruct, hide
taparse to cover up
la tapia wall
tapiar to wall up, cover
tardar to take a long time, delay, be late
tarde late
la tarde afternoon; **por la —** in the afternoon; **media —** mid-afternoon
la tarea task
Tarragona *pr. n. Spanish city dating to Roman times on the Mediterranean coast*
tartamudear to stammer
el taxi taxi
la taza cup
la teatralidad theatricality
el teatro theater
la tecla key (piano)
el teclado keyboard
el techo ceiling
el tejado tile roof
la tela material; **— de araña** spider web
la telaraña cobweb
telefonear to telephone
el teléfono telephone
el telégrafo telegraph
el tema subject
temblar (ie) to tremble
temblón -a quavering
el temblor shaking, trembling
tembloroso, -a trembling
temer to fear
el temor fear
la tempestad storm
tempestuoso, -a stormy
la temporada period (of time), spell, season
el temporal storm
temprano, -a early
tender (ie) to stretch out, extend
tenderse (ie) to stretch out
el tendero shopkeeper
tendido, -a stretched out, cocked
tener to have, consider; **— que** to have to, must; **— miedo** to be afraid; **— ganas de** to feel like; **— frío** to be cold; **— que ver con** to have to do with; **— hambre** to be hungry; **aquí tiene(s)** here is; **— cuidado** to be careful; **— gracia** to be amusing; **(me) tiene sin cuidado** it doesn't interest (me); **— la culpa**

to be to blame; **no — más remedio que** to be unable to help; **— vergüenza** to be ashamed; **— razón** to be right; **— en cuenta** to take into account, bear in mind; **— cara de** to look like; **— entre manos** to have on hand; **¿Qué tiene el niño?** What's the matter with the child?; **— . . . años** to be . . . years old; **— trazas de** to look like; **— suerte** to be lucky; **— la bondad de** please
la tensión tension
tenso, -a tense, taut
la tentación temptation
tentador, -a tempting
tenue soft, faint
teñido, -a dyed, tinged
teñir (i) to dye, stain
el tercero third (floor)
el Tercio *Spanish Foreign Legion*
el terciopelo velvet
terminar to finish, end, end up
terminarse to be over
el término end, limit; **primer —** foreground
la ternura affection, tenderness
el terrado terrace, flat roof
la terraza terrace
terrible terrible, strong
el terrón lump
el terror terror
la tersura smoothness
la tertulia party; **ir de —** to get together (socially)
el tesoro treasure
el testigo witness
el texto textbook
la tez complexion
la tía aunt
tibio, -a warm, mild
el tictac ticking
el tiempo time, weather; **¡cuánto —!** how long!
la tienda shop
tierno, -a tender
la tierra land, earth, native region
tieso, -a tense, taut
el tigre tiger
las tijeras scissors
el timbre bell
la timidez timidity
tímido, -a timid
el tinte hue, color
el tintero inkwell
el tintineo jingling, clanging
el tío uncle, fellow, 'guy'
el tipo type, fellow, figure, build
tirado, -a thrown out, stretched out
tirante taut, tense, strained
la tirantez tenseness, strain
tirar to throw away, throw out, throw, pull; **— de** to pull on, tug at
tirarse to throw
tiritar to shiver
el tiro shooting; **a —s** with shots, by shooting
titubear to hesitate
el título title
tiznado, -a soiled, smeared
tocar to touch, play (instrument)
todo, -a all, any, totally; **del —** completely; **sobre —** especially
tolerar to tolerate
tomar to take, take on, have; **— el aire** to get some fresh air; **— una determinación** to make a decision

el **tomo** volume
el **tono** tone
la **tonta** fool
tonto, -a silly, stupid
tontuelo, -a *dim. of* **tonto** little fool
el **toque** point
la **toquilla** knitted shawl
torcer (ue) to turn
torcido, -a twisted
la **tormenta** storm
tormentoso, -a stormy
torneado, -a well-shaped
torpe awkward(ly), clumsy
la **torpeza** awkwardness; **con —** awkwardly
la **torre** tower
torrencial torrential
toser to cough
tostado, -a toasted
tozudo, -a stubborn
el **trabajador** worker
trabajar to work, devise
el **trabajo** work, job, effort; **costar —** to be difficult
trabajosamente laboriously
la **tradición** tradition
la **traducción** translation
traer to bring, bear, wear
tragar to swallow; **— saliva** to swallow, gulp
tragarse to gulp down
la **tragedia** tragedy
trágico, -a tragic
la **traición** betrayal, treachery
traicionar to betray
traidor, -a treacherous
el **traje** dress, suit; **— de noche** evening clothes
el **trajecito** *dim. of* **traje** little dress
tramar to plot, scheme
la **trampa** trick
tranquilamente calmly, easily
la **tranquilidad** calmness
tranquilizar to calm
tranquilizarse to become calm, calm down
tranquilo, -a peaceful
transcurrir to pass
el **transeúnte** passer-by
la **transformación** transformation
la **transmisión** transmission
transparente transparent
el **tranvía** streetcar
el **trapero** rag dealer, junk man
el **trapo** rag
tras after; **— de** behind, after
trascender (a) to smell (of)
trasladar to transfer
trasladarse to move
traslucir to shine through
traslucirse to become evident
traspasado, -a pierced, transfixed
traspasar to go beyond, pierce
el **trasto** piece of furniture, rubbish, junk
trastornado, -a unbalanced, upset
trastornar to upset, disturb
el **trastorno** upset, confusion, disturbance, disorder
tratar to treat; **— de** + *inf.* to try to
tratarse (de) to be a question (of), concern
través turn; **a — de** through
la **travesura** mischief
el **trayecto** way
la **traza** appearance; **tener —s de** to look like
el **trébol** clover

la tregua rest, respite
treinta thirty
el tren train
la trenza braid, tress
trenzarse to dance, cut capers
trepar to climb
tres three
triste sad, pitiful
la tristeza sadness
triturar to beat to pieces
el triunfo triumph
el trocito *dim. of* **trozo** little piece
tronar (ue) to thunder
el tronar clap of thunder
el tronco tree-trunk
el tropel rush; **en —** in a mad rush
tropezar (ie) (**con**) to meet, stumble (on), hit against
el trozo piece
el trueno thunder, clap of thunder
el tufo foul odor
el tul tulle
tumbado, –a lying down
tumbarse to lie down
el túmulo mound
el tumulto tumult
tumultuoso, –a tumultuous
turbio, –a turbulent, muddy, cloudy, confused
turco, –a turkish; **cama turca** day bed
el turrón candy

U

último, –a last
el umbral threshold
uncido, –a hitched
únicamente only
único single, unique, only; **el —** only one
unido, –a joined, together
unir to unite, join, bind
unirse (**a**) to be close to, join
la universidad university
la uña fingernail
usar to use
el uso use
la utilidad usefulness
utilizar to use

V

las vacaciones vacation
la vacilación hesitation
vacilante unsteady
vacilar to hesitate
vacío, –a empty
vagabundear to wander about
el vagabundeo wandering
vagabundo, –a stray
el vagabundo vagabond
vagar to wander
vago, –a vague, hazy
el vagón coach
la vaguedad vagueness
el vaho vapor, fume
valer to be worth; **— más** to be better; **— la pena** to be worthwhile; **de nada vale** it is no use
valiente brave
valioso, –a valuable
el valor value, worth
el valle valley
la vanidad vanity
vario, –a different; *pl.* several, a number of
varón male
el vaso glass, cup
el vecino neighbor
el vehículo vehicle

veinte twenty
veinticinco twenty-five
veinticuatro twenty-four
la vejez age
la vela candle
la velada evening
el velatorio wake
el velillo *dim. of* **velo** small veil
el velo veil
la velocidad speed; **a toda —** at full speed
la vena vein
vender to sell
el veneno poison, venom
vengativo, -a vengeful
venir to come; **— a cuento** to be opportune, pertinent; **— bien** to suit
venirse to come; **— al suelo** to fall to the ground
la venta sale
la ventaja advantage
la ventana window
la ventanilla window
el ventanillo small window
la ventanita *dim. of* **ventana** little window
la ventolera gust of wind
ver to see, look at, watch; **¡a —!** let's see; **no poder —** to detest; **a — si** see to it (that)
el veraneo summer holiday
el verano summer
las veras truth; **de —** really
la verbena night festival (on eve of a saint's day)
la verdad truth; **¿—?** isn't it true?, isn't that right?; **es —** it is true; **de —** really; **en —** really, truly
verdadero, -a true, veritable, really
verde green
el verde green
el verdor greenness
verdoso, -a greenish
el verdugo executioner
la verdura vegetables
la vergüenza shame, embarrassment; **tener —** to be ashamed
la verja grating
verosímil probable
verse to be
vertical vertical
Veruela *pr. n. town in the province of Zaragoza*
vestido, -a dressed; **— con** dressed in
el vestido dress, clothes
vestir (i) to dress, clothe
vestirse (i) to get dressed
la vez time; **a su —** in his (her) turn; **otra —** again; **tal —** perhaps; **a la —** at the same time; **alguna —** ever, once; **cada — más** more and more; **a veces** sometimes; **pocas veces** seldom; **a mi —** in my turn; **de una —** at one time, once and for all
la vía way, avenue
viajar to travel
el viaje trip; **de —** traveling, on a trip; **— de vuelta** return trip
la vibración vibration
vibrante vibrant
vibrar to vibrate
el vicio vice

la vida life, condition
la vieja old woman
la viejecilla *dim. of* **vieja** little old woman
la viejecita *dim. of* **vieja** little old woman
el viejo old man
el viento wind
el vientre belly, stomach
la vigilancia guard, vigilance
el vigilante night watchman
vigilar to watch over
vigoroso, -a vigorous
el vinagre vinegar
el vino wine
violentísimo, -a very violent
violeta violet
el violín violin
el violinista violinist
la Virgen the Virgin
la virtud virtue; **en — de** by virtue of
viscoso, -a thick
la visera visor
visible visible
la visión vision, view
la visita visit, visitor, caller
visitar to visit
vislumbrar to glimpse
la víspera eve
la vista glance; **en — de (que)** since, seeing that; **perder de —** to lose sight of
visual visual, of sight
vital vital
la vitrina china cabinet
vivamente brightly
vívido, -a lively
la vivienda house
vivo, -a keen, lively, vehement, vivid
el vocablo word
la vocación vocation, calling
vocear to shout
la vocecilla *dim. of* **voz** little voice
el volante steering wheel
volar (ue) to fly, disappear
volcar (ue) to upset
volcarse (ue) to stream out
la voluntad consent
voluntariamente voluntarily
voluptuosamente voluptuously
volver (ue) to return, turn; **— a** + *inf.* to do something again; **— loco** to drive crazy
volverse (ue) to return, turn, become; **— loco** to go crazy
vomitar to vomit
vosotros, -as you (*fam. pl.*)
la voz voice; **en — alta** aloud
la vuelta turn, return; **dar la —** to go around, turn around; **de —** on returning; **viaje de —** return trip; **dar —s alrededor** to circle around; **dar media —** to turn away
vuelto, -a turned
vulgar common, vulgar

Y

ya now, already; **— que** since; **— no** no longer
el yeso plaster

Z

la zalamería flattery
la zapatilla slipper
el zapato shoe
la zona zone
el zumbido noise